藤原定家『明月記』の世界

村井康彦
Yasuhiko Murai

岩波新書
1851

目　次

目　次

＊本書に引用した『明月記』の本文は、冷泉家時雨亭叢書別巻『翻刻 明月記』（朝日新聞社、二〇一二—一八年）に拠った。引用文中において、著者による注記には（ ）を、定家の自注には〔 〕を、それぞれ施した。

＊本書に収録掲載した写真は、いずれも著者自身の撮影によるものである（序章扉の『明月記』を除く）。

＊本書に収録した図表は、図13を除いて、著者が作成した。図13は、太田静六氏による復元図に依拠したものである（『寝殿造の研究』吉川弘文館、一九八七年）。作図：前田茂実（図1—3、図7、図12、図13、図15）。

序章　『明月記』とは

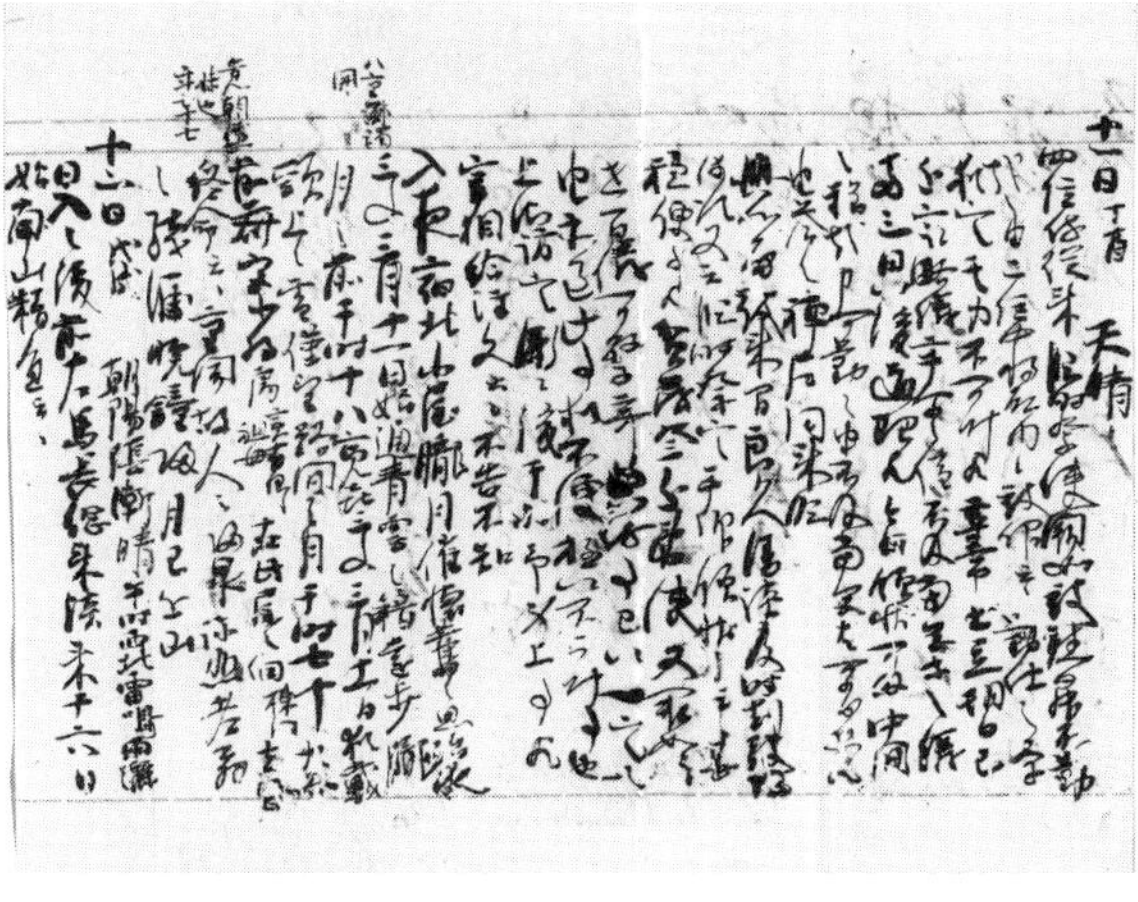

『明月記』寛喜 3 年(1231)3 月 11・12 日条(公益財団法人冷泉家時雨亭文庫所蔵)

「定家は結構行動的な公家だった」などと言えば、どんな反応があるだろうか。「風雅な生活をしていた公家ですよ、それがどうして行動的なものですか」というのが、一般的な意見か。定家のことを少し知っている人なら、「定家は若い時から病気勝ち、というより万病の持ち主で、病気を理由に出仕しなかったことも多かった人でしょ。行動的であるはずがない」。そんな反論も覚悟しておかねばなるまい。

しかし冒頭の言は、根拠なく申したわけではないのである。次に掲げる『明月記』建久三年(一一九二)三月六日条を見て頂きたい。

六日、天晴、巳時(午前一〇時頃)院に参る。人々多く参る。未刻(午後二時頃)退出し、七条(院)・八条院へ参り、家に帰る。昏(夕方)に内(内裏)に参る。人なきにより、独り宮御方(任子・宜秋門院)に参り、格子を下ぐるの後、大将殿(九条良経)に参り見参《けざん》の後、宮御方(任子)に帰り参る。深更、又大将殿(良経)に参り、暁鐘の程蓬(自宅)に帰る。

巳の時の出仕は早くはないが、全てが終わって帰宅したのは暁鐘というから翌日早朝のことだった。その間、一度帰宅しているが、夕方になってまた出かけている(こんなことはしばしばあった)。実働時間も半端ではない。内裏や院御所へは、九条家の家司《けいし》として主家に供奉《ぐぶ》して出かけることも多かったが、自身、殿上人としての参内・参院がもっとも大事な「公務」であったことはいうまでもない。彼らはいくつかの「番」に編成されており、当番(六日に一回といったところ)の日には一日中天皇や院、あるいは女院などの御前に祗候《しこう》して陪膳《ばいぜん》(食事)に奉仕し、候宿《こうしゅく》(宿直)することもあった。佗番《だばん》の日は休んだ。挨拶回りの場合など、主人に見参《けざん》(お目見え)して辞去したが、見参もせず、女房にだけ挨拶して退出することも少なくなかった。要件を取り次ぐ女房の存在と、その役割が想

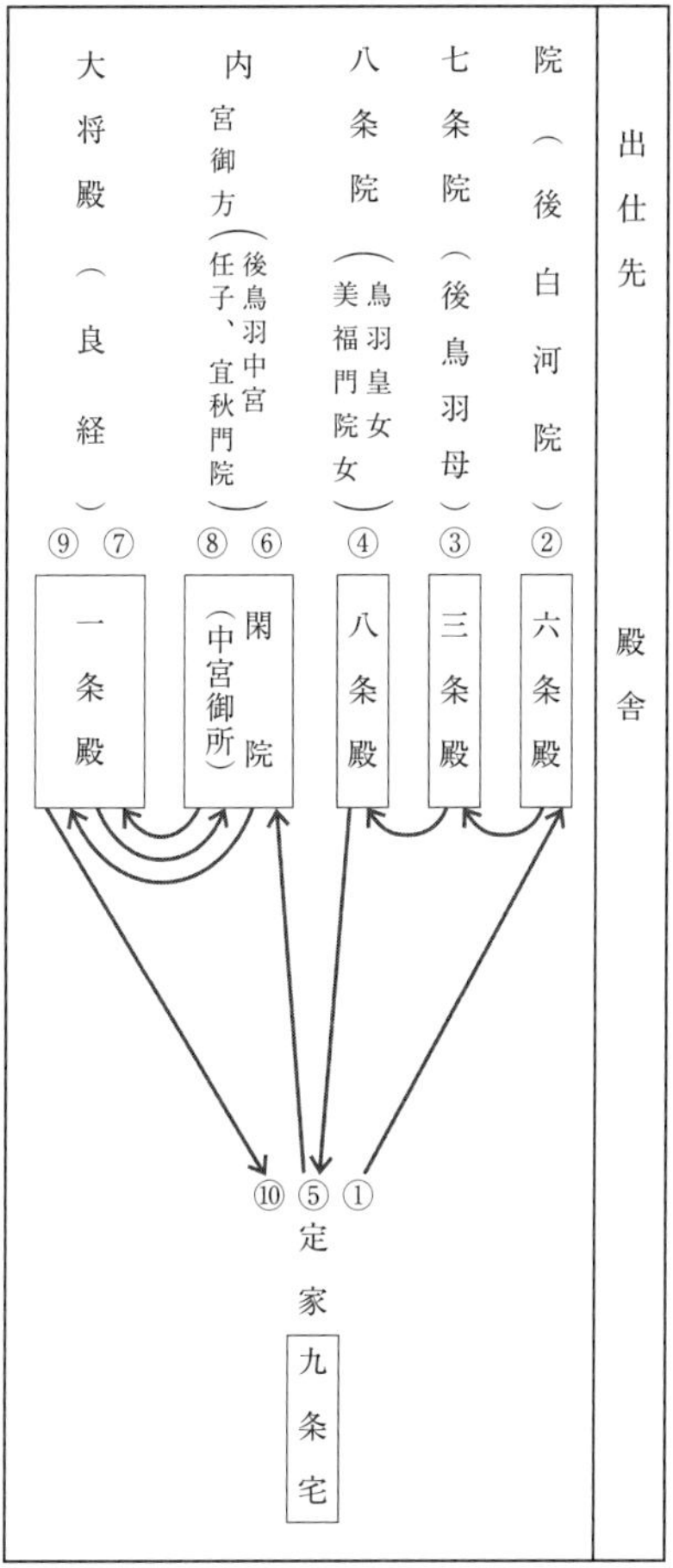

図1　定家の出仕先・殿舎

像以上に大きかったことに驚かされる。その仕事ぶりは、王朝期の女房よりもはるかに実務的になっている。

さて、定家のこの日の行動を整理すると図1のようになる。この時期定家は、五条京極邸を出て九条邸の北にあった宿所(九条宅)に住んでおり、そこが行動の拠点となっていた。また、宮御方(任《にん》子《し》)と大将殿(良経《よしつね》)は九条兼実《かねざね》の子で、この時期任子は中宮として内裏(閑院《かんいん》)に住み、良経は一条殿を居所としていた。ちなみに兼実は広大な九条邸を所有していたが、この時期は後白河院に勧められ、大炊殿《おおいどの》を本所として関白の職務に当っていた。そこでこれらの殿舎の所在地を、平安京の京中図に落としてみたのが次頁の図2であり、あわせて定家が辿ったであろう道筋を推定して描いてみた。

家から出仕先まで、そこからさらに次の出仕先まで、どの道を通ったのか、参内・参院の際にはよく通った東洞院《ひがしのとういん》通のように推測可能なものもあるが、全てが分るわけではないので、ここでは最短コースをとったと仮定してそれぞれの距離を計ってみた。総計およそ二二キロメートル、ざっと五里余りとなった。これは、南北約五・三キロメートルだった平安京を、南北に二往復してもなお余る距離だったことになる。平安京は北の方が高くなる。平坦な道であっても疲れてしまうだろう。それを定家はこの日一日の勤めとして果している。定家は行動的だったという表現に、誇張も偽りもなかったのである。

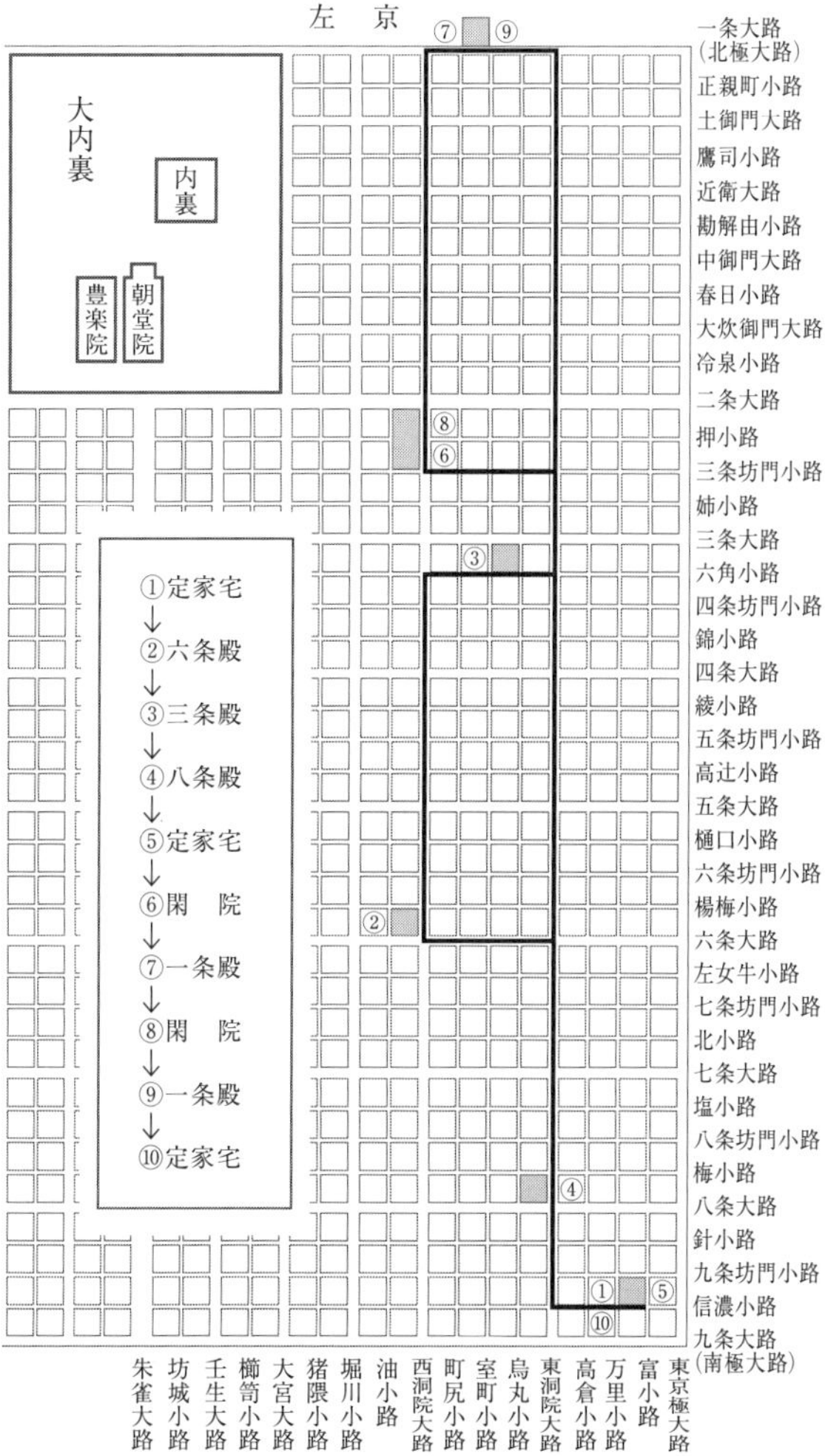

図2　殿舎の所在地と定家の道筋

と、言いたいところだが、実は伏せていたことがある。乗り物についてである。この日の定家は、歩いたのではなく、騎馬で行動していたと思う。時たま目にする記事から判断して、外出する時にはしかるべき乗り物――「馬」か「牛車」か「手輿《たごし》」――を用いていたことが知られる。ついでに申せば、外出には必ず「僮僕《どうぼく》」が従っていた。その日の仕事が終わったので僮僕を帰した、とか、急な「召」(呼び出し)だったため僮僕がいなくて困惑した、といった記事をよく見る。

乗り物を用いていたとすると、定家の行動力についての評価は下がることになるが、それでも先の理解を覆すには及ぶまい。『明月記』を読むうちに、それまで定家、あるいは公家に抱いていたイメージがいささか変わったのも、このことがきっかけであった。

『明月記』は、平安末期~鎌倉前期の一公家・藤原定家(一一六二~一二四一)が、治承四年(一一八〇)から嘉禎元年(一二三五)まで書き続けた漢文体(一部に和文あり)の日記である。年齢でいえば一九歳(数え齢。以下同)の時より亡くなる六年前、七四歳までの五五カ年という長期にわたっている。残念なのは、その間欠けた個所も多く、その中には定家の生涯に深い関わりを持つ記事も含まれていたと思われることである。その多くは記述されていたものが、後世流出するなどで散佚してしまった結果だと思われるが、中には定家自身が廃棄したものもあったのではないかと考えられている。たとえば承久二年(一二二〇)~元仁元年(一二二四)の記事は現存しないが、嘉禎元年(一二三五)五月二八日条に、定家が勤仕した承久の摂政直廬《せっしょうじきろしょど》初度の除目《じもく》について菅原為長《ためなが》に尋ねられ、その日の記事を書き出して送ったことが記されている。これは定家の参議時代、承久三年一二月の除目と思われるので、承久の乱後にも日記を記していたことの証左となろう。ともあれ現存分だけでも膨大であり、全部を読み通すのは容易ではない。

『明月記』は、従来国書刊行会刊の『明月記』三巻が主として活用されてきたが、近時関係者の尽力で、冷泉家《れいぜいけ》時雨亭《しぐれてい》文庫所蔵の自筆本五八巻(国宝)および博捜して集められた散佚自筆本を底本とし、これに欠落個所を補うものとして清撰された各種写本を加えた『翻刻　明月記』三巻が『冷泉家時雨亭叢書』別巻として刊行された。これは今日求め得る最高のテキストといってよく、今後の『明月記』を素材とするさまざまな研究が飛躍的に進むことが期待される。

『明月記』について最初に確認しておきたいことがある。そのために図3を作ってみた。『明月記』はむろん定家自身の記録であるが、父の俊成《しゅんぜい》(一一一四〜一二〇四)や子の為家《ためいえ》(一一九八〜一二七五)についての記述が少なくない。しかもその期間の重なり具合を見れば、『明月記』を俊成と為家を加えた「三代」の記録とみることも可能であろう。俊成・為家の両人が日記を書き残していないだけに、『明月記』が三代記として持つ意義は少なくない。そればかりではない、この三代の存在とその事績がなければ、為家の子為相《ためすけ》(一二六三〜一三二八)に始まる「冷泉家」が「和歌の家」として成立することもなかったろう。その意味でも『明月記』の存在はまことに貴重といわねばならない。本書では、そのことを常に念頭に置きながらこの日記を読み解いていきたいと思う。

ところで『明月記』を読むうちに分ってきたのは、定家という人は無類の「見物」好きだったことである。たとえば内裏や院御所から行幸《ぎょうこう》や御幸《ごこう》が出立したと聞けば、早速通路のしかるべき場所に赴きこれを待つ。それも眺めるだけではない。目の前を通り過ぎる人ごとに名前や官職名、着ている衣装の種類、その色彩や文様、それに持ち物などを書き上げ、さらには随身《ずいじん》や舎人《とねり》など従者の有無等々も書き留めている。たぶん、行列を見ながら(手許は見ずに)筆だけを動かしメモしていく、

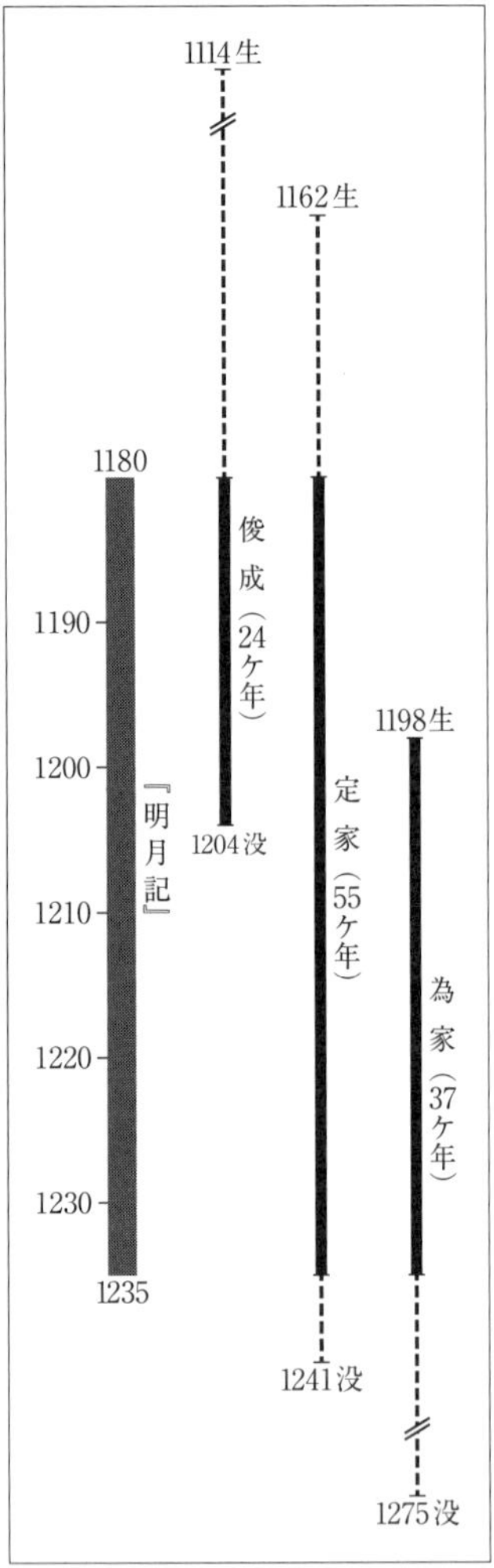

図3　三代の記録としての『明月記』

そんな定家の姿が目に浮ぶ。なにしろ「字の誤りがなく、書くのが早い」(承元元年〈一二〇七〉四月二九日条)という評判を得ていた定家のことである。歌会での評議内容を執筆するのに比すれば、行列のメモなどたやすい仕事だったろう。

たとえば建永元年(一二〇六)一〇月二六日条に収める、長仁《おさひと》親王(後鳥羽第二皇子、出家後道助《どうじょ》法親王)が受戒のため仁和寺へ赴いた時の行粧《ぎょうそう》記録を見ると途中から仮名(ひらがなやカタカナ)書きが現われるのも、臨場感をかもし出している。この記録はその「前書」にあるように、当日「破車」(ボロ車)に乗って出かけ「(東)洞院面《つら》」で「見物」した時のもので、のちに定家自身が付した「頭記《とうき》」(後述)にも「仁和寺宮御受戒見物」とある。「御受戒行粧(記)」ではなく、「見物」とするところに定家の実感が込められている。

しかし考えてみると、このような作業はひとり定家に限るものではなく、王朝期以来、公家社会の伝統であった。たとえば、祭りといえば賀茂祭を指したが、その行粧を見るために左京北辺の一条通に桟敷が構えられ、場所取りに車争いも起こったことなど『源氏物語』葵の巻を持ち出すまでもない。貴顕衆庶の見物群が「路頭《ろとう》の儀《ぎ》」を王朝の盛儀に仕立てたのである。同じ土壌で種々の宮廷行事についての「故実」も生まれた。

そもそも王朝の故実なるものは、公家たちのなすべき振舞の基本、規矩《きく》であったから、人々に見られることでその役割を果したといえる要素を有していた。故実に人一倍関心と知識を持っていた定家の「見物好き」は、公家にとって最も望ましい資質だったといってよいのである。ただし、時々こういう失敗もした。ある時「所労」(病気)を理由に出仕しなかった定家が、後鳥羽院の御幸を見物しているところを院自身に見つかり「不快」を買うということがあった。いつもは院と接触するのを避けて別の道を利用するのだが、この時は「見物」という誘惑に負けて油断したのだろう。定家は院のみならず公家仲間でも、好きでない人物であれば別の道に移り、姿を隠すことがあった。人一倍「見物好き」の定家だが、このように人一倍「人見知り」な一面を持ち合わせていたことも記憶に留めておきたい。

定家の見物好きは、野外だけではなかった。内裏で行なわれる諸行事においても適当な建物や場所に身を置き、行事の成り行きを「見物」している。

定家は、既にふれたように早くから九条家の家司を勤めた。その関係で兼実や子の良経らに奉仕をしたが、特に良経が左大臣になってからはこれに供奉して参内・参院することが多くなる。その際、定家自身は良経が主宰する会議(仗議《じょうぎ》)に加わるわけではないから、参内・参院したあとは適当に時間を過し(その間に別の奉仕先に参向して用件を済ませたり、帰宅することもあった)、良経の仕事が終わる頃合を見計らって参内・参院し、お供をして良経邸に戻る、といった行動をとるのだが、その隙を利用して儀式などの見物を試みている。

たとえば建仁三年(一二〇三)正月七日の場合、仗座《じょうざ》(公卿が列座して事を行なう場所、陣《じん》の座とも)での下名《おりな》の儀を「内侍所の立蔀《たてじとみ》の内」から見物している。「堂上の儀は所なきにより見ず」とも記しているから、南殿での儀は適当な場所がなく見物できなかったのである。その四日後に行なわれた「除目始め」では、前もって右大弁藤原公定《きんさだ》から「除目を伺い見る」ことを誘われていたので、当日は「南掩（檐《ひさし》か）の御簾中に密々入」って見物している。定家が参議となり、こうした除目会議に出席するようになるのはずっと先のことだが、実際はそれ以前に事の概要を知っていたのである。定家が故実に一家言を持つ人物になったのは、こうした体験、つまりは「見物」の賜物だったといえよう。

それにしてもこのような「見物」は、不法とは言わないまでも、埒を越えた行為には違いなかろう。それができたのは、第一に定家が九条家の家司だったことである。その縁で特別に見物の機会に恵まれたからで、他の公家には得られなかった特典といってよい。第二は、そしてこれが重要なことだが、内裏が本来の大内裏《だいだいり》（宮城）内のそれではなく、京中に営まれたいわゆる里内裏《さとだいり》であったことにある。摂関家の邸宅を一時的に流用する時代は過ぎて、最初から正式の内裏として造営されるようになるが、しかしこの「京中内裏」は、本来の内裏に比し規模・構造において遠く及ばなかった。おのずから王朝以来の伝統も変化を余儀なくされたに違いない。はたから「見物」するといった、本来の内裏では思いも寄らなかったことが可能になったのも、里内裏なればこそである。定家の時代がまさにそうした過渡期であったように思われる。京中内裏は中世公家とその社会を理解する上での重要なキーワードである。

ともあれこのように見てくると、『明月記』は時代の変化を受けながらも、他の公家日記と同様子孫のために書き残した故実の書であったといってよいであろう。定家自身もそのことを次のように語っている(嘉禄元年〈一二二五〉正月七日条)。

この日定家は、藤原有教《ありのり》朝臣が女叙位や院宮御申文使の叙列の事などについて尋ねてきたので、委《くわ》しく示し送ったと記したあと、

此の人は有識《ゆうしき》の余流と雖も家記を持たず、常に音信(手紙をよこす)、毎度委しく示す。

と記す。有教朝臣とは親しい間柄であったので、尋ねられたら詳しく教えたが、「有識」の家筋ではあるが「家記」(家の日記)がないので、行事があるたびに手紙で問い合わせなければならないのだ、というのである。日記を故実のよりどころとしていた定家の考え方が、端的に示されている。このように、日記は宮廷儀礼に従う公家にとって必須不可欠の指南の書であった。

『翻刻 明月記 三』の解題によれば、一般に日記の記主は晩年になって出家すると、子孫のためにそれまで書き継いできた日次記《ひなみき》(日々の記録)の部類化(内容に従って分類する)に着手しており、『明月記』についてもその手始めに、日々の記事の上に「頭記」(事書《ことがき》〈……の事〉の形で、当日条の要点を表わしたもの。いわゆる小見出し)を付ける作業を行なっている、という。しかしよく見ると、途中からその「頭記」に代わり「補記」(当日の記事中の人物や事物についての補足説明。頭記と違い文章が長い)が

現われ始め、やがて頭記と入れ代わっていることに気付く。「頭記から補記へ」――これは日記内容の理解を助ける方向に方針を転換したこと、換言すれば部類記化を断念したことを示していると考える。その結果『明月記』は日次記という本来の姿で伝えられることになった。個別の別記類が作られたことはあろうが、もし全面的に部類化が進められていたら、記事は分断され、むろん日次記の体裁は失われたであろう。後世の人にとっては定家の判断は正解であったと考える。

それにしても、定家はなぜ部類化を断念したのであろうか、相応の理由があったに違いない。私は日記の内容が部類化にそぐわないものであったからではないかと考える。『明月記』は儀式などの故実に関わる事柄だけでなく、さまざまな人間関係の中で定家が抱いた喜怒哀楽が直截に語られ、本音が吐露されている。そうした部分を部類化することは不可能であり、意味がなかったろう。

『明月記』を読み進める中で、定家がしばしば平常心を乱している様子が分る。その最たるものは、「除目《じもく》」にあった。除目の会議が近づくと必ず「心神殊悩」に陥る。「所望の事」が叶えられない不満の鬱積が定家の精神を嘖《さいな》む。そしてその鉾先は、主家の九条家（兼実や良経）に向けられ、さらには後鳥羽院に向うことにもなる。その激しさは、時として、人間関係を破壊し自滅を招きかねない、そんな恐れさえ思わせるものがある。これは冗談であるが、そんな定家に問うてみたくなる、「あなたの血液型は何型ですか？」。

端的に言って定家の日記『明月記』は「極私日記」だった。これほどまで「私」が表出された日記は、他に見当らない。

九世紀末から一〇世紀初頭に登場して以来、多くの公家日記が書かれてきた。「私日記」であるから、そこには「私」「個」あるいは「本音」がなにがしかは書き込まれているが、『明月記』ほどではない。『明月記』は典型的な故実の書であるが、その観点からだけでは律し切れない要素が多く含まれており、それを見過してはこの日記を読んだことになるまい。『明月記』を『明月記』たらしめているのは、まさにその部分にあるといってよいからである。

本書では可能な限り日記を読み込むことに努め、時には記述の襞《ひだ》にまで入り込み、定家の生きざまを探ってみたい。ことに定家の家族について詳しく取り上げたのは、家族の中の定家は、公務におけるそれとは別の顔を見せているからである。その上で『明月記』を通して、中世前期の宮廷公家社会に生きた定家やその周縁の人々の姿を明らかにしたいと思う。

第一章 五条京極邸

俊成社

1　五条三位

明月の夜の類火

その夜のことを定家は『明月記』治承四年（一一八〇）二月一四日条に、大略こう記している。

明月で一片の雲もない。庭の梅も満開で香に満ちている。家の中は人の気配がなく、一人で庭を逍遥し深更に寝所に戻ったが、灯がほのかに揺れて、寝る気になれない。再び庭の南の方に出て梅花を見ていたら、突然火事だ、という声を聞いた。乾《いぬい》（西北）の方で甚だ近い。わずかの間に火は北の少将の家に燃え移った。すぐ車に乗って家を出たが、避難する所がなく、北小路成実朝臣宅にころがり込んだ――

火元は高辻《たかつじ》北・万里《まで》小路《のこうじ》西というから、俊成の五条京極邸からはまさしく乾の方向だった。折からの強風にあおられ、火はたちまち俊成邸を襲ったようだ。「倉町」も瞬時に焼け落ち、多数の文書が焼失したとある。倉町というからには屋敷地の一角に幾棟かの倉が立ち並んでいたのである。俊成らは、その後も縁を頼って諸所を転々と移り住んでいる。造作を始めた時期などは分らないが、翌養和元年（一一八一）一一月一九日条に「今日初めて五条に渡る」とあり、この日新造成った邸に戻っている。

俊成の五条京極邸といえば、すぐに想起されるのが薩摩守忠度《ただのり》のエピソードであろう。寿永二年（一一八三）七月二五日、平家一門は福原へ向けて都落ちするが、途中から引き返した忠度は俊成の「五条京極の宿所」を訪れ、勅撰集が作られる折には生涯の面目に一首でも撰んで頂きたいと、「秀歌とおぼしき百余首書あつめられたる巻物」を俊成に奉って去ったという。後に『千載和歌集』に「読み人しらず」として収められたのが、忠度の「故郷花」と題する一首（「さざ波や　志賀の都はあれにしを　昔ながらの　山桜かな」）であった（『平家物語』巻七「忠度都落」）。

ちなみに、俊成が後白河院から勅撰集撰集の命を受けたのは平家都落ちの五カ月前であり、またその院宣《いんぜん》を奉じたのが平資盛《すけもり》（忠度の甥重盛の子）であったことなどを併せ考えれば、忠度は俊成が勅撰集の撰者になったことを知った上で訪問したものと思われる。また「読み人しらず」として収められた平家の武将の歌は、忠度の他にも経盛《つねもり》一首、経正《つねまさ》二首、行盛《ゆきもり》一首があった。ともあれ俊成が最も輝いていたのが、五条三位と呼ばれていた時期であった。

私がこの五条京極邸にことさら拘《こだわ》るのは、俊成が当所に居住するようになった経緯に興味を抱くからである。本書で俊成や定家らの時々の居所を取り上げたのも同じ理由による。いうまでもなく居所は生活の場であり、公私にわたる活動の拠点であった。

御子左家の再興

俊成は仁安元年(一一六六)八月に従三位、ついで翌二年正月正三位に叙せられたことで、晴れて公卿の身となった。留意されるのは、その年の一二月に、それまで身を置いていた葉室《はむろ》家を離れて本流の御子左《みこひだり》家に復し、名も顕広《あきひろ》を俊成と改めていることである。一〇歳で父俊忠に死別した俊成は、葉室家の「猶子《ゆうし》」となって四〇余年、公卿にまで昇ったことがこの決断を促した要因であったと考える。しかし俊成の決断はそれにとどまらなかった。あらたに五条京極邸を構えたのもまさしくこの年のことだったと思うからである。

「五条三位」という俊成の呼称の初見が、正三位になった年(『山槐記』仁安二年三月一四日条)であるのがそのことを示唆してくれている。ただしこの呼称からは、その時点で五条(京極)に住んでいたことは分っても、住み始めた時期までは限定できないのが悩ましい。そこで注目したいのが、五条京極邸に関わる『明月記』建仁二年(一二〇二)元旦条に見る次のような記述である(傍点引用者による。なお、『明月記』には定家が小字で書いた注記があるが、本書で「 」内に『明月記』を引用する際にはこの小字部分を〔 〕で括り、引用者が( )で付す注記と区別して示すこととする)。

…先参二五条前斎宮一当初自二幼少一居住旧宅也、宰相中将、与二仲資王一相二博押小路宅一云々、仍為二此宮御所一。謁二女房一退出…

先ず五条前斎宮のところへ行ったが、〔ここは当初幼少より居住した旧宅である。宰相中将(源通具)が当所を仲資王(神祇伯)の押小路宅と相博(交換)したものといい、そこで前斎宮の御所となったのである〕女房に謁して退出した。

定家が年始(の挨拶)に前斎宮《さきの》の住む五条邸を訪れた時、往時を回想して書き留めた一文であるが、少し説明が必要であろう。「前斎宮」とは、高倉天皇皇女潔子《けっし》内親王で後鳥羽天皇の斎宮となり、建久九年(一一九八)に退下したあと五条邸に住んだことから、「五条前斎宮」と呼ばれた。その五条邸こそ、かつて俊成、定家らが住んでいた五条京極邸だった。のちにもふれるが、妻の加賀《かが》に先立たれた俊成は、共に暮らしたこの五条京極邸を長女(八条院三条、五条尼上とも)に譲り、自身は三条坊門殿に移る。五条邸はその後、尼上の娘(世に俊成卿女として知られる)と結婚(のち離婚)した源通具《みちとも》(源通親《みちちか》の子)の所有となっていた。それを通具が仲資王《なかすけおう》の押小路宅と交換した。仲資王が神祇伯《じんぎはく》(長官)であった関係から最終的に五条邸は前斎宮の御所となったというわけである。

ともあれ、こうした経緯で前斎宮の住むところとなった五条邸について定家は「幼少より居住した旧宅」としているのであるから、五条邸は定家が幼少の時より父母と住んだ旧宅ではあっても、ここで生まれたのではなかったことになる。定家は五条京極邸で生まれ育ったという通説は訂正される必要があろう。定家が生まれたのは応保二年(一一六二)であるから、俊成が五条京極邸に住み始めた年を公卿になった仁安二年(一一六七)とすれば、その時定家は五、六歳、「幼少より」の居所という表現がふさわしい。従ってまた五条京極邸も俊成が公卿になった時に住み始めたとする判断も可能となろう。晴れて公卿となったことで俊成は、「家」を立て家政機関として「政所」を置くことが認められたはずで、それが御子左家を再興した動機であり、それにふさわしい屋敷を構えさせたのだと思う。

ところで、『源氏物語』に登場する人物の住居を、京中図の上に落として〝『源氏物語』地図〟を作成してみると、源融《とおる》の邸宅河原院《かわらのいん》をモデルにしたという六条院を除き、全てが左京の二条通以北──これを「上辺《かみわたり》」＝上京といった──に含まれていたことが知られる。その範囲、地域が王朝貴族たちの生活空間だったことを、作者紫式部は承知していたのである。早くから田舎とされた右京はもとより、左京でも三・四条以南は（七条に「市」はあったが）田舎の景観を呈していた。

それが院政期に降ると、六条院を営んだ白河上皇をはじめ、歴代上皇の御所（院御所）は上辺にあった内裏（里内裏）とは対蹠的に、空閑地を利用して下辺《しもわたり》に営まれることが多くなった。それには、院御所が受領層の経済的奉仕、いわゆる「成功《じょうごう》」によって造営されたことも無関係ではなかろう。受領層の中でも院近臣として羽振りをきかせて「夜の関白」との異名をとった葉室顕隆《はむろあきたか》の邸宅は、五条北・高倉西角にあり、子の顕頼《あきより》（俊成はその猶子となる）は五条高倉邸を受け継いだとみられる。院近臣が院御所の近辺に居を構えていた院政期の政治的空間を思い浮べることができよう。この時期には、内裏さえも五条辺りに設けられることがあった。俊成が、公卿になったのを機に五条に居を構えた背景には、こうした事情があったとみる。

もう一つの五条邸

俊成の五条京極邸は現在の下京区桝屋町などの地に当るが、俊成の名を伝えるものは何も残っていない。ところが、そこから西へおよそ六、七〇〇メートル先の五条室町一帯には俊成の屋敷があったと伝えており、先述来の俊成の五条京極邸にまつわる話は、実はこの五条室町邸のことであったとする、「もう一つの五条邸」説が唱えられてきた。

五条室町説の出どころは、たぶん『正徹物語《しょうてつものがたり》』の「俊成の家は五条室町に有りし也」という記述と思われる。本書の成立は文安五年(一四四八)とも宝徳二年(一四五〇)ともされ、明確ではないが、正徹(一三八一～一四五九)は定家の歌風を慕った人物であり、その説くところが荒唐無稽とも思えない。現に五条北・室町東には玉津島町があり、町名の由来となった「新玉津《にいたまつ》島《しま》明神」は、俊成がその家地に紀伊から勧請《かんじょう》したものと伝え、町内に現存している。またここから東へ烏丸通を隔てた先には「俊成町」があり、「俊成社」という小祠が、いまは烏丸通に面したビルの一角に祀られている。

このうち新玉津島明神については「玉津島明神」の名で室町時代の記録に登場する。堺は海会《かいえ》寺《じ》の住持、季《き》弘《こう》大叔《だいしゅく》の日記『蔗軒日録《しょけんにちろく》』文明一八年(一四八六)四月一〇日条に、「(浄)誉曰く、玉津嶋明神は衣通姫《そとおりひめ》の灵(霊)也、五条俊成三位の旧地、今其庿(廟)有り云々」とある。浄誉は大叔と親交のあった僧で、しばしばこの種の話を語り合っている。その浄誉の話として、玉津嶋明神が五条俊成三位(五条三位俊成)の旧地に現存しているというのである。

ここにいう五条三位俊成の「旧地」はどこだったのか、文明年間なら五条室町の可能性があるが、なぜこの地になったのかは不詳という他はない。

それにしても同時代の記録があり、確かな存在であった五条京極邸がどうして室町時代には忘れ去られてしまったのか。

考えられる理由としては、先に見たように、五条京極邸が俊成や定家の生存中に既に他人の領有するところとなっており、廃絶したのも早かったとみられることで、いつしかその名が忘れ去られたのであろう。他方五条室町には歌を好む富裕町衆がいて玉津嶋明神を勧請した——そんなことを思い描いてみるのだが、果してどうか。この歌のやしろは今も冷泉家や町内の人々により手厚く奉祭されている。

定家の生家

俊成の五条京極邸が定家の生まれた所ではなかったとすれば、定家はどこで生まれたのだろうか。換言すれば、俊成は五条京極邸以前はどこに住んでいたのか、ということでもある。

そのことに関して恩恵を蒙ったのは、谷山茂氏の詳細を極めた「俊成年譜」(『藤原俊成　人と作品』

所収、松野陽一氏の詳しい補注がある）で、それにより、俊成の父俊忠の邸宅が二条室町にあったこと、平家の全盛期、俊成は二条室町近辺に住んでいたこと、などを知った。前述したように俊忠が没した時（一一二三年）、俊成は一〇歳であったので、姉の世話で葉室家の猶子となるが、父の邸宅を引き継ぎ居所として住み続けたと思われる。長じて美福門院《びふくもんいん》女房加賀と結婚し、家庭生活を営んだのも二条室町邸であった。よって定家はここ二条室町邸で生まれ、数年後、父母に伴われ五条京極邸に移り住んだ、というのが私の理解である。

建久四年（一一九三）二月一三日に、俊成の妻加賀が亡くなった。加賀を見送った俊成は、共に過した五条京極邸を離れている。谷山氏の「俊成年譜」に従えば、その年を探るヒントになるのが、俊成の歌集『長秋草』に収められた二首の詞書である（歌は省略する）。

一つは「その年の秋ふるさとにてひとり月を見て」という詞書で始まる歌、もう一首は「その又の年にや、八月にうるふ月ありし秋、三条にて月をそ（見て）」との詞書をもつ歌である。前者は「ひとりふるさとと」で月を見たとあるので、その年とは加賀の亡くなった建久四年ではないかと考えられる。だとすれば、後者の「その又の年」は建久五年となり、暦で確めるとこの年には「閏八月」が存在する。従って後者は、「その又の年」＝「建久五年」の閏八月に「三条」で月を見ていると理解できる。つまり俊成は、少なくとも建久四年の晩秋から建久五年の秋までには五条京極邸を離れて三条こと三条坊門邸に移ったと考えられよう。

五条京極邸は、公卿になったのを機に俊成が夫婦で移り住んだ記念すべき邸宅だった。それを俊成は棄てている。俊成にとって、加賀のいない屋敷は虚しい空間でしかなかったのであろう。俊成の中で、五条は既に「ふるさと」と呼ばれる場所となっていたのである。

2 百首歌の時代

『無名抄』にみる歌壇

鴨長明(～一二一六)といえば『方丈記《ほうじょうき》』を著した隠者として知られるが、歌人としての見識もひとかどのものであった。相前後した時期に著した『無名抄《むみょうしょう》』という雑纂形式の歌論書は、当時唱えられていた歌論の類をはじめ、多数にのぼる歌人たちのエピソードを通して、平安末期～鎌倉初期における和歌の世界を豊かに描き出している。中でも以下のような事柄に注目させられた。

まず、この時代が「宗匠《そうしょう》」の時代だったことである。優れた才能や個性の持ち主が宗匠となり、入門した弟子を教えることが広まるなかで、これと思う弟子に奥儀秘事を伝える「口伝《くでん》」という師《し》資相承《しそうしょう》の方式が生まれていた。また宗匠の自宅を会場として歌人たちが集う歌会が盛んに催されており、「会所《かいしょ》」と呼ばれる文芸の場が和歌の世界から生まれたのもこの時代であったこと、なかでも長明の師匠でもあった俊恵《しゅんえ》(一一一三～?)の「歌林苑」は、最も知られた存在で、月次《つきなみ》(月例)あるいは臨時の歌会が自由な雰囲気のなかで催されていた。和歌や歌合《うたあわせ》の会の盛行は講師や判者の見識が問われたことから、「歌論」の質的向上をもたらした。こうしたわけで、初心者は初心者で、ひとかどの歌人は歌人で、「百首歌」(たくさんの歌)を詠み上げることが、技法の向上のため熱心に求められたのもこの時代の特徴であった。「百首歌の時代」ということができよう。

歌人定家の誕生

定家は、そんな時代に「和歌の長者」と称された俊成の子として生まれ、これから歌の世界に入ろうとしていた。その第一歩が、治承三年(一一七九)二月、父から古今《こきん》・後撰《ごせん》両集の口伝を受けたことである。

口伝とは、先にもふれたように、師匠が弟子に奥儀を伝授する、いわゆる師資相承の形式をいい、学問文芸の諸分野で平安後期に現われ、のちには秘事《ひじ》口伝などと称される中世的な伝授形式として展開する。歌集としては、後に『古今集』が重視され「古今伝授」が中心となるが、この時代には『古今集』『後撰集』に『拾遺集』を加えた三代集《さんだいしゅう》伝授が主であった。俊成から定家への口伝は、早い時期の事例といえるのではなかろうか。いずれにせよ、それを俊成から受けた定家は、この時、歌の道の出発点に立ったといってよいであろう。時に定家一八歳、あの五条京極邸の火災に遭う前年のことである。

その罹災のあと、一家が間借りの生活を余儀なくされていた翌養和元年(一一八一)四月、『明月記』には記されていないが、定家は百首歌(「養和百首」)を詠んでいる。この百首は「初学百首」とも呼ばれているように、定家の試みた最初の百首だったが、それを見た俊成は、恐らく定家の才能を確信したのであろう、翌寿永元年(一一八二)、定家に「厳訓《げんくん》」して「堀河百首題」で百首を詠むようハッパをかけている。「堀河百首」は、堀河院代に詠まれた一六人による大規模な百首歌(計一六〇〇首)で、その後の百首歌の範とされ、習作のために、そこで用いられた歌題で百首を詠むことが試みられていた。定家が父の命に従って百首を詠み上げたところ、父母(俊成・加賀)は忽ち感涙を落とし、将来きっとこの道で大成するだろうとの「返抄《へんしょう》」(保証書)まで出したのをはじめ、異父兄の藤原隆信《たかのぶ》や寂蓮《じゃくれん》(俗名藤原定長《さだなが》、歌に優れ一時期叔父俊成の猶子になっていた)などの面々も「賞翫《しょうがん》の詞」を吐き、右大臣(兼実《かねざね》)からは「称美《しょうび》」の消息があり、俊恵(歌林苑の主)は饗応の席で涙を拭った。これが自分の歌が人から誉められた最初である、とは、定家自身がその百首歌に付した文言である。

それにしてもいささか大袈裟と思われるこの反応は、有縁の人々が定家に寄せていた期待の大きさを反映したものであろう。その時出したという「返抄」は、もともとは受取状、領収書のことであるが、定家の百首歌を立派なものとして確かに受け取った、という気持を強調したものであろう。

信任される俊成

定家が古今・後撰両集の口伝（一一七九年）を受けてから、この堀河題百首の詠出（一一八二年）までは、わずか三年ほどの間であるが、この時期父俊成の立場も大きく変わっていたことに注目する必要がある。

一つは、兼実との関係が俄に親密になったことである。

兼実は歌をよくし、二〇代の始めから自邸に歌人を集めて和歌会、歌合会を連年のごとく催しているが、これに毎回出席して判者を務めるなど、九条家の歌会を指導していたのは師匠の藤原清輔《きよすけ》（一一〇四〜七七）だった。清輔は六条藤家《ろくじょうとうけ》と称された歌道の家の達人で、俊成とはライバル関係にあった。その清輔が治承元年（一一七七）六月に亡くなってしまう。

兼実の日記『玉葉《ぎょくよう》』によれば翌二年、兼実は隆信を介して俊成を新たな師匠として迎えたことが知られる。亡き清輔に代わる人材として、兼実の方が俊成を求めていたのである。俊成自身も「此の道の面目、何事かこれに過ぎざらんや」と言って、兼実の意向に従うことを申し入れている。俊成が初めて兼実邸を訪ねたのは、六月二三日のことである。これが、俊成が九条家の歌壇を支えることになった経緯であるが、定家がやがて九条家と深い関わりを持つようになるのも、この時生まれた兼実と俊成のつながりあってのことだった。

二つは、後白河院との接触が始まったのも右と相前後する時期だったことである。『明月記』養和元年（一一八一）一一月一〇日条には、「今暁、入道殿（俊成）が初めて院に参られた。御前にあること数刻であった。そして院からは、〝いつでも参るように〟との仰せがあったとのことだ」とある。後白河院より勅撰集撰集の院宣が下ったのは、それから二年後の寿永二年(一一八三)二月のことである。俊成は五年後の文治四年(一一八八)四月、『千載和歌集《せんざい》』を奏覧している。

そしてこれが、俊成=『千載和歌集』(一一八八)、定家=『新古今和歌集《しんこきん》』(一二〇五、竟宴《きょうえん》)、為家=『続後撰集《しょくごせん》』(一二五一)と、三代にわたり勅撰集の撰者となる嚆矢《こうし》となった。一家で三代にわたり勅撰集の撰者になった例は他にない。付言すれば、為家の長男為氏《ためうじ》も『続拾遺和歌集』(一二七八)、その子為世《ためよ》は『新後撰和歌集』(一三〇三)と、その後も続いて撰者となっている。

このように見てくると、定家が父から口伝を受け、またその厳命で百首歌を詠出したことで、一人前の歌人として出発した時期は、父の俊成自身も、院や摂関家に相継いで信任されて活躍の場を与えられ、高揚する思いを抱いていた最中《さなか》であったことを知る。そのことが分ると、定家が百首歌を詠んだ時、最上級の祝福を与えた家族や有縁の人たちの〝狂騒〟も納得できよう。俊成・定家父子にとって、この時ほど共に希望に満ちた時期はなかったのではなかろうか。

殿上の狼藉事件

ところがその定家が殿上で事件を起こしてしまった。

事件とは、文治元年(一一八五)一一月二二日夜、五節の舞姫の試《こころみ》が行なわれた際、少将源雅行が定家をひどく愚弄し、大変な狼藉に及んだので、定家が怒りを抑え切れず脂燭《ししょく》で雅行を打った（面を打ったとも）。このことで定家は除籍された、というものである（『玉葉』）。事の発端が分らないが、雅行の方から仕掛けたトラブルと思えるのに定家が処罰されたのは、ひとえに暴力に及んだからであろう。時に定家二四歳、相手の雅行は一八歳で、年下だったのが定家には許せなかったのかもしれない。

喧嘩相手だった雅行とは諸行事に一緒しており、以後トラブルを起こすことはなかったようだ。しかし雅行自身についていえば、後年、息子と娘の近親相姦を知って激怒し、二人を殺害して道路に晒すという事件を起こしている。さすがに道行く人が見かねて、全裸の遺体に布をかけたという。親の雅行は京都から追放されている。『明月記』は、深刻な事件も種々書き留めているが、これは最も陰惨な事件の一つである。

さて、息子定家の不始末を放置するわけにもいかなかった俊成は、翌文治二年（一一八六）三月七日、後白河院に歌を添えて御機嫌伺いを申し入れており、院からは早くも三日後、殿上に還昇が許されている。

この一件については、院の意向を伝えた左大弁藤原定長《さだなが》の歌と共に『千載和歌集』巻一七雑歌中の末尾に収められており、院の命で目下『千載和歌集』を編纂中だった俊成の願いであれば、院としても無下に断わるわけにもいかなかったろう。定家はこののちも困難な事態に遭遇した時、父の助力でそれを回避したことがあるが、その最初のケースがこれである。

定家、九条家の家司となる

しかしこの一件には、その期間中に進行していた、京・鎌倉を巻き込んだ大きな政治的な動きと無関係ではなかった。

定家が除籍された一一月二二日以後、鎌倉では頼朝によって、源平の戦いで敗れた平氏の処罰が進められる一方、朝廷に対しても頼朝の要求で一二月二八日、右大臣兼実が「内覧」にされている。この内覧は、頼朝と対立した義経の要請で「頼朝追討」の院宣《いんぜん》が出された時、ただ一人その根拠がないと反対した兼実の姿勢を評価した頼朝が、朝廷に申し入れたものだった。兼実は翌年三月一二日、摂政となる。

俊成が定家の除籍解除を後白河院に訴え(三月六日)、許されて殿上《てんじょう》に還昇するのが三月九日のこと、そして晴れて定家は、三月一六日に行なわれた兼実の摂政拝賀の儀に供奉《ぐぶ》し前駆を勤めている。この供奉をもって、定家は兼実の家司となり、以後九条家との関係は生涯にわたって続くことになる。

『明月記』はこの時期、寿永元年(一一八二)から文治四年(一一八八)までの記事を欠くので、これらの経緯は『明月記』からは確認できず、主に兼実の日記『玉葉』などから知ることになるのだが、定家が九条家の家司になったのが、平家滅亡後の緊迫した朝幕関係の中だったことに留意しておきたい。そういえば定家は後年、この時のことを思い出し、

　予、初めて故入道殿(兼実)文治二年に参ずるの時、(「名簿」を)進めず、先考(俊成)相具し参じ給う。御前に召すの後、奉公已に三、四代、雑役匹夫《ひっぷ》の如し。

と述べている(『明月記』寛喜二年〈一二三〇〉七月一六日条)。「名簿《みょうぶ》」を進めるのは臣従の証《あかし》であり、家司となるには、「事の体、進むるを以て本式となした」が、定家の場合「名簿」を提出せず、俊成が同伴しての「見《け》参《ざん》」で成立したというのである。見参とは現参、すなわち本人が直接出向いて面謁することであり、これも主従関係を結ぶ上で大事な行為であったが、ここでは略式の手続きとされている。なお、右に引用したうち、末尾の文言「奉公……雑役匹夫の如し」は、これからも定家が家司として九条家に奉公する際、しばしば口にするようになるせりふである。

　定家が兼実の家司になったことに関連して確認しておきたいのは、その居所である。一つの手掛りは、定家の母加賀が亡くなった年(建久四年〈一一九三〉)の「秋、野分せし日に五条へまかりてかへ」った(五条邸へ行って帰った)とあり(『拾遺愚《しゅういぐ》草《そう》』)、その時期には、幼少期から父母と一緒に生活した五条京極邸にはおらず、既に他所に住んでいた。俊成もやがてここを去るが、それ以前のことである。

　その移住先が九条であった。それを確めるまでには、少し時間が必要なのだが、『明月記』正治

元年(一一九九)二月一四日条に「九条に帰る」とあるのが初出である。移ったのは、兼実の家司になってそれほど間をおかない時期のことであったろうか。定家の九条宅は、兼実の九条邸(殿)のすぐ北にあり、家司としていつでも主家の召しに応じられる場所にあった。むろんこれを用意したのは、俊成以外には考えられない。

このように主家のかたわらに宅を構えたのは俊成の定家にかけた思いの深さがうかがわれると共に、今後定家が兼実をはじめ、その息の良経《よしつね》、良輔《よしすけ》らに奉仕する、九条家の代表的な家司となることが予想されよう。その際定家にとって最大の力になったのが、俊成譲りの歌才であったことは言うまでもない。早い話、九条家で催される歌会に参加した家司は定家の他にはいなかったろう。定家は家司の中でも、別格の存在だったといってよい。

ところで九条家では、定家が家司になって二年後の文治四年(一一八八)二月、内大臣だった良通《よしみち》が二二歳の若さで急死する。そのあとを承けた二歳弟の良経は建久年間(一一九〇〜九九)に入ると自邸で和歌会を相次いで催しており、若い時分の兼実の再来を思わせるものがあった。例の如く、花月百首、一字百首、一句百首、十題百首等々の百首和歌会もしばしば催している。家司であった定家も当然歌会に密接に関わっており、それが良経と定家、お互いの技量を磨き上げていった。

家司になって一〇年ほどの間は、定家にとっても大事な歌の修業の時期だったといえよう。

第二章　政変の前後

兼実廟

1　兼実の失脚

現存する『明月記』の記事は、平家滅亡時の中断のあと、建久年間に入ると連続するようになるが、建久七年(一一九六)七月二一日条でまた中断する。ちなみに、この日定家は、内大臣良経《よしつね》の一条邸で催された三首和歌会——題は「昨日の明月」「今日の微雨」「明日の逢う恋」——に出席し亥《い》時《とき》(午後一一時頃)に辞去しているが、歌題になぞらえていえば、「今日の微雨」のあとに来たのは「明日の大嵐」だった。四カ月後に起こる事件——世に言う「建久(七年)の政変」がそれである。政変前後の記事を欠くのは、定家が書かなかったのではなく、のちに、関心を持つ人によって抜き取られた結果とみて間違いない。

ライバルの登場

さてこの「政変」とは、建久七年一一月、時の関白九条兼実《かねざね》が俄に罷免され、代わって近衛基通《もとみち》が関白に復帰したのをはじめ、兼実の娘で後鳥羽天皇の中宮だった任子《にんし》が内裏を追われ、息子の良経ら九条家一門も閉門蟄居を命ぜられるという政権交替劇のことである。主謀者は誰で、その目的は何だったのだろうか。

定家はこの政変に直接関わりがあったわけではない。しかし家司として仕える主家の危機であり、無縁ではあり得なかった。『明月記』の記事が残っていれば、定家の目を通して事件の真相が窺えるかもしれないのだが、それは当面望めない。まずは、この政変の顚末を見届けておきたい。

前章でもふれたように兼実が政権の担い手となったきっかけは、平家が滅亡した文治元年（一一八五）の一二月、源頼朝の要請で「内覧」に推されたことにあり、翌年三月、幼帝後鳥羽の「摂政」になったことでスタートした、といってよい。建久元年（一一九〇）一月には、後鳥羽天皇（一一歳）の元服を待って娘の任子（一六歳）を後宮に入れている。任子は三カ月後立后され、中宮となった。兼実自身は慣例に従い、元服した天皇の「関白」となった（一一九一年一二月）が、個性の強かった後白河院が亡くなった（一一九二年三月）こともあり、その体制はいよいよ安泰と見えたが、時既に暗雲が立ちこめていたのである。後白河院の寵妃だった丹後局《たんごのつぼね》（高階栄子《たかしなえいし》）が、院没後ますます権勢を強め、反幕感情もあらわに兼実に対抗してきたのが一つ。二つは、中宮任子の存在を承知の上で、娘を後宮に入れようと画策する強力なライバルが出現したことである。その一人が源通親《みちちか》であり、いま一人は、兼実を関東から支援してきたはずの頼朝であった。

通親は、はじめ高倉院の院別当として仕えていた。平清盛の強権で都が福原に移っていた治承四年（一一八〇）のことである。高倉院の安芸厳島社参詣に供奉し、『高倉院厳島御幸記』を書いたことでも知られている。和歌にも長じており、それなりの文才の持ち主であった。

通親の提案で治承三年(一一七九)七月、「古物估価《こか》法」が公卿間で議論されたことがある。估価法とは、売買される物の値段に関わる法のことである。実はこの年の六月頃、「銭の病」が流行していた。『百錬抄《ひやくれんしよう》』に、「近日、天下の上下病悩、これを銭の病と号」したとある。ここに言う「銭の病」とは、銭に触れたために病気になった、ということではなく、目下流行している疫病は、銭が大量に出回っているのが原因とみたことをいう。時期の重なりからも、通親の提案はこの「銭の病」に触発されたものと思われる。中国から大量に銭貨が流入し、その使用が広がる中で生じた物価の変動に対処する必要が生じていたのである。これ以前にも、たびたび銭貨使用の禁止令が出されており、今に始まった課題ではないが、これに関わった通親を兼実はこう評している(『玉葉』治承三年七月二五日条)。

凡そこの貫首(蔵人頭であった通親のこと)万事旧法を糺《ただ》し申し行なうと云々。賢と謂うべし〳〵。

但し過法か。

このような政治的資質の持ち主であり「過法」の人物が、やがて徹底した策略家になったのは納得がいく。

通親の野望

そんな議論があった翌年の治承四年七月一四日、高倉院に第四皇子尊成《たかひら》親王(後の後鳥羽天皇)が誕生した。既に重病だった院は、福原から京都への還都が実現した一カ月後に亡くなってしまう。尊成親王誕生からわずか半年後であった。幼い親王は、生涯父高倉院の記憶を持つことはできなかったのである。清盛の妻時子《ときこ》は、尊成親王の養育を同腹の兄弟、法勝寺執行能円《ほっしょうじしゅぎょうのうえん》に依頼、彼の妻範子《はんし》は親王の乳母とされている（図4参照）。しかし能円は、寿永二年（一一八三）七月平家の都落ちに際し、後事を範子に託して西海に赴いた。安徳天皇の御持僧という立場だったからであろう。壇ノ浦で捕われの身となり、いったん京へ戻されたのち、流罪に処せられている。一方範子は、安徳天皇が西海にある間、尊成親王が議論の末選ばれて践祚《せんそ》（即位は翌年）したことから、乳母としての立場は格段に高まっていた。

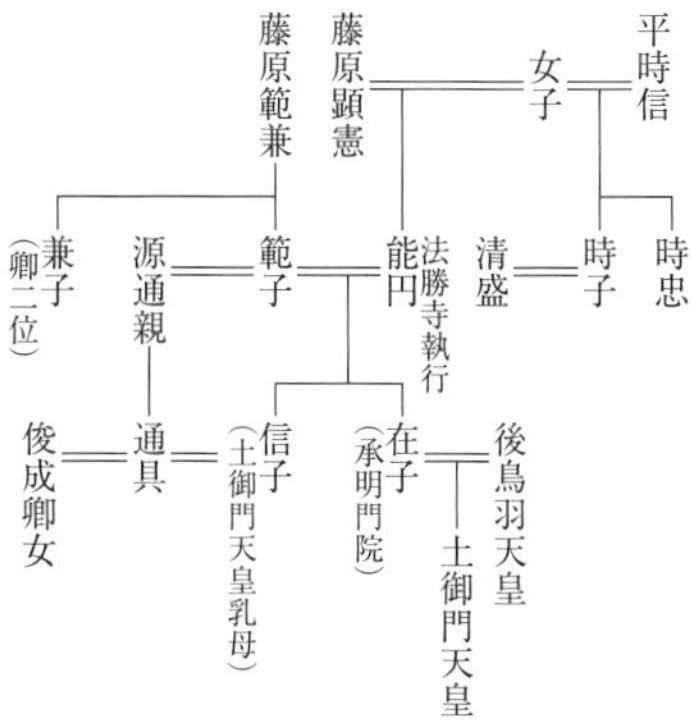

図4　能円関係系図

この範子に近づき、結婚したのが通親である。後鳥羽天皇の父、高倉院に仕えていた通親にとって、範子は身近な存在だったと思われる。

この結婚に、能円と生き別れた範子に対する〝同情〟がなかったとは言わないが、これほど政治的な打算に満ちた結婚も珍しい。若い時からこの種の結婚と離縁を繰り返し悪名の高かった通親のことだから、計算ずくの行動であったろう。これにより後鳥羽天皇の乳母夫となった通親は、範子と能円との間の子、在子《ざいし》・信子の姉妹を養女とした上、在子を後鳥羽天皇の後宮に入れている〈信子も、在子が男子〈後の土御門天皇〉を出産するや、その乳母にしている〉。入内の時期は明らかではないが、兼実の娘任子のそれにさほど遅れるものではなかったろう。

ただし、任子や在子が懐妊するのは、それから四、五年後のことで、後鳥羽天皇が男性として成長したことの証である。ことさらそのことにふれたのは、後鳥羽天皇の行動を辿る時、この天皇ほど青年期の経験――時には青春無頼の行状――を経て成長した天皇は稀だからである。

そして建久六年〈一一九五〉、

八月一三日　任子、第一皇女昇子《しょうし》内親王を出産。

一一月一日　在子、第一皇子為仁《ためひと》親王を出産。

兼実が望んだ男子を産んだのは、任子ではなく通親の娘在子だった。兼実が通親に敗れた瞬間である。この結果をみて通親の打った次の手が、兼実を関白の座から追放することであり、任子を内裏から退かせることだった。建久の政変である。

頼朝の動向

しかしこの政変を語る上で見落としてはならない、もう一つの動きがあった。頼朝による大姫《おおひめ》入内の画策である。むろん兼実による娘任子の入内を知った上でのことだ。

建久六年(一一九五)三月、頼朝は東大寺落慶供養に参列するため、妻の北条政子、娘の大姫を伴って上洛した。二カ月余の京都滞在中には、かの丹後局を六波羅の館に招き、莫大な贈物をするなどして、この強い反幕感情の持ち主の懐柔に努め、大姫入内を積極的に働きかけている。頼朝一行は落慶供養に臨んだ後は難波の四天王寺に参詣するなど、五カ月にわたる旅を終え、七月八日鎌倉に帰っている。この間も、丹後局とはたびたび連絡を取っていたと思われる。

だが、このような頼朝の動きは、結果的に兼実追放を目論む通親を後押しすることになった。頼朝と兼実の乖離を見て取った通親が兼実追放を断行したのは、頼朝が京都を去った翌年のことである。二年後の建久九年(一一九八)一月には後鳥羽天皇が譲位、在子の産んだ為仁親王が即位する。土御門《つちみかど》天皇である。全てが通親の仕組むところであり、ここに至って通親の野望は成就した。

その時期、頼朝による大姫入内の動きはどうなっていたのか。実はその間(建久八年七月)に、もともと病弱だった大姫は亡くなっていた。頼朝の望みはその時点で断たれたばかりではない。二年後の建久一〇年(正治元年、一一九九)一月一三日には、頼朝自身が急死してしまう。頼朝の動きは、兼実を窮地に陥れただけでなく、京都に培ってきた親幕派勢力の後退を招いたという点でも、頼朝が最晩年におかした最大の政治的失策であった。

慈円の著した『愚管抄《ぐかんしょう》』には、亡くなる直前の頼朝が兼実にこう語ったと伝えている。

「今年、心シヅカニ（京都に）ノボリテ世ノ事サタ（沙汰）セント思ヒタリケリ。萬《よろず》ノ事存ノ外ニ候（全てのことがうまくいかなかった）」ナドゾ九条殿ヘハ申ツカハシケル。

これによれば頼朝は、これまでの失策を反省し、兼実と連繫して支配体制の再構築を図るため、京へ上り兼実に会おうとしていたことが知られる。しかし頼朝が、兼実こそ無二のパートナーであることを認識するのが遅すぎた。

建久の政変とはいったい何だったのか。その経緯を追いながら分ったことは、こうである。通親は、最終的には（擬制的ながら）土御門天皇の外祖父となったが、摂政（あるいは関白）になることはなかった。というよりなれなかった（内大臣で終わっている）。摂関の座を約束されていたのは、摂関家と呼ばれる藤原氏本宗だけだったからである。通親はそのことを百も承知だった。

とすれば、この政変の目的は、摂関の座の掌握といったことではなく、在子所生の皇子の即位実現そのものにあり、そのために中宮任子を一刻も早く内裏から退け、内裏に留まることで起こり得る皇子誕生の可能性を断ち切ることにあったといえよう。その後における後鳥羽天皇の異例の若さ（一九歳）での譲位、為仁親王（土御門天皇）の立太子抜きでの即位を実現した経緯を見ても、任子の復帰を認めなかったことと共に、為仁親王の皇位継承に向けてその「不可逆性」を確実なものにするよう全精力を注いでいたことが分る。建久の政変を「突然の政権交代劇」とみるのが通説であるが、トップ（摂関等）の交代は付随的なものでしかなかったのである。

2　女院たちの命運

中宮任子、内裏を追われる

建久の政変の一部始終を見てきた。古来、政事には必ず女性がからんでいたといってよいが、この政変ほど女性の去就が明らさまに問題にされた事件も珍しい。それだけに、この政変に登場した女性(女院)たちのその後が気にかかる。叙述上のバランスからいえば、彼女たちについては、直接関わった場面で取り上げるだけで十分なのだが、彼女たちの人生はそれで終わったわけではあるまい。その後どのような日々を送ったのだろうか、『明月記』にも、主家である九条家の任子についての記述が主であるが、その他の女院についても記すところがある。定家の目を借りながら、通常書かれることのない女院たちの生きざまを、承久の乱後に及ぶことがあるが、見届けておきたいと思う。

話を建久七年(一一九六)一一月、兼実が関白を罷免され、中宮任子が内裏を追放された時から始めたい。

兼実の罷免を受けて任子が内裏を退出する。元服したばかりの後鳥羽天皇のもとに入内して七年、皇女(昇子内親王)を産んでからわずか一年余り後のことである。恐らくこの時点では、任子はいずれ内裏に戻るものと信じていたと思われる。事実、正治元年(一一九九)六月、兄良経が左大臣となり政界に復帰した時、任子の再入内の議が起こっている。しかし通親らの猛反対で実現しなかったという。正治二年(一二〇〇)六月二八日に行なわれた任子への「宜秋門院《ぎしゅうもんいん》」の院号宣下《いんごうせんげ》は、いわば訣別の代償であった。

後鳥羽天皇の乳母と結婚し、入内させたその娘在子が皇子を儲け、策略通りに事が進んでいた通親にとって、任子の再入内はとうてい認められるものではなかったのだ。しかも建久九年、後鳥羽天皇の譲位を謀り、在子の子為仁親王を天皇に立てたばかりである。通親にとっては良経の復帰も歓迎できなかったであろう。

『明月記』正治元年正月四日条によると、日吉社(現大津市坂本)より戻った定家は九条殿を訪れている。

元三の間、人人多く宮(任子)に参ずと云々。申《さる》の時許り大臣殿(良経)に参ず。相次で宮御所に参ず。巽《たつみ》(東南)の方、悉く造り畢《おわん》ぬ。風流の勝形、仙洞(院御所)に異らず。殿下(兼実)御覧じ廻る。召しにより御前に参じ、御供して暫く徘徊す。自ら御所中宮の御格子を下げしめ給う。其の事に供奉す。

九条殿では正月三カ日、中宮任子に挨拶に参る人が多かったこと、兼実が任子のために新しく御所を造っていたことが知られる。その御所は「風流の勝形、仙洞に異らず」と定家も記すように、院御所にも劣らない立派な殿舎であったといい、この日訪れていた兼実がみずから御所の格子を下げたというのである。兼実の娘任子への心遣いが偲ばれるが、その心中に込められていた煮えたぎる思いが伝わってくる。定家も同じ思いを抱いていたに違いない。この後もほぼ毎日のように「新御所に参」じた定家は、その心中を語ることはないが、任子を応援していたのだと思う。

「女人入眼ノ国」

ところで、任子と在子の他に後鳥羽天皇の後宮に入った女性がもう一人いる。藤原重子《じゅうし》である。彼女の父藤原範季《のりすえ》は、在子の母範子の父親である藤原範兼《のりかね》の弟なので、重子と範子は従姉妹にあたり、在子と重子は縁者であった(図5参照)。年齢をみると、在子が重子より一一歳年長であり、後鳥羽院とは在子は年上で重子は二歳年下になる。範季も範子との縁から娘重子を後宮に入れたのである。重子は、建久の政変の翌建久八年(一一九七)九月一〇日に第三皇子守成《もりひら》親王(後の順徳天皇)を産んでいるから、入内は遅くともその前年のことであろう。これにより、当時の宮廷社会では反兼実派が圧倒的多数となり、通親のみならず範子や妹の兼子《けんし》たちが力を強めるきっかけとなった。ただし範子は、孫の為仁親王の即位を見届けたのち、正治二年(一二〇〇)八月四日に亡くなっている。ちなみに妹の兼子は、のちに「卿二位《きょうのにい》」と呼ばれ後鳥羽院のそばで権勢を振るった。慈円が、義母牧方の陰謀を抑えて父時政を追放、以後鎌倉を支配した北条政子とこの兼子を「京ニハ卿二位ヒシト世ヲ取リタリ。女人入眼ノ日本国イヨ〳〵マコト也ケリ」(『愚管抄』)と評したことは有名である。

話を範子の死に戻そう。実は、その前年あたりから、よからぬ噂が流れていた。『明月記』正治元年(一一九九)六月二〇日条に、「巷説、頗る実事を告ぐるに似たり。又私に通ずるか。秘せらるるに依り聞き及ぶ事なし。世間の人々、遍に又事の由を称え告ぐと云々。実否を知らず」とある。人々が噂する「頗る

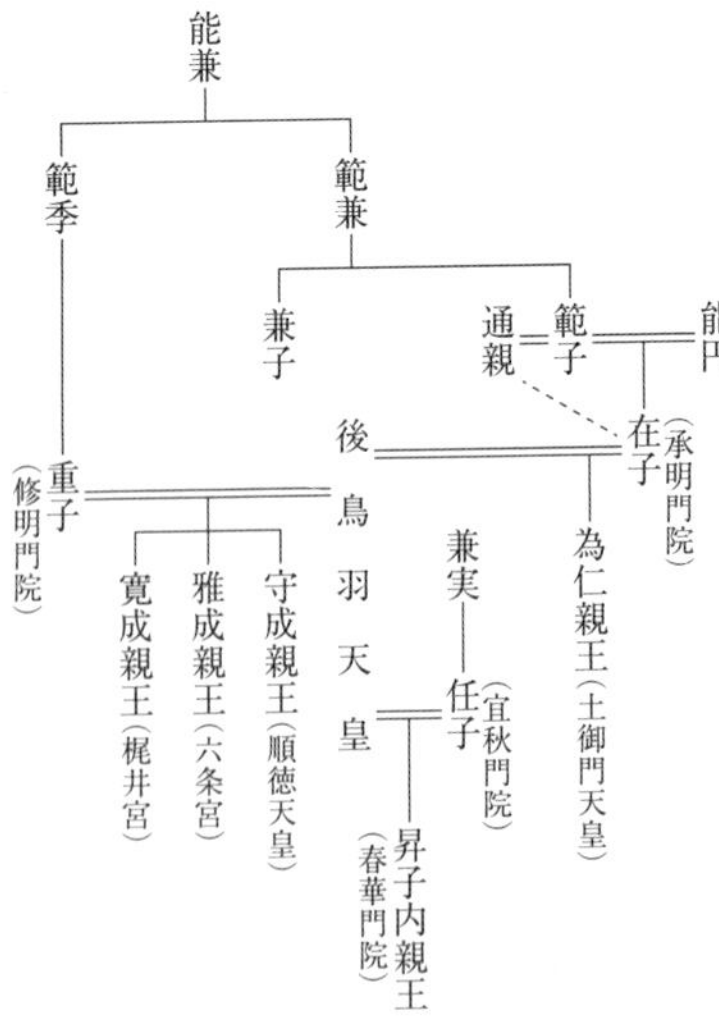

図5　女院系図

実事」とは『愚管抄』にも「承明門院ヲゾ、(中略)アイシマイラセケル」と記されるように、通親と在子の「私通」をめぐるものであった。

この一件は、後鳥羽天皇の耳に入れば、いくら通親とはいえ勅勘を被ること必定と思われるが、何の沙汰もなかった。恐らくそれは、父(高倉院)を幼時に失い、乳母夫としていつも傍らにいた通親は、院にとって父の如き存在だったのであろう。それが、建久の政変も含め悪辣な振舞に及ぶ通親を看過容認した理由であったように思われてならない。しかしこの件を機に始まった院の重子へ

の寵愛は、通親に抗する行動だったとみる。院の通親からの離脱、自立のはじまりである。

さて在子は、建仁二年(一二〇二)一月一五日に「承明門院《しょうめいもんいん》」の院号を宣下されているが、同じ年の一〇月二一日に養父通親が急死する。前日には参院するほど元気で、所労のことなど聞かなかったが「頓死」(突然の死)だった。『愚管抄』にも、「フカシギノ事ト人モ思ヘリケリ」と記されるが、これまでの権謀術数の数々を思えば敵はゴマンといたはずで、秘かに殺害されたのではないかという疑念を抱かれてもおかしくはない。

そして正治二年には、重子が「二品《にほん》」と呼ばれ、既に院の后のような扱いを受けていたことが知られ、同年四月一五日には重子の産んだ守成親王が立太子し、九月一一日に彼女は第四皇子雅成《まさなり》親王を出産している。後鳥羽院の寵愛ぶりが知られよう。

注目したいのは、同年の『明月記』二月九日条である。院中では雑遊がたびたび催され、院の不興を買った近臣に理不尽な仕打ちが行なわれるなど、院の御気色次第で事が左右されるといった有様だった。それを見た通親が、「今に於ては吾が力及ばず」(今となっては私の力も及ばない)と歎いたことが記されている。時期からいってこうした院の振舞は、重子への寵愛とともに、在子と密通を犯した通親に対する反発ではなかったろうか、そう思われてならない。いずれにせよ院の関心が在子に戻ることはなかった。『明月記』にも院の重子への寵愛ぶりが記述されるばかりである。なかでも建仁三年(一二〇三)一二月に新造なった宇治の新御所には、重子のために寝殿の西に特別の部屋が設けられ、豪華なしつらえが施されていたことが知られる。この記事は、寝殿造建築の構造やその「しつらえ」の実態を知る上で貴重な資料といってよい。

宜秋門院の出家

ところで、『明月記』には詳しい記述はないのだが、建仁元年(一二〇一)一〇月一七日、後鳥羽院が熊野御幸《くまのごこう》で京を離れている時にあった〝事件〟——任子の出家について記している。実は定家自身、この熊野御幸に参加していたから、帰洛して初めて聞いたのである。

「殿下頻りに難渋し申さしめ給い、御髪を被《き》らず」との記述から、父の制止を振り切って出家を遂げた任子が髪を下ろそうとする、それを、「髪だけは止めてくれ」と言って必死で止める兼実。父娘の悲痛な声が聞えてくるようだ。

院不在中の中宮の出家。この時任子は、全てを達観して心静かに出家したのではなく、過ぎ来し方を振り返りいまの我が身を思うにつけ、沸き上る抑え切れない激情のなかにいたとみる。院の留守中に決行したこの出家は、院との訣別の表明であったのだ。

通親が翌年に没していることを考えると、もう少し我慢すれば再入内もあり得たであろう。しかも、通親の死後、兄良経が内覧宣旨を受け土御門天皇の摂政となっているから、その可能性はさらに高まったことだろう。口惜しさの極みとはこのことである。

この年、一二月一九日には母（兼実の北政所）が亡くなり、翌建仁二年（一二〇二）一月二七日には兼実も出家した。良経が内覧になったことがせめてもの救いであったが、その良経も建永元年（一二〇六）三月七日、突然この世を去った。夜眠った後そのまま二度と目覚めることはなかったという。才能もあり人柄も穏やかだった良経の死は、あとに残された兼実と任子を悲しみのどん底に突き落としたのだった。そんな任子に追い打ちをかけるような不幸が襲いかかる。同年八月二四日、任子の女院御所が焼亡したのだ。定家はこの日のことを『明月記』の中で詳しく記している。

午後に九条殿に参り南殿にいた兼実に見参した後、夕方後鳥羽院御所に戻った定家は宿所で就寝中だったが天の色の明るさに目覚め、飛び起きて南方を見る。四条辺りだと人々が話している時に後鳥羽院が還御し、「頻りに（火事の場所を）お尋ねになる」。様子を見に行った童部が走り帰り、「七条川原から見ると南方の河（鴨川）西が火事だ」と言う。これを聞いた院は「もしかして九条殿ではないだろうか。（そうなら）不便である」と仰せられた。その後帰宅した定家は、門前で女院御所が火事だと聞き、直ちに馳せ参じた。女院（任子）は既に南殿に避難して無事だったが、火元の下台盤所で逃げ遅れた老女房が焼死した。

以上が当日の様子である。翌日、定家は後鳥羽院御所にいつも通り参った。肝心の個所なので、この日の出来事をざっと書いてみる。

後鳥羽院御所より帰宅した定家のところに院の使者が来て、昨日の女院御所の火事で死人が出たので、定家がその場にいたかどうかの確認をした。定家は、火元へは行っていないので死穢に触れていないことを言明。ところが夕方、再び院に呼ばれ同じことを質問された。同じように否定したが、院は「今後はこのような場所に向ってはいけない。御精進屋《ごしょうじんや》に御幸以前に汝が参入したので、(定家が穢であれば)ここも穢になっていた」と定家を責めた。

定家は「年来の志に依り、病を扶《たす》けて馳せ参じ、此の如き沙汰出で来、事に於て由無し」と、年来奉公している女院のために急ぎ駆けつけたことで、かえって院に咎められたことを歎いている。

文中の「御精進屋に御幸」とは、寵愛の女房が熊野に進発するため、院がその精進屋に行ったことを指し、火事を見舞った定家が院御所に入ったことで御所が穢に触れたのではと、院が神経をとがらせたのである。

自身の中宮である任子の御所が焼けたことより、寵愛の女房が触穢によって熊野へ出発できなくなることを心配して怒っているのだ。穢意識の強かった当時の風習のせいとはいえ、これは理不尽な折檻というものであろう。しかもこの女房は、重子ではなく、八月一六日の院の八幡御幸にも供奉していた、定家の知らない女房である。院と任子は既に枯れ枯れになっているが、せめて火事に遭った中宮の様子を定家に確認するくらいの思いやりは、あってしかるべきではないか。若くて活動的とはいえ、後鳥羽院の言動に言葉を失う。

年も改まり、翌承元元年(一二〇七)四月五日、任子の父兼実が亡くなる。任子にとって大切な後見であった兼実の死は、どんなにか辛かったことであったろう。任子は八月二一日に封戸《ふこ》を辞退している。彼女に残された唯一の宝は、娘の昇子内親王だった。昇子は承元三年に、元服した東宮守成親王の准母《じゅんぼ》とされ、「春華門院《しゅんかもんいん》」の院号宣下を受けている。慈円は『愚管抄』の中でこの院号を春華＝桜は(早く散るので)短命を暗示するとして非難している。

その慈円の不安が適中したかのように、昇子内親王はそれからわずか二年後、建暦元年(一二一一)一一月八日に一七歳という若さで母に先立っている。全てを失った任子……。

任子は、翌建暦二年一月七日に、院号・年官・年爵を辞退した。彼女にとって女院であることの意味は、もう全くなかったのである。こうして長く彼女を苦しめた内裏との縁も終わりを告げた。

悲哀の晩年

同じ頃朝廷で見られた動きに目を留めておきたい。昇子内親王が没する前年の承元四年(一二一〇)一一月二五日に、土御門天皇(一六歳)が譲位、東宮守成親王(一四歳)が天皇(順徳天皇)となった。土御門天皇にとっては、これから成長し活躍が期待される年齢での譲位だった。

とっくに通親という後見を亡くしていた母の在子は、このことに傷心の余りこの年に出家、落飾して尼となっている。かつての栄光は、この女院からも去っていた。

一方重子は、承元元年(一二〇七)六月七日に「修明門院《しゅうめいもんいん》」の院号を宣下され、子供も天皇となり、これから順調な人生を過せると思われたが、順徳天皇在位一一年目の承久三年(一二二一)四月二〇日に譲位。後鳥羽・土御門・順徳の三院が立つという事態となった。そして五月一五日、後鳥羽院が北条義時追討の院宣を下す。承久の乱である。この顚末についてはここではふれない。後鳥羽院は七月八日に出家、七月一三日に隠岐へ配流となる。順徳院は七月二一日に佐渡へ配流。直接乱に加わっていない土御門院への幕府の咎めはなかったが、みずから希望して土佐へ配流され、後に阿波へ移された。

重子は、後鳥羽院の隠岐配流の日、院の生母七条院と共に鳥羽で見送った後に出家、落飾して、院号・年爵・封戸を辞退。岡崎(現京都市左京区)の地に隠棲したと言われている。

土御門院は寛喜三年(一二三一)阿波で、順徳院は仁治三年(一二四二)佐渡で没している。二院の母、承明門院在子は正嘉元年(一二五七)に八六歳で、そして修明門院重子は文永元年(一二六四)八三歳でそれぞれこの世を去った。在子は出家してから四七年余り、重子も出家後三六年ほど生きている。二人の女院たちは、どのような思いでそれぞれの長い年月を過したのだろうか。ことに重子は、院の寵愛を受け華やかな宮廷生活を送ったあとだけに、三六年もの日々の寂しさが思われる。

建久の政変とは

そして宜秋門院任子。暦仁元年(一二三八)一二月二八日、二人に先立ち六五歳で没している。その二カ月足らず後、延応元年(一二三九)二月二二日、後鳥羽院が隠岐で六〇歳の生涯を閉じた。

　ここで最後に、任子の御所が焼亡した日の定家の記述を、もう一度思い出したい。

　南方の火事を見た後鳥羽院は、「しきりに火事の場所をお尋ねになり、もしかして九条殿ではないだろうか、不便である」と語っている。翌日死穢について定家を咎めた院であるが、実はあの時、心の中では九条の御所に居た任子のことを気にかけていたのではないか。

　任子が儲けた昇子内親王は、「タテバヒカル、イレバヒカル程ノ」美しさで、後鳥羽院も「アマリナルホドノムスメカナ」と、昇子内親王が御所に来るのを心待ちにするほどであったという(『愚管抄』)。娘がその美しさであれば、母の任子もさぞ美しかったのではなかろうか。後鳥羽院は、実は任子母娘を好ましく思っていたのではないか。そんなふうに想像する。

　任子がもっと後鳥羽院のそばに居たら、皇子を出産する可能性があり、皇子を産めば、中宮の子なので立太子され天皇になったであろう。通親たちはそのことを一番恐れていたのである。だから、在子が男子を産んだ一年後には、任子と後鳥羽天皇との接触を避けるために内裏から追放したのである。建久の政変とは、まさしく任子を追い出すための策略だったのだ。

3　後鳥羽院政の創始

清撰殿上人

女院をめぐる話題は尽きないが、ここでもう一度、話を建久の政変時に戻したい。そこでも述べたように、中宮任子の内裏退出を実現した通親が次に企てたのは、養女在子の産んだ為仁親王を皇位につけることだった。

源平争乱以来、幼年天皇が続いたせいで当時皇太子は存在しなかった。従って為仁親王を皇太子に立てることが当初議論されたようだが、通親にとってそれでは時間が惜しい。すみやかに即位を実現したい。そのためには後鳥羽天皇の譲位しかあるまい。こうして断行されたのが一九歳だった後鳥羽天皇の譲位というわけである。土御門天皇の外祖父となった通親は、「源博陸《はくりく》」(博陸は摂関の唐名)などと呼ばれるようになるが、もとより正統な摂政ではない。

こうして目的を達成した通親が並行して進めていたのが、後鳥羽院と土御門天皇を支えるための体制作りであった。次頁に掲げる「内殿上人」四一人、「院殿上人」六〇人の任命がそれであるが、「清撰」の作業は譲位以前から着手していたようだ。「今度更に清撰、本《もと》の人多く除かるべし」(建久九年〈一一九八〉正月一一日条)と『明月記』にあるように、「清撰」とは厳選の上にも厳選することで

内殿上人次第狼藉

成定・家俊・伊輔・家経・隆衡・資実・保家・教成・雅親・公信・実宣・経通・範光・長房・光親・宗方・隆清・道経・通光・基忠・兼基・頼平、蔵人頭公経・通宗、五位蔵人兼定・清長・長兼、六位重輔・為定・範茂範季子・範基範光子・忠成長房(長ノ誤カ)子、範基依頓病不出仕、仍忠成(長ノ誤カ)超了云々、非蔵人高階重経経仲子、後聞、下臈子皆補職事、上臈子非職、無術由申、不参云々・平知国親国子、所衆中原行盛・中原宗定・大江宗親、出納佐伯久親・中原貞重・紀清景、滝口藤盛景・藤親明・惟宗真［貞］政、

院殿上人擯出、今度初、有此例

四位保盛　経仲蔵頭地下　成定　家俊　親経大弁地下　伊輔　公経　家経　通宗　保家　高通　信雅

宗隆　教成　隆衡　資実　公定　公信　通具　実宣　経通　五位、範光　兼定　親国　宗長　知光　長房　清長　長兼　光親　親長　伊時　有通　隆清　通光　資経　道経　隆仲

有雅　忠信　兼基　雅経　師親　通方　別当、通親　忠経　信清　公経　判官代、長房

藤親綱　藤信綱　同忠綱　源保清　蔵人、康業　源仲家　同家長　橘以忠　非蔵人、重輔

源光定　主典代、左衛門尉中原政経年預　小志安倍資兼

あり、そのため排除される者も少なくないだろうとある。「院殿上人」の見出しの下に記された「〔擯出(退けてのけ者にする)今度初めて此の例あり〕」というのがそれであろう。

事実、定家はこの人選に漏れており、それを「除籍」と受け止めている。「清撰」とうたうことで、この人選も否応なしに通親の権勢を強めるものとなったのである。「内」(天皇)と「院」に分けられた清撰殿上人は、総勢一〇一人にのぼるが、その三分の一は両方にまたがっており、内と院とを兼務させたことが分る。通親自身も「院別当」に就いているが、全体を統括していたことは言うまでもない。

この清撰殿上人制は通親独自の方策であり、内裏や院御所などでの諸行事に動員された。公家社会の再編成という点でも注目されるが、どこまで機能したかは疑わしい。というのは、この後、後鳥羽院が主体性を強めさまざまな活動を展開するなかで、もっぱら用いたのは少数の「近臣」だったからである。清撰殿上人も広義の近臣集団といえなくもないが、近臣の果す役割とは異質であり、それればかりか清撰殿上人の体制は、この近臣によって空洞化されたと考える。しかも近臣中の近臣が、他ならぬ通親だったのは皮肉という他はない。

通親の「奇謀」

正治元年(一一九九)正月、巷では右大将頼朝の病気のことが語られ、一一日に「出家」との報が飛脚でもたらされ、早速院の使者として公澄《こうちょう》らが派遣されている。もう亡くなっているのではないかという噂も出ていた。頼朝の死は「朝家の大事、何事かこれに過ぎんや、怖畏《ふい》逼迫の世か」と受けとられている。

そんな時期も時期、正月二〇日に通親は、「春の除目」も遠くないのに「臨時の除目」を行なっている。その時点で通親は、頼朝が一一日に出家、一三日に入滅したことを知っており、除目はそれ以前に行なったことにして実行したのである。その眼目は、

一つ、謹慎中の良経の内大臣職を解く。
一つ、頼実の右大将の職を解き右大臣とする。
一つ、空いた右大将の職に通親が就く。
一つ、頼朝の嫡男頼家を(左)中将とする。

このうち、頼家の件は、頼朝が亡くなれば服喪のため除目を行なうことはできなくなる。その除目を頼朝の死去を知っていながら行なったとなると、それは幕府を愚弄することになろう。この措置は、京都守護だった故一条能保《よしやす》の郎等らによって、ただちに鎌倉へ伝えられている。この時の通親の行動を定家はこう記している(正月二二日条)。

「前将軍(頼朝)が亡くなった時には院に奏聞せず、なお見(現)存(存命)していると称し、除目を行なったあとに死去のことを聞き、大いに驚いたことを態度に示すため、蟄居閉門した」——定家な

らずとも通親の見せかけのパフォーマンスは容易に見破られたのである。通親は幕府側の報復を恐れて院御所に逃げ込み、籠っている。「京中騒動」「院中警固、軍陣の如し」というから、大変な騒動になっていたことを知る。定家はこれを「奇謀の至なり」と断じている。『明月記』には書かれていないが、通親は鎌倉に使を走らせ、幕府の重鎮、大江広元《ひろもと》に助けを乞い、事なきを得ている。これもまさに「奇謀の至」であろう。ところがその直後に、能保の郎等らを流罪にし、西園寺公経《きんつね》(能保の娘婿、頼朝の甥)、保家《やすいえ》(能保の従兄弟)、源隆保《たかやす》(頼朝の甥)など親幕派の公卿の出仕を停止している。通親の権力志向には驚くしかない。

この後六月二二日には、任大臣の事が行なわれ、良経が左大臣に(政界に復帰)、通親は右大将はそのままに内大臣に任命される。『愚管抄』によれば、後鳥羽院は、通親の道理に外れた行動を見守るしかなかったが、良経を左大臣に就かせたのは院の「オボシメシハカラヒ」であったといい、また建久の政変についても、院自身は「兼実は政《まつりごと》をよく知る人で、替える必要はない」と周囲に伝えていたという。後鳥羽院が自身の意思で行動を始めるのは、もう少しあとのことである。

4　定家「官途絶望」

建久九年(一一九八)正月半ば、定家は自制心を失ったような言動をとっていた。

最初はそれほどでもなかった。

正月一五日。夜、八条院へ参上したところ、兄の成家《なりいえ》に出会った。そこで定家は目下抱いていた疑問を成家にぶつけている。「仙籍を除かれた者が恩免を受ける(許される)以前に、このように出仕するのはよくないのではないか」。すると成家は「勘当されたとは思っていないので、このように出仕したのだ」と答えている。しかし納得できなかった定家は、「勘当でなくても除籍されたのは恥であり恐れもある。やはり今日の出仕は道理がないのではないか」と自分の考えを繰り返している。

兼実・任子が処分を受けた時、家司として仕えていた定家らも行動を制約されたに違いない。しかし定家にとって最もショックだったのは、後鳥羽院政のスタートに当って定められた「清撰殿上人」に選ばれなかったことである。前に述べたように清撰の意味は、内裏や院御所への昇殿を許されていたものの中で特別に選ばれた殿上人のことであり、選ばれなかったとしても殿上人たることを停止(除籍)されたわけではない。兄の成家が「勘当されたわけではない」といっているのは、このことであろう。しかし定家は、これを深刻に受け止め、特に院との関係がなくなることを恐れたとしても不思議ではない。事実、後鳥羽院の御幸に供奉する殿上人の顔ぶれを見ると、「清撰殿上人」で固められているから、定家が抱いた疎外感は強烈なものであったに違いない。兄成家とのやりとりの中で、その時出仕していた八条院にお伺いを立てて「憚りなし」との言葉を頂いたとしても、定家の求めていた答ではなかったろう。

無縁の身は

この一件は殿上人全般に関わる問題であったといえるが、これが家司として仕えた九条家との関係となると、話は別であろう。関白兼実が建久の政変で政治的権限を失ったことで、定家の立ち位置も好むと好まざるとにかかわらず変化を余儀なくされたに違いないからである。そのことを端的に示してくれるのが、次に述べる「官途事絶望了」の一件ではなかろうか。「官途」(官位昇進)については「望みを絶つ」――もう所望することはしない、との意である。

正月一八日、早朝定家が兼実のもとへ参上したところ、女房を通して仰せられることがあった。それは一昨日定家が申し入れていたという子細――「官途のこと、望みを絶ち了《おわ》んぬ」に関してであった。その内容は定家自身の説明によると以下の如くであった。箇条書にしてみる。

(一)「御給《おんきゅう》」については所望しません(ただし中宮任子の御給の仕方に問題があることを申し出ていた)。

(二)「超越《ちょうえつ》」(他人に越階《おっかい》されること)されても全く苦痛とは思いません。超越されてもその翌日には出仕します。

(三)「(官途)所望」については「又依レ無二其縁一」(私にはその縁がないので)、これ以上申し出ることはありません。
(四)「解官」されることがなければ、(目下勤めている)本官への出仕を怠ることはありません。たとえ「解官」されても苦痛ではありません。

適宜言葉を補って整理すれば右の如くである。(一)の「御給」が目下の関心事であったことが知られるが、それにしてもこれは何とけなげな口上であろうか。「官途絶望」とは、誰もが求めた(定家自身もこの後強く求める)官途の望みをみずから放棄したことに他ならず、たやすく口にする言葉ではない。それを定家は主家に申し出ているのである。

定家の申し入れについては、二通りの理解が可能であろう。

一つは、不遇な境遇の兼実にこれ以上負担をかけたくないから。

二つは、権限がなくなった兼実にこれ以上望んでも無駄だから。

この時の定家の本音を知る手掛りが、先にあげた(三)「(官途)所望」の中に見る「依レ無二其縁一」という文言である。自分には縁がないとは、頼むに足る人がいないということであり、無駄だから所望しないということになる。家司として仕えた兼実が「無縁」であるとは思えないのだが、ここではそう断言しているといってよい。それにしても罷免されたことで政治力を失った兼実に対して、これほど不遜な言い方はないのではなかろうか。しかしそれが定家の真意だったとしか受け取れない。建久の政変がここまで定家の心を荒廃させていたことに驚かされる。

『明月記』を読み込む中でしばしば出会うのは、このような言動をとる定家である。「そんな言い方はまずい。破滅するようなものだよ」などと、声をかけたくなる瞬間がたびたびある。しかもそれが相手の身分の高下にかかわらないから危惧は倍増する。この場合もそうしたケースの一つといってよいであろう。それが良くも悪くも定家の真骨頂であった。私たちは、そんな定家に付き合っていかねばならないのである。

さすがに兼実もこの時は、翌一九日、定家に対して（女院給の扱いにふれたあと）「官途の望を絶つ由、すでに以て事旧了《ことふりおわ》んぬ」と言っている。「事旧る」とは、古くなった話だ、もう済んだことだ、いまさら何を言っているのだ、といったところか。少なくとも兼実は、定家の申しようをすんなりと受け入れてはいない。

しかし兼実は、（二）の「御給」については、定家の申すところに道理があると言って、善処することを約束しているし、（四）の「解官」についての定家の〝覚悟〟に「甘心」（感心）しており、定家は「御興言」（激励の言葉）を賜っている。不信を突き付けられた兼実だが、置かれた状況の中で精一杯対応している。決して無能な人物ではなかった。その後も、投げやりになっている定家に、仕事に励むよう諄々《じゅんじゅん》と諭している。

心中のわだかまりを吐露したことで気持の整理がついたのか、兼実の対応にも救われるところがあったのか、翌年になると、それまでの言動が嘘のように普段の定家に戻っている。

しかし、このような経緯からも、定家の気持が九条家から離れはじめていることが感じ取れよう。それを促したものこそ、建久の政変後における後鳥羽院の登場であった。これからの定家は、つねに九条家と院との間を揺れ動くことになる。

第三章

新古今への道

水無瀬眺望

1　正治初度百首

後鳥羽院の京中歴覧

いわゆる建久の政変の結果、その首謀者通親《みちちか》の思惑どおり、建久九年（一一九八）正月に土御門天皇が即位。青年後鳥羽上皇の院政が始まる。万事に行動的なこの上皇（以下院で表示）は早速二七日、「女車」で最勝光院へ御幸（A）、二八日には法性寺殿へ御幸（B）している。定家はこうした院の相継ぐ御幸について、それぞれこう記している。

（A）この一所に限らず、近日京中幷びに辺地、日夜御歴覧、尤も用意あるべし。

（B）惣じて毎日毎夜、此の儀あり、牛馬を馳せらる。

院が、騎馬してか牛車に乗ってか、日夜京中辺地を歴覧しているというのである。定家が「御歴覧」という言葉を使ったのは、民情視察といった意味を汲み取り、そこに帝王意識の片鱗を見たからであろう。後鳥羽院は祖父後白河院在世中に幼年で即位したから、在位中そのような意識を持つには至らなかったが、後白河院の没後、自身が譲位して幼帝を後見する立場になった時、初めて自覚するようになったものとみる。

定家は院の行動をそのように理解しつつも、受け止め方は実に現実的なものだった。最初に記す

「尤も用意あるべし」の「用意」とは、日夜各所を歴覧する院と、いつ、どこで出くわすか分らない、用心が必要だ、というものだったからである。

その予感が現実のものとなった。正治元年（一一九九）七月一四日の夜のことである。父俊成の三条坊門邸を出て九条宅へ帰るため従者をつれ騎馬して東洞院通を南下、高辻通辺りに差しかかった時、一町（約一〇九メートル）に満たない先から飛ぶような速さで院の車がこちらに向って来るのに気付いた。その瞬間、定家は馬を馳せて他の道に逃げ込んでいる。下人たちも「院の車の鞅《むながい》（馬具。馬の胸から鞍にかけわたす組みひも）が切れ、結び直すのに時間がかかったので助かりました」などと言っているから、それで救われたのである。定家も「これが今日の冥加で運が尽きなかった証拠だ」と安堵している。「自今以後と雖も、此の如き路頭は慎み怖るべき事、無益」といい、僕従たちには、今日のことを口外しないようにと諭しているが、「路頭の怖《おそれ》」は定家には結構現実的な問題だったのである。

院の和歌開眼

後鳥羽院が青春無頼の生活を送っている間にも目覚めていた帝王意識が俄に高揚するのは、正治年間（一一九九～一二〇一）に入ってからである。和歌への開眼と、それによる和歌集の編纂意欲の高まりがそれであるが、これには祖父後白河院の事績が意識されていたと思われる。

後白河院が今様《いまよう》に耽溺の末、それを集大成して『梁塵秘抄《りょうじんひしょう》』にまとめ上げたことは周知の通りであるが、最晩年には和歌を重視して俊成に『千載《せんざい》和歌集』の撰集を命じている。同じように遊興の間にも和歌に興味を持つようになった後鳥羽院が、『千載和歌集』に続く和歌集の勅撰を意識するようになるのは時間の問題であったろう。その思いが『新古今和歌集』として結実する過程で大きな役割を果したとみられるのが、『正治初度百首』の結集《けつじゅう》であった。

百首を詠み上げることが、依然として歌人たらんとする者にとっての努力目標であった時代、自身の詠歌を含めて二三人の百首歌を結集し、二三〇〇首もの一大詞華集を作り上げたという体験と実績は、院の和歌への関心と理解を格段に高めたとみられる。しかも定家がその作業に深く関わっていたことから、『正治初度百首』やその後における『新古今和歌集』撰集の過程が、ほぼ継続して『明月記』で知ることができるのは貴重である。ちなみに『正治初度百首』の歌は、式子内親王の二二首を筆頭に、多くが『新古今和歌集』に取り上げられている。

話の順序が逆になったが、『正治初度百首』の編纂は、正治二年(一二〇〇)七月に始まっている。同月一五日定家のもとへ公経《きんつね》の使者が来て、院が百首を行なわれるので、定家がその作者の中に入れられるよう院に申し上げている旨を伝えた。定家は、もしそれが事実なら極めて面目本望であると喜び、公経に返礼している。公経は定家妻(藤原実宗《さねむね》女)の異母弟であり、終生定家の理解者で後援者でもあった。しかし早くも一八日それが虚報であったことを知る。その日の知らせによれば、院は始め大変気色は良かったが、内大臣通親の関与により俄に変更され、「老者」だけが入ることになった、とのことだった。これを聞いた定家は、昔も今も和歌の堪能として老者だけを撰ぶなどということは聞いたことがない。これはひとえに季経《すえつね》らが賄賂で私を排除するために構えたことであろう。季経・経家《つねいえ》は六条藤家の者だからである、と言い、(こんなことなら外されたことを)全く遺恨とも思わないし希望もしない、と定家流の反応をしている。

ここに出てくる季経・経家は、三カ月ほど前のこと、定家が彼らの行なう歌合の作者を辞退した上、彼らを「えせ歌読《うたよみ》」と決めつけたために、そのことを定家の主、良経に讒言した人物だった。彼らが反対するのは当然のことだったが、定家には許せなかったのである。しかし公経には種々の資料を送り、披露されることを期待しているから、作者に撰ばれることを断念したわけではない。

七月二六日に公経に会い、院の気色を詳しく聞いたところ、この人撰が院の意志ではなく通親が六条藤家の立場で行なったものであったことを知る。

「二世の願望、満つ」

しかし八月九日に至り百首作者に仰せ下されたとの連絡があった。実はこの間、俊成も応援していた。作者が老者のみに変更されたと聞いた俊成は、直ちに「和字(仮名)奏状」を院に送り、その措置の不当を訴えていたのである。この奏状は六条藤家を批判する一方、定家や家隆《いえたか》らの優秀さを称揚するなど、かなり激しい内容のものであったが、これを受け取った院は即座にその申し入れに従い、定家・家隆・隆信《たかのぶ》らに題を賜っている。そこで定家は、院が「親疎を論ぜず、道理を申された」ことを高く評価するとともに、「二世の願望すでに満つ」と喜んでいる。

こうして撰ばれた作者は院を含めて二三人。各人がそれぞれ百首を提出することになる。八月二三日、百首を明日提出するよう下命があり、定家も「卒爾周章」と急なことであわてている。歌を兼実と良経に二度、父俊成にも一度持参し、添削してもらった上で二五日に提出している。

話はそれるようだが、定家は生涯で二度父の助けを借りて大事な場面を切り抜けている。一度目が、若い時分に起こした宮中での暴行事件であり(第一章)、二度目がこの『正治初度百首』である。この時父の推挙がなければ、その後における歌人としての歩みは大きく変わっていたに違いない。

定家は、自作の百首を院に提出した翌八月二六日、「院が内昇殿を仰せられた」との書状を受け取っている。昨夜の歌の中に地下述懐の歌(自身の不満を詠んだ歌)があり、院が憐愍の情を持たれたからであろうとし、「今百首を詠進してただちに(土御門内裏昇殿を)仰せられたのは、道のため面目幽玄である。後代の美談ともなる」とまで『明月記』に記している。これもまた、俊成の後押しあっての結果であり前途の希望が見えた瞬間であった。

２　和歌所と寄人

高まる定家の評価

『正治初度百首』の歌人撰定の経緯を辿ると、この百首は後鳥羽院の企画するところであったが、当初通親の意向に左右されるものだった。しかし俊成の申し入れを即座に受け入れ、親疎を問わず撰んだのは、院が通親の方針に納得していなかったこと、従って右の決断は、院が主体的に取り組むようになった第一歩だったといってよいであろう。

それと同時に注目されるのは、この間定家に対する院の評価が格段に高まり、信頼と期待を一身に得ていたことである。

たとえば正治二年一〇月一日、院御所での和歌会に出席した定家は、会が終わったあと小御所において御前に伺候、院からこう仰せられた。「カ、ル所へ参入(した以上は)、存ずる所を憚なく申すべし。申さざればその詮なし(意味がない)」と。定家は「目眩《くら》み心転迷《まろ》んだが、思う所を具《つぶ》さに申し上げた」と日記に記している。この時語った内容については記すところはないが、院が次に目指す仕事――勅撰集の編纂のことなども話題になったのではなかろうか。「今夜の儀、極めて以て面目たり、存外存外、忝々」がこの日の結びの文言である。

留意されるのは、新しい顔ぶれで進むことになったのを機に、通親が自宅で「影供《えいぐ》和歌会」を催していることである。一〇月一二日、一一月八日、一二月二六日と毎月開催、年を越えて建仁元年(一二〇一)三月一六日の会で終えている。影供とは、壁(この頃にはまだ床の間はなかった)に柿本人麻呂の画像を懸け、その前に立てた机に飯、菓子(果物)、魚鳥などを供したことからその名がある。六条藤家の顕季《あきすえ》が元永元年(一一一八)六月一六日、六条東洞院邸で柿本大夫人丸供を行なったのが最初といい、人麿影供は和歌の宗匠六条藤家の権威を示す表徴とされる行事であった。この六条藤家に学んだ通親が影供を始めたのは、『正治初度百首』の営みが、当初の目論見と異なる方向に進んだことに対する対抗的な示威行為であったとみてよいであろう。定家は父の求めでやむなく出席したが、二度目を病欠したところ、三度目には歌題を送りつけられ、歌を提出するよう責められており、定家はこれを前回欠席の「意趣」返しと受け止めている。

しかし院は通親の思惑を他所に、「百首」で見せたエネルギーそのままに、さまざまな形で和歌会や歌合を行ないつつ、その翌年勅撰集の編纂に着手することになる。注目したいのは、あの院が、実現に向けて猪突猛進せず十分な態勢を整えた上で実際の仕事に着手していることである。

寄人の清撰

まず建仁元年(一二〇一)七月二六日、院から、明日「和歌所」を始めること、「寄人《よりうど》」一一人は酉《とりの》刻(午後六時頃)に参上するようにとの命が伝えられている。和歌所は当時の院御所であった二条殿の弘御所に置かれた。一一人の寄人とは、

左大臣(良経)・内大臣(通親)・座主(慈円)・三位入道(俊成)・頭中将*(通具)・有家朝臣*・予*(定家)・家隆朝臣*・雅経*・具親・寂蓮(*)

であった(*印は、その後撰者とされた寄人。ただし寂蓮が亡くなったため、補充せず五人となる)。

七月二七日、秉燭《へいしょく》の頃人々が次々と参院、戌《いぬの》刻(午後八時頃)には院の出御があり、大臣以下が和歌所に参集、兼題の歌会に次いで当座の和歌会を行なっている。むろん定家が講師を務めている。

この和歌会はいわば和歌所発足記念和歌会であった。『明月記』当日条の最後には「和歌所図」が載せられているが、そこに描かれているのは、この日行なわれた和歌会の座席図である。

八月に入って五日に、頭中将、新兵衛佐らが相議して次のようなことを決め、いずれも勅許されている。

(一)　和歌所で「著到」を受け付ける。寄人たちの出席を確めるのである。
(二)　内北面で順番や組み合わせに用いる「籤《くじ》」を作る。
(三)　家長を和歌所の「年預」とする。
(四)「召次」一人を和歌所に付ける。これは歌合などの時、人を催す役である。

一読して和歌所の運営組織の整備を図ったことが分るが、二日後の八月七日条によれば、明後日

「未練歌人」ら三〇人に三題の和歌を詠進させることになっていたようだ。つまり、和歌所は、未練者の歌も受け付けることにしていたのである。これは、和歌所での歌会で詠んだ歌を撰歌の対象としたことと共に、このたびの勅撰集編纂における新しい試みとして注目されよう。

八月一五日、院が和歌所に寄人を召し、左右に分れての歌合を行なった。定家は紙硯を賜り、歌の判評定の詞を書くよう仰せつかっている。「此の役極めて堪え難し、評定の詞は流れるが如く、暫くも停滞せず」とぼやいている。しかしこれは、このような役ができるのは自分くらいのものであろう、という自負を込めた言葉でもあったとみる。この日はまた、当座の和歌会も催されており、詠まれた歌を品等分けし(上・中・下をさらに三分して九品等にした)、「品帳」に付けている。これもまたユニークな試みで、撰歌のために有用な方法を種々試みていた様子がうかがわれる。

このように見てくると、和歌所がさまざまな試みを重ねながら、編纂の場として機能し始めていたことが知られよう。しかし、和歌所での仕事はここで中断する。院の四回目の熊野御幸がはじまるからである。

熊野御幸と定家

平安後期から鎌倉前期にかけて盛んだった貴紳の熊野参詣のなかでも、ひときわ顕著だったのは上皇(院)の御幸で、ほぼ百回に上っている。特に多かったのは次の上皇である。

白河院　九回　　鳥羽院　二一回
後白河院三四回　後鳥羽院二八回

このうち後鳥羽院の御幸が特異だったのは、道中主な王子や宿で歌会を催していることにある。それが三回目と四回目の御幸時であったのは、和歌に開眼した後鳥羽院が『正治初度百首』や『新古今集』といった詞華集の編纂に熱中していた時期だったことと無関係ではあるまい。建仁元年(一二〇一)一〇月の四回目の御幸の出立に先立ち

窪津《くぼつ》王子　「熊野第一王子之宮」との額を掲げる．元は天満橋船着場近くの現坐摩神社行宮の地にあったが，のちに四天王寺傍の堀越神社境内に移された．

定家が同道を求められたのは、道中歌会に必要な人物として抜擢されたのである。定家は歌会の講師を務めたばかりではない、帰洛後にスタートする『新古今集』編纂事業でも引き続き中心的な役割を果すことになる。

京都から熊野三山(本宮・新宮・那智宮)へは「紀(州)路」が用いられた。船で淀川を下り摂津渡辺(現大阪市中央区天満橋付近)で上陸、先ず窪津《くぼつ》王子に詣でている。これが「九十九王子」の最初で、以後日々王子を巡拝しながら南下して紀伊田辺《たなべ》に至っている。田辺からは東に折れて、いよいよ本宮へと向う。「中辺路《なかへじ》」である。

実は定家は、このたびの御幸では先陣

岩代《いわしろ》王子　海浜にあった王子．ここでは拝殿の板に参詣者の名を書くのが慣例だった．定家の時もカンナかけした上で，「御幸四度」以下供奉者の名が書き留められた．

滝尻《たきじり》王子　五大王子の一つ．夜に入り歌題が出されたので即詠している．この後も崔嵬嶮岨な道に目は眩《くら》み魂は転《まろ》ぶ山中行が続く．

の役を仰せつかっていた。一行より一足早く出立し、その日の宿所の調達など雑事に当るのである。初めての定家には厳しい仕事であったはずで、京都から同伴した熊野の先達、円勝房の助けなしには務まらなかったに違いない。折角求めた宿所を源通親の家人に追い出されるという屈辱を味わったこともある。そんなわけで御幸には随ったものの、院や近臣たちと交歓することは殆んどなかったのである。

さて一行が王子に着くと、「奉幣」と「御経供養」が行なわれた（そのあとには法楽として諸芸能が奉納された）。これは熊野信仰が神仏習合であったことを示しており、ために明治になって廃仏毀釈の対象とされてしまう。村里の社《やしろ》に合祀されたものもあるが、大半は破却された。こんにち見る姿は、その後再生されたものであるが、王子とは名ばかりの小祠も少なくない。

窪津王子から八〇ばかりの王子を経て本宮の宝前に参着したのは、一〇月一七日のことである。当時本宮は大斎原《おおゆのはら》にあったが、さすがに定家も感激の涙を流している。一八日の天明、円勝房と同船して熊野川を下り新宮へ、一九日には輿や馬で那智へ向っている。那智宮では「先ず滝殿を拝す」とのみで、名高い滝を見ての感想を記すところがない。疲れ果てていたのであろうか。翌日、どしゃ降りの雨の中を出立、険しい雲取の峠を越えて本宮に戻っている。翌日からの帰路は脱兎の如く急ぎ、京へ戻ったのは二六日天明であった。

疲れていただろうに、帰宅後すぐさま日吉社へ参詣しており、当社への定家の信仰の強さを知らされる。興味深いのは、道中用いた雑物類を水で洗い先達円勝房のもとへ送り返していることで、それが熊野詣での習わしだったのである。

『新古今和歌集』の編纂に着手するのは、それから七日後のことである。

大斎原《おおゆのはら》　旧本宮社地．熊野川の中洲にあり，大小の社殿が建ち並んでいた．定家が参詣したのもここで「山川千里を過ぎ，遂に宝前を拝し奉る」と書き記している．明治22年(1889)の大洪水で社殿が流失，現在地に移された．

3　終わりなき切継ぎ

歌づくりと歌えらび

建仁元年（一二〇一）一〇月、和歌会を重ねながらの熊野御幸を無事終えた後鳥羽院は、直後の一一月三日に「上古以後の和歌を撰進すべし」との院宣を下している。これが『新古今和歌集』撰進の正式のスタートである。年が明けて正月一三日に和歌所歌会、二月一〇日にも和歌所影供歌合と、相継いで和歌所での歌会を催しているが、三月二二日には、院自身の創案による斬新なスタイルの六首和歌会が持たれている。春夏は「大ニフトキ歌」で、秋冬の歌は「からび」調、そして恋と旅の歌は「艶躰」で、それぞれ詠ずべしというものであったから、定家も「（極めて以て計り得がたし）」と苦吟している。結局、上皇の求めに応えることができたのは六人（長明・家隆・定家・寂蓮・慈円・良経）であった。いずれも当代を代表する歌人たちであり、『新古今和歌集』の撰者は、こうした歌会を通してその力量が評価された清撰歌人だったのである。

そういえばこの時期、定家たちも新しい歌づくりを試みており、よく知られているようにそれが難解であったことから「新儀《しんぎ》非《ひ》拠《きょ》達磨《だるま》歌《うた》」と嘲弄されていたとは、定家自らが語るところである（『拾遺愚草員外』堀河題百首前書）。和歌所が『新古今和歌集』の編纂に向けて新しい歌を生み出す創作の場でもあったこと、そしてそれらが即時、撰歌の対象とされることによって、和歌所は歌づくりと歌えらびの土壌となり、それを育てるルツボの役割を果したのである。これは勅撰集の中でも『新古今和歌集』の編纂過程においてのみ見られた特徴であろう。

『新古今和歌集』に載すべき歌は、和歌所での寄人たちによる撰歌作業を通して次第に集積され、清書された上で院の許に届けられた。建仁三年(一二〇三)三月、院は第五回目の熊野御幸に出立する際、清書した撰歌を還御(三月二五日)直後に進上するよう命じている。提出期限はその後四月二〇日とゆるめられるが、定家らは前日深更に及ぶまで清書を続け、翌日進上を果している。

しかしこれは、あくまでもこの段階での処理であって、撰歌はこれ以後もこうした作業を繰り返しながら続けられたのである。

元久元年(一二〇四)七月に入り、二二日より「撰歌」作業に加え、「部類」の仕事が始まっている。撰ばれた歌を、春夏秋冬・恋・旅などといった部類に分けるのだが、寄人たちの仕事も厳しさを増したろう。そんななかで定家は、訪ねた公経から「讒言」のことを聞かされている(八月二二日条)。定家が院の「御点」(歌評)をそしり歌の善悪は自分が一番よく知っているなどと誇っている、と和歌所の年預家長が語り、それを聞いた隆房《たかふさ》も、定家は和歌に自慢の気がある、などと言ったというもので、それが院の耳に入り、不快を招いているというものだった。歌について一家言を持つ定家である、撰歌・部類の過程で、周囲の反感や誤解を招くような言動を取ることもあったのであろう。

果てしない切継ぎ

このようにハードな撰歌や部類の作業が最終段階に入ったのが、翌元久二年(一二〇五)二月のことだった。二月九日からは毎日和歌所へ出仕することが命じられている。もっとも定家は、父俊成の死による服喪のためこの間長期にわたり和歌所には出仕していなかった。服喪も終わり、仕事場へ復帰したのを待っていたかの如き措置であった。

そんな最後の追い込みの中、院から「巻首に故人の歌が多く置かれているのはよくない。定家・家隆や押小路女房(俊成卿女)の歌を巻首に立つべきだ」との要望が出され、定家は感激している。この期に及んでもなお定家や院の歌などの切入れ切出しが行なわれ、そして三月二六日、事業の終わりを告げる祝宴、「竟宴《きょうえん》」を迎えたのだった。

しかし定家は、周囲から(特に良経から強く)勧められたにもかかわらず、竟宴に参加しなかった。竟宴は日本紀では行なわれているが勅撰集では先例がないこと、まだ歌が清書されておらず、良経の「仮名序」もでき上っていない、というのが定家の不参加の言い分であった。あとの件は何とか解決し竟宴は無事行なわれている。

従って話を戻すこともないのであるが、日本紀の竟宴については以下のことを心得ておきたい。

一つは、日本書紀の編纂事業は養老四年(七二〇)五月に終わり、同月二一日に奏上されたが、そのことを記す『続日本紀』には竟宴の記事はなく、催された形跡はない。

二つは、平安時代に下り、日本紀の講読が行なわれるようになり、それが終わったあと出席者が和歌を作り宴席が設けられた。これが日本紀の竟宴と呼ばれたもので、元慶二年(八七八)二月二五日に始まり同五年六月二九日に終わった講読の後に行なわれた竟宴が最初である(『三代実録』)。

定家はこのような事情を承知していたと思うが、もし編纂事業の終了時に行なうものと理解していたとすれば、定家の意見の根拠は失われることになろう。

定家が頑固に出席を断わったのは、内容がまだ十分整理されていないと考えていたからであろう。実は後鳥羽院も同様の考えであったようで、「中がき(書)ばかり」の出来であるが、とりあえず一つの区切りとして竟宴を行なうのだとしていた(『源定長日記』)。果せるかな竟宴後早速院による全面的な切継ぎが始められており、編纂作業がスタートラインに戻ったかの如くであった。それればかりではない、新たに物語の中の歌も撰ぶようにとの下命もあった。

建永元年(一二〇六)になると、七月から八月にかけて和歌所での和歌会や歌合が集中的に開催される一方、そこでの作品が撰歌の対象とされ、切入れられている。作歌と撰歌が同時進行で進められているわけで、これもまた、この事業の出発点に立ち戻ったような有様であった。院の執念には感心する他はない。

承元元年(一二〇七)四月二一日には、定家主導で新御堂《しんみどう》(最勝四天王院《さいしょうしてんのういん》)の障子画の撰定が和歌所で始められる。名所を撰定の上、定家以下一〇人が画題に相応する障子和歌の詠進を求められたもので、それが『新古今』の切継ぎと並行して行なわれたのである。さすがの定家も心身共に疲れ果てたようで、六月八日には体調を崩し、見舞に来た姉の健御前《けんごぜん》に「老後庭訓を闕き、而も先公を喪い奉り、示し合わす人無し」と弱音を吐いている。俊成や兼実を失い和歌について相談する相手がいないことが定家を不安にさせたのであろう。いまは健御前に話すことが唯一の救いだったようだ。何とか和歌を作りあげ持参したところ、院から殊勝であるとの言葉があり面目だと胸を撫でおろしている。

ところが、である。一〇月二四日、参院した定家は障子歌が院によって全て替えられたことを知る。「兼日の沙汰性体なし、掌を反すが如し、万事此の如し」と憤慨。また並行して行なっていた『新古今』の切継ぎについても「出入り掌を反すが如し」と歎いている。万事院の言動に振り回されるのだから憤慨するのも無理はなかったろう。

和歌所の終焉

それでも『新古今和歌集』の編纂は進み、何とか終わりを迎えたようだ。それがいつのことかは明らかでないが、その目安となるのは、承元三年（一二〇九）の五月・六月・七月の日付をもつ定家の写本がいくつか残されていることである。この事実は、それまでに『新古今和歌集』の内容にほぼ変動がなくなったことの証とみなされるからである。その下限をこの年の前半とすれば、編纂の下命があってから約八年を要したことになる。

院御所(二条殿のち京極殿)に設けられ、撰歌・部類といった編纂作業の場であるとともに、そこが和歌会所としても用いられた「和歌所」は、当然のことながら右の終末以後も残存している。建保二年(一二一四)九月一四日、同じく一〇月一四日に和歌所歌会が催されているが、これがたぶん和歌所が用いられた最後であったと思われる。

和歌所の衰微を促したものとして見落とせないのが、順徳天皇の代になって、内裏歌会が盛んに催されるようになったことで、それに伴い院御所に設けられた和歌所の役割も終焉したのである。

4 水無瀬の遊興

編纂と遊興

『新古今和歌集』の編纂作業が後鳥羽院御所の和歌所で進められていた時期、院以下が折を見ては出かけ、遊興の時を過した場所があった。現大阪府三島郡島本町広瀬にあった水無瀬《みなせ》御所である。

『明月記』正治二年(一二〇〇)正月一二日条に、

上皇、今日、皆瀬《みなせ》御所に御幸と云々、供奉人は水干《すいかん》を着すと云々。

とあるのが、記録上の初見である。

水干とは布で作られた狩衣の一種で、自由な活動のできる衣装である。その水干の着用が求められているのは、水無瀬御所行きがはじめから遊興目当てであったことを物語っている。

水無瀬の地は三川(桂川・宇治川・木津川)が合流して淀川となる地点に位置している。京都から当地へは、桂川から淀川へと下ることになるが、見落としてならないのは『明月記』の時代には、三川の間に広大な「巨椋《おぐら》池」があったことである。そこで多くの場合、洛南鳥羽で船に乗り巨椋池を南下して淀川に入り当地に着いている。『明月記』には「水無瀬津」と見え、岸辺の「釣殿」に直接船を着けて下船し御所に赴いたともある。しかし現在は広い河川敷がありゴルフ場などに利用され、すぐそばを新幹線が走っている。昭和年間に干拓されて姿を消した巨椋池はもとより、淀川や付近の景観も大きく変貌しているのである。

なお陸路をとることもあり、その場合朱雀大路から「鳥羽作り道」を南下した。定家も「播磨大路」を山城国(京都府)から摂津国(大阪府)との国境まで下り、そこにあった道祖神辺りで騎馬して御所へ赴いたこともあり、地元の人々による辻祭が行なわれていたと記す。その道祖神は、現在「関大明神」のある辺りに置かれていたのだろうか。

院は御所の外へも出かけ、片野(大阪府交野市)などで狩猟を盛んに行なっている。最も大がかりなそれは、列卒を山崎山に入れて鹿を追い落とさせ淀川で捕獲したというもので、捕えられた鹿は京都の神泉苑へ送られている(建永元年〈一二〇六〉六月二日条)。

「河陽の歓娯」尽きず

さて水無瀬御所では、遊女や白拍子らが招かれ上皇以下が遊興の時を過している。水無瀬よりは南、淀川下流で分流し、西南方向に流れて瀬戸内海に出る神崎川は、平安時代になると京都から西国へ下る近道として利用され、その両端に位置する江口と神崎の里には遊里が生まれ、「天下の楽地」と呼ばれた。院一行が京都より下るのに合わせて、御所へは両所の遊女や白拍子が参上し、会席に侍って芸を演じている。遊女の郢曲《えいきょく》や白拍子の今様をはじめ、彼女たちの得意とする歌舞の数々である。そして最後は、供奉人たちによる遊女列座の中での乱舞で解散した。それが毎度のこと、さすがに定家もこのさまを見て「物狂い」と言い、「河陽歓娯《かや(の)かんご》」は尽きることがないと歎いている(建仁二年〈一二〇二〉七月二七日条)。

そもそも無芸だった定家は、遊興のために訪ねる水無瀬御所になじめなかった。近習がほとんどだった供奉人の中で、定家はいつも自分を「外人」とみなしていた。会合の席で「(院との)親疎に随い、(座る場所も)遠近あり」と、覚めた目で眺めている。その翌日、食事の席に出なかったことについては「人、招請せず、又、推参せず」(呼んでくれる人がいなかったし、さりとて自分からおしかけることもしなかったからだ)と日記に書き込んでいる(建仁元年〈一二〇一〉三月一九・二〇日条)。ここに引用した二つの文言は、定家の心情を吐露しているというだけでなく、定家の行動様式を端的に示している言葉であり、記憶に留めておきたい。遊女による遊宴の席から退去することもしばしばだった。

院一行が狩猟に出かけた時は、むろん留守役である。そんな定家に、院から歌の題が出され、すぐに詠進するようにとの下命があった。建仁二年(一二〇二)六月三日のことで、院出御のもと、遊女らが着座している中で定家が詠進した歌を見た内府(通親)から「頗る会釈の気」があった。その歌は院に進められ、しばらくして「今日の歌は殊に宜しいとの沙汰があった」と伝えられている。それればかりではなかった。この定家の歌に院の歌が合わされることになった。『水無瀬釣殿六首歌合』というのがそれで、定家は「面目過分」と喜んでいる。

同じ年の九月一三日には、父俊成が招かれ良経や慈円なども参加、『水無瀬殿恋十五首歌合』が行なわれた。一四日、俊成が京へ出立したあと御所へ参上したところ、そこでも内府から「殊に恩言」があったという。通親から思いもかけず恩言を受けた定家は「その由を知らず」(何事だろう)と記して不審がっている。

水無瀬御所の内外で持たれた各種の遊興に比し、文芸活動は限られていたが、そのいずれもが定家が関わってのものであったこと、しかもそれが水無瀬御所での遊興に興味を示さない定家に対して院の方から誘う形で実現していることに興味をひく。不機嫌な定家は院にとって気になる存在であったのだ。通親の恩言というのも、そうした院の意向を受けてのものだったと思う。

『新古今和歌集』の「竟宴」はとっくの昔に終わっているが、和歌所での撰歌・部類の仕事が最終の段階に入るとさすがに水無瀬御所行きは激減、洛南鳥羽殿での遊宴がこれに代わっている。そして水無瀬御所も『百錬抄《ひゃくれんしょう》』建保五年（一二一七）正月一〇日条によれば、前年の大風洪水の時、顚倒流失したといい、そこで場所を移して新御所を造営、この日院が移徙《いし》している。

新御所には、当初訪ねる人たちも多かったが、本御所での賑わいを再現することはついになかった。新御所でも主となるべき後鳥羽院が、その数年後歴史の表舞台から去ってしまうからである。いま、その跡地、JR東海道本線「百山《ひゃくやま》」踏切近くの駐車場の一角に、「後鳥羽上皇水無瀬宮址」と刻まれた石碑がぽつんと立っている。

後鳥羽院は、隠岐で亡くなる直前に風光明媚な水無瀬での時間を偲び、近臣の水無瀬信成《のぶなり》・親成《ちかなり》父子に宛て、水無瀬の地でくれぐれも自身の後生を弔ってくれるようにとの遺言状（暦仁二年〈一二三九〉二月九日）「後鳥羽天皇宸翰御手印置文」を残している。これを承けて水無瀬氏が、最初の水無瀬御所跡に聖廟を建てて院を弔ったのが、現在の水無瀬神宮のはじまりである。

第四章　定家の姉妹

越部庄「てんかさま」

1　定家と健御前

定家には同母(美福門院加賀)の兄弟姉妹が九人いるが、兄成家《なりいえ》以外は全て女性で、そのほとんどが姉である(図6参照)。そして女性は全て女院の女房となっており、特に半数が八条院に仕えている。八条院との関係が強かったのは、母の加賀が八条院(暲子《しょうし》内親王)の母美福門院の女房として仕えていたからであろう。

式子内親王の女房龍寿御前

八条院の他に式子内親王に仕えた姉もいた。定家の四歳年上の姉龍寿《りゅうじゅ》御前で、式子の女房として大納言にまでなったが、彼女はよく家に来て定家に式子のことを話している。また、式子の御所で夜間に鶏が鳴くという不吉な事が起こった時には龍寿の住居が一時避難の場所にされる(建久七年〈一一九六〉六月一七・一九日条)など、この姉は内親王の厚い信頼を得ていた。このような関係から定家も式子の御所へは気軽に訪問しているが、むろんそこで会うのはもっぱら姉を始めとする女房たちで、式子に見参することはなかった。式子の病が重くなった時には姉からの連絡で、しばしば式子を見舞っている。式子は建仁元年(一二〇一)一月二五日に没するが、定家が最後に式子を見舞っ

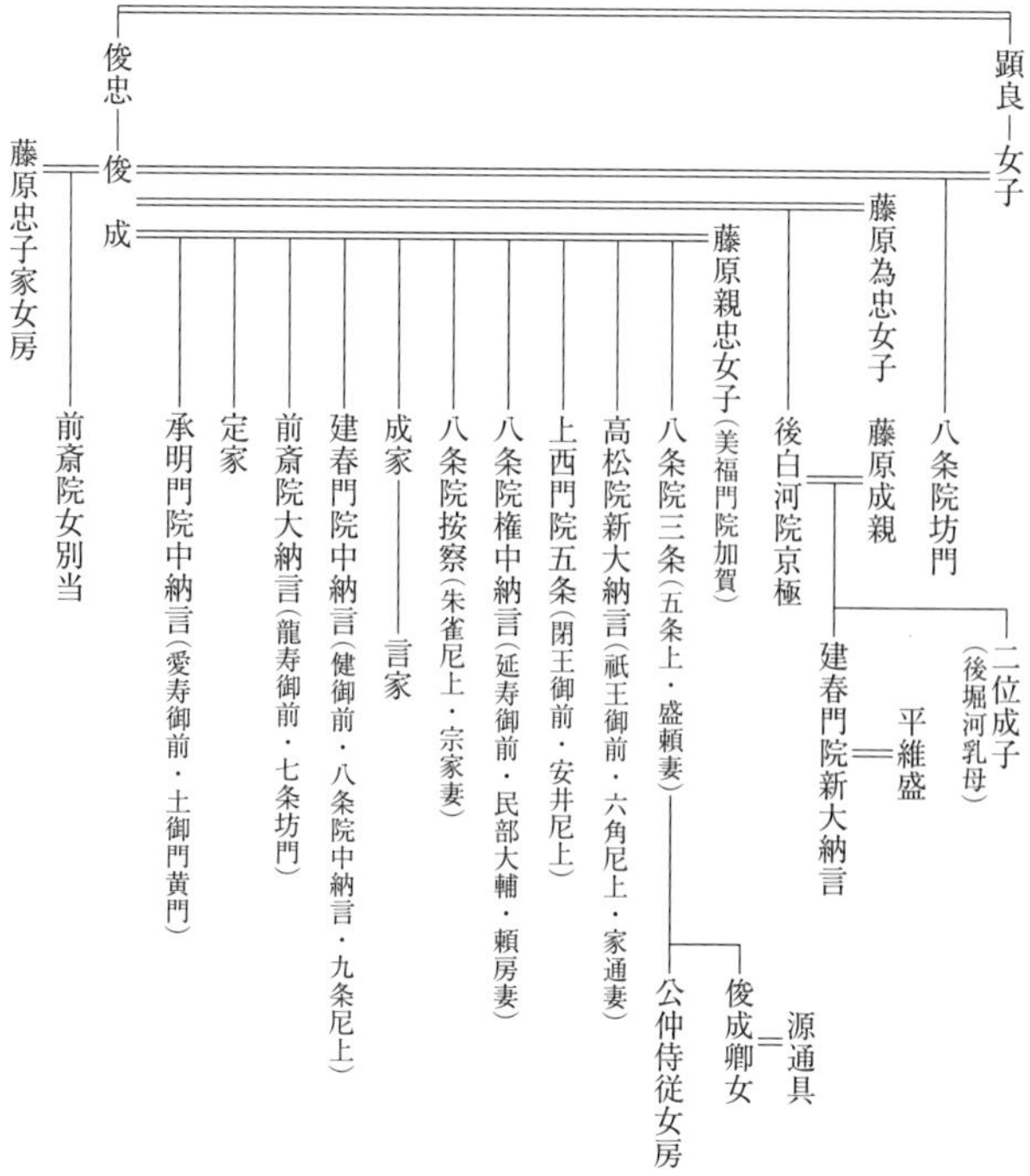

図6　定家関係系図（Ｉ）　定家の姉妹

たのは一月二一日で、臨終の前後に彼女を訪れた形跡は見当らない。

龍寿御前は式子の月命日に当る二五日には常光院へ参り、その折定家の許に立ち寄っていることが『明月記』に記されており、常光院が式子の墓所堂であったとみられる。この常光院は、よく知られる六波羅にあった平正盛建立の御堂ではなく、式子が後白河院崩御の後に伝領した「白河常光院」を指す。現在の岡崎辺りにあったと思われるが、廃絶して今はない。

能楽「定家」に見られるように、後世式子と定家の恋愛譚が生まれるが、それは優れた歌人だった同時代のこの二人の和歌をもとに作られた架空の物語であって史実ではない。内親王と歌聖定家の恋愛は、人々にとって恰好の題材と成り得たのであろう。しかし実際は、前述の如く姉や女房たちを介しての関係以上のものではなかったのである。

健御前と定家の絆

『明月記』に語られる姉たちの話の中で断然多いのが、龍寿の一つ上の姉、健御前《けんごぜん》についてである。印象深い言動が多く、姉妹の中では最も個性的な存在であっただけでなく、日記からは定家との強い繋りを感じ取ることができるので、以下健御前の姿を追ってみたい。

健御前の名が初めて日記に登場するのは、治承四年(一一八〇)五月一日条で、四月二九日に京中で吹き荒れた猛烈な竜巻のため、前斎宮四条殿に被害が大きかったと聞き、定家は急ぎ見舞っているが、この御所には健御前が伺候《しこう》しており、「姫宮を抱いて生きた心地がしなかった」とのことだった。前斎宮とは、後白河院皇女好子《こうし》内親王(亮子《りょうし》内親王との説も)で、姫宮とは同母の兄弟以仁王《もちひとおう》の王女である。源平争乱のきっかけを作った以仁王の戦死の報を受け、前斎宮は姫宮と共に摂津国貴志庄に身を隠したが、この時健御前も同行している。だがそれを手配した法眼栄全との仲がうまくいかず、定家に迎えに来るよう頼んでおり、勝気な健御前だが、弟を頼みとしていたことが知られる。

健御前が著した『たまきはる』によれば、初めての宮仕えは仁安三年(一一六八)一二歳の春のことであった。世に建春門院《けんしゅんもんいん》として知られる後白河天皇の女御《にょうご》平滋子《しげこ》に皇太后宣下があった際、母の勧めで参っている。宮仕えに当っては、異母姉の後《ご》白河院京極《しらかわいんきょうごく》が何かと世話をしており、女院にもすぐにお目通りが叶い、健御前の最初の宮仕えはこの姉のお蔭で順調に始まったようだ。しかし女院没後の一時期、この姉の許に身を寄せ、二四歳の冬に実家に戻っている。そして寿永二年(一一八三)二七歳の春、両親の勧めで姉たちの多くが仕えている八条院に参り、再び女房として勤めた。

健御前は定家と仲が良かったが、これには健御前が建春門院の没後、二四歳から八条院に出仕するまでの三年足らずの間だが実家に戻り、「あまたの中に(多勢の家族の中に)」暮らしていたことも無関係ではなかろう。定家もまだ家庭を持たず父母と暮らしていたから、当然健御前とは毎日顔を合わせることになる。他の姉たちは結婚や宮仕えで家には居なかったので、定家にとって五歳上のこの姉は良い話相手だったに違いない。時には健御前が母の代わりに弟の世話をすることもあったろう。そんなわけで、健御前にとっても定家が最も気の許せる家族の一人であったと思われる。

彼女の人柄を知る二つのエピソードを挙げておきたい。

健御前の〝往生譚〟

一つは健御前の〝往生譚〟である。

健御前は、晩年の建暦二年（一二一二）夏頃より病がひどくなっている。七月八日より日吉社に参籠していたが、二〇日に所悩はなはだしく直ちに帰洛している。彼女の容体は日を追うごとに悪化し、終に危急の状態になった。そこで定家は、健御前の意向を汲み、八月七日に嵯峨の山荘へ連れて行くことにした。嵯峨へは定家の家司忠弘が付き添い、息子為家《ためいえ》も騎馬で同行した。翌八日、定家は妻と共に見舞に行っている。健御前は身体は弱っているものの言語はしっかりしており、「此所で終命、最後の恥を隠す」と言い、嵯峨で臨終を迎えられることにしきりに感悦していた。いったん京都に戻った定家だったが、翌朝危急の知らせが入る。この日は、朝から忠弘の母を始め定家の家人や八条院の女房たちが健御前を見舞っていた。しかし健御前は、姉延寿御前《えんじゅごぜん》には会ったが他の誰とも会うことを拒んだ。ただ忠弘にだけ、部屋の内よりこう話した。

「猶々来べからず。只我が事を思うの人、極楽に於て行き逢うべき由祈念すべし。更に今生には相見るべからず」（誰とも会いたくない。私のことを思っているなら、極楽で逢えるよう祈ってほしい。とにかく今生は会いたくない）。

臨終を覚悟し、醜い姿を人前に晒すことを嫌ったのであろうか。だが、実はこの時彼女は死なずに元気を取り戻している。

それにしても彼女のこの気っ風の良さというか、意志の強さに驚かされる。またそんな場を定家に求めているところに、二人の関係の深さが読み取れよう。独身で身寄りのない健御前にとって、頼りとするのは常に弟の定家であったことが知られる。

女房戸部との争い

今一つのエピソードは、女房戸部《とべ》との争いである。

健御前は、これまでの記述からも行動的で自分の意志をはっきり口にするタイプであったことがよく分る。それが徒《あだ》となり、時には同僚の女房との争いを引き起こすことにもなった。『明月記』正治元年（一一九九）正月一一日条に記される「女房〔戸部、宗頼卿妻〕に又虚言狂乱、言語道断の事等有り」の事件がその好例であろう。

これ以前、後鳥羽天皇の中宮任子所生の昇子内親王が建久六年（一一九五）一二月に八条院の猶子とされた際、この内親王の養育を任されたのが健御前だった。「身に合わぬ宮仕えをうけ給わりて」と『たまきはる』にも記すように、この大役は彼女にとっての誇りでもあったとみえ、万事につき違えることなく種々指図を行なっている。しかしそれが昇子内親王の乳母であった戸部との衝突を招くことになった。このことを聞いた定家も「喧嘩口舌、甚だ由なき官仕なり」（正治元年正月一一日条）と記すように、二人の喧嘩は収まることなく、終に二月二八日健御前は八条院より退出するに至る。

実は健御前と戸部はこれ以前、建春門院にも同じ時期に仕えており、その折も車の席次について口論になったことがあった。昇子内親王をめぐる対立の火種は既にこの時から存在していたのである。

退出した健御前は、八条院の女房や宜秋門院《ぎしゅうもんいん》(昇子内親王の母)の女房たちの訪問をしばしば受けており、八条院の許へ戻るように説得されている。六月二〇日、健御前が八条院に参仕すると、女院からも昇子内親王の許に早く参るよう頻りに仰せがあった。皆に頼りにされていたことがよく分る。こうして健御前は、内親王の養育係は退くものの、再び八条院に伺候するようになった。『たまきはる』によると、養育の役を外れても昇子内親王を近くに拝見し、時には内親王の相談にのるなどして日々を過せることに心を慰めていたことが知られる。

戸部との争いは、どちらに非があったのか俄には決め難いが、健御前の我の強さと無関係でなかったことは確かである。その我をもう少し抑えておれば違った結果になっていたであろう。しかしこのような点こそが実は定家と相通じる部分であり、それゆえ二人は気が合ったとみる。

「こゝあみ」と「みあみ」

最後に健御前についてふれておきたいことがある。健御前の法名を「こゝ阿弥」とする理解についてである。

『たまきはる』に、健御前が亡き春華門院（昇子内親王）の思い出を記した個所がある。女院が朝寝坊をなさった日に、健御前が彼女を起こそうと、雪も降っていないのに「まあひどい雪だわ。どれくらい積もっているかしら」と言って格子を外した。声に気付いた女院が眠そうな声で「まことかこゝあみ」と仰ったので「なぜ嘘など申しましょう」と言って格子を上げたところ、それを御覧になって「ほら嘘じゃない」と言って笑われた。その寝乱れ髪の美しさが恋しくて涙で目が見えなくなる、と綴った部分である。

この文章は健御前の死後、反古になっていた中から定家が選び集めて書写した部分に属するが、乾元二年（一三〇三）金沢貞顕《かなざわさだあき》によって書写されている。前掲の通りなら「まことかこゝあみ」は「本当なのこゝあみ（健御前の名）さん」と理解でき、それが通説となっているが疑問である。

改めて指摘するまでもなく、阿弥号は一字を冠して音読みするのが恒例であるが「ここ」にはどのような字が当てられるのだろうか。仮に「是」とか「兹」とすれば「ぜ阿弥」であり「じ阿弥」であろう。「ここ阿弥」なる呼称は阿弥号としては考え難い。

「ここあみ」が人名ではないとすれば、どう理解するか。この個所については「ここあけ」とする理解が既にある（新日本古典文学大系『たまきはる』注釈参照）が、「み」は草書体の場合「け」に通じるものがあり、「こゝあみ」は「こゝあけ」の誤読か誤記の可能性が十二分にある。従って春華門院の言葉も「まことかここあけ（開け）」（本当なのここを開けて見せて）と理解することができ、またその方が自然であろう。

この「こゝあみ」については「みあみ（弥阿弥）」の誤写とする説も出されている。その典拠に『明月記』建暦元年（一二一一）一一月二七日条（この前後仮名書きになっている）に、「よへ《べ》みあみのつほ《ぼ》ねにぬす人いりて」衣などが盗まれたとあり、「この女ゐんの御あとゝ《ど》も、たゝ《だ》ぬす人のあそひ《び》と《ど》ころなり、返ゝふひ《び》ん」と歎いている個所である。「みあみのつぼね」とは「みあみ」という女房の用いた部屋の意であるから、この「みあみ」を健御前の呼称とみたのである。しかしこの理解にも疑問がある。

盗人が入った局のある女院が八条院なら、その女房だった健御前の局があった可能性はある。しかしここに語られる女院とは春華門院を指す。そう判断するのは、この記事が春華門院の亡くなった直後のものであり、定家の「返す返す不憫」という言葉には、その悔しさが込められていると思われるからである。少なくとも目上の八条院に対する表現ではあるまい。この局は、亡くなる前に生活していた後鳥羽院御所の中にあった、春華門院の女房の局である。

この事実は無視できないものがある。それは阿弥号を持つ女房が後鳥羽院御所に存在したとは考え難いからである。

後鳥羽院の御所といえば「承元の法難」のことが想起される。当時京では法然の唱えた専修念仏が流行しており、弟子の安楽と住蓮が後鳥羽院の愛妾伊賀局らの求めに応じ御所の局で教えを説くことがあった。建永元年(一二〇六)のことで、これが同年一二月、熊野御幸から帰った院の知るところとなり、激怒した院が翌承元元年一月二四日に専修念仏を禁止、二月一八日には安楽・住蓮を死罪、法然を土佐に追放するという事件に発展している。

そんな時期定家は、因子《いんし》を院に出仕させ、為家を院の近臣にすべく奔走するなど、院との関係を密にしていた。しかも定家は天台座主慈円とは昵懇の仲であった。法然に深く帰依した兼実のような公家もいたが、定家が専修念仏を信仰することはなかったし、ましてや姉健御前にその信仰を勧めることも、彼女自身が入信することもあり得なかったといってよい。加えて、その入信者が阿弥号を称した一遍の登場はもう少し先のことで、阿弥号を名乗ることも、この時期にはまだ普及していなかった。健御前は建永元年(一二〇六)五月二二日、九条宅で良宴法印を戒師として出家しているが、これらのことを考えれば「みあみ」もまた健御前の法名ではあり得なかったと断言してよい。そして何よりも、後鳥羽院御所で女房が阿弥号を名乗ることなどあり得ない話であった。

「みあみのつぼね」は「みなみ(南)の局」の誤読か誤写とすべきである。「こゝあみ」「みあみ」は、それぞれ「ここ開け」「南」が本来の語であったと考える。

ともあれこれらの呼び名は、その〝原型〟に戻すことによって、さらに養育係を離れても切れることのなかった昇子内親王との絆の強さ、内親王に対する健御前の切ないまでの愛情の深さを実感させてくれるのである。

2　俊成の死

「雪ヲ食ベタイ」

元久元年(一二〇四)一一月二六日明け方のことである。兄成家より俊成危急の知らせが定家の許へ届いた。この日から臨終、葬送、その後一周忌に至るまでの俊成の子供たちの行動が『明月記』に詳しく記されることになる。俊成の子供たち、換言すれば定家のきょうだいたちが相集うことは、後にも先にもなかったろう。

知らせを受け驚いた定家は、直ちに騎馬して成家の六角邸(この時成家は、六角に父と同居しており「六角三位」と呼ばれていた)に向っている。俊成が「急いで法性寺に行きたい」と言う。病状が重いので寺へ運ぶことを一同はためらうが、九〇歳という高齢でもあり、京中で亡くなるのは見苦しいと考え、俊成の願いどおり法性寺に移すことにした。

定家は一度冷泉に帰宅した後、九条にいた健御前を連れて法性寺に行く。俊成は前後不覚の状態だったが、話を理解する力は残っていた。定家は冷気に堪え難いため、その夜は九条に泊り、成家と健御前が俊成の側に候した。

一一月二七日、早朝法性寺に参ると、俊成は会話もでき和歌の話などをした。ただ、食事はできず顔も腫れた状態が続く。この日、まずやって来たのは源通具《みちとも》で、元妻の俊成卿女と一緒だった。定家はこれに感動し、「〔いまは女房（俊成卿女）と離別しているが、今でも相伴い年来の夫婦のようだ〕」と記している。この夫婦については、改めて取り上げることにしたい。そのあとに来た姉妹を『明月記』は次のように記している。

安井閉王御前、上西門院《じょうさいもんいん》五条局・龍寿《りゅうじゅ》御前大炊御門斎院《おおいみかどさいいん》大納言・愛寿《あいじゅ》御前成実がまた之を養う集会す

これは、今後明らかにされる定家のきょうだいの一部に過ぎないのだが、このような臨終時における記録によって、私たちは定家のきょうだいの呼び名や所属を詳しく知ることができ、貴重な資料となっているのである。

一一月二九日、定家は兼実《かねざね》に呼ばれ最勝金剛院《さいしょうこんごういん》に参った。兼実は「臨終のことは一生に一度の大事であるから、秘計を廻《めぐら》し注意して事にあたるように」と言い、骨が痛む時の対処法などを親切にアドバイスしている。法性寺に向うと、俊成がしきりに「雪を食べたい」と何度も雪を求めるので、家司の一人文義に探し求めさせることにした。この後姉の六角尼上が息子の侍従敦通《あつみち》と一緒に来る。公仲《きみなか》侍従の妻（俊成卿女の妹）も見舞に来た。この日も定家は九条に泊ったが、夜は姉の民部大輔（頼房）妻（延寿御前）が俊成の側に候した。

一一月三〇日、至急の使が来たので急いで参ると、念仏の音がひときわ高く聞こえ、既に臨終に

及んでいた。前日の夜から伺候していた健御前が、俊成の様子をこう語った。

夜に雪が届き喜んで雪を食べた。「めでたき物かな。猶えもいわぬ物かな」と言って何度も食べるので恐れをなして雪を取り上げた。夜中にもう一度雪を食べた後に休息。天明になり「死ぬように思う」と言うので、「念仏をして極楽へ参ろうと思って下さい」と声をかけた。ややあって延寿御前が「あの御顔の……」と叫んだので見ると、俊成は苦しそうだったので、小僧に念仏を勤めさせるうち、安穏に旅路につかれた。

これを聞き、俊成の成仏を確信した定家は安堵する。その後皆で諸事を申し合わせ、この夜は成家が俊成の遺体の側に泊った。結局定家は一度も俊成の側に泊ることはなかったのである。

一二月一日に六角邸より届いた俊成の遺言には、入棺は入滅の日に行なうようにと書かれていたが間に合わないのですぐに葬送の準備に入り、法性寺にある妻加賀の墓の西に葬ることにした。また遺言には、入棺の日に普賢菩薩を供養するように書かれていたが、これを四九日間行なうように成家が指示している。『明月記』には葬儀のしつらえなどが細かく記されており、当時の仕来りが知られて参考になるが、ここでは省略する。

入棺に当っては、俊成を安置した後、釘を十本、一本に付き一打、石で打って止め、白布、生絹で覆った上で縁の下にかつぎ出した。これを墓の穴に安置し、成家が鋤で三度土を入れた後、雑人たちが土をかぶせた。帰りは往路とは道を変えて寺に戻った。

葬儀を済ませて寺に戻ると、成実の妻の老者(成家の乳母)が、ただ一人寺の妻戸の中で人々の帰りを待っていた。定家は、この老女が暗くて人のいない場所で怖れずに待っていてくれたことに感謝している。そして、風雨の煩いもなく、予定通りに葬儀を終えられたことを皆で喜び、宿所に帰ったと記す。

一二月二日、この日より著服(喪の服を着て服喪すること)。『明月記』には、そのことに続けて、自身も含めきょうだいのことを他腹(加賀以外の母の子)も含めて記している。ここでは省略するが、年齢なども書かれており、これも貴重な資料である。

話を俊成の没後に戻そう。俊成の供養は、一二月六日の初七日から翌元久二年(一二〇五)一月一八日の四十九日まで、きょうだいが順次担当して沙汰し、これに他のきょうだいも集まり読経をするという形で、皆で協力して果していることが日記から知られる。

定家の決意

定家について言えば葬儀後、一二月九日から法華経を書写。引き続き無量寿経、普賢経などを書写すると共に、一月一一日には仏師に地蔵像を造り千手観音像を描いてもらうよう頼んでいる。これは、前年(元久元年)七月に宇治で母加賀の夢を見たこと、そしてこの年(元久二年)が加賀の十三回忌に当ることとから、父母二人の深恩に感謝し供養することを決めたことによる。また、これらの仏を安置するため、嵯峨に持仏堂を建てた。一月三〇日、でき上った仏像などを堂に安置、二月九日にその持仏堂で地蔵仏像と千手観音画像の開眼供養を行ない念願を果している。そして一三日には、加賀の十三回忌忌日供養の仏事も済ませた。

定家はこれらの仏事のために、一月二四日から二月一八日まで家族と共に嵯峨で過しており、この間、両親の供養を通して、改めて自分が俊成の跡を継ぎ和歌の家の長として頑張らねばならないという自覚を持つようになったと思われる。そう判断するのは、加賀の忌日の前日、二月一二日条に記された定家の決意によってである。

この日定家は持仏堂で、永代の繁昌のために修二月会を行なったあと、先祖四代夫婦の忌日仏事を嵯峨の堂ですることを決めている。先祖四代とは、長家《ながいえ》・忠家《ただいえ》・俊忠《としただ》・俊成《しゅんぜい》を指すが、仏事を御子左家《みこひだりけ》の祖長家からとするところに、定家が和歌の家を強く意識したことを思わせると共に、その忌日仏事を「恒例の事となし、不退転となす」と記すところに定家の決意を感じ取ることができよう。

その事はさらに嵯峨から帰京後の定家の行動に表われている。帰京の翌日より参院し、和歌所での新古今の編纂の仕事に戻っている。気ままな定家だが、仕事に復帰してからは、毎日和歌所に通い、仲間と共に熱心に仕事をこなす様子が『明月記』からも伝わってくる。

これまで、人生の岐路には常に定家を導き、道を開いてくれた父俊成の死は、否応なしに定家に自立を促した。それが彼を一回り大きく成長させ、ことに和歌の道を極める家の存続という自覚を持たせたものと考えられる。

3　俊成卿女と源通具

二人の離縁

彼女は、俊成・加賀の長女八条院三条と藤原盛頼《もりより》との間に生まれた娘、つまり俊成の孫であるが、俊成卿女《しゅんぜいきょうのむすめ》と呼ばれてきた。七歳の時、父盛頼が鹿ケ谷の変（一一七七年）に加わって失脚したため、俊成の庇護を受けたことによる。承安元年（一一七一）頃の誕生だから、定家よりほぼ一〇歳年下である。祖父母の俊成・加賀夫妻の鍾愛を受けて育った。俊成の影響もあったのだろう、のちに女流歌人として名を成し、鴨長明の『無名抄』には「昔にも恥ぢぬ上手」と評されている。

その俊成卿女が九条家の宿敵源通親《みちちか》の子、源通具と結婚した経緯は詳かでないが、二人の間の子、具定《ともさだ》が建久元年（一一九〇）に生まれているから、結婚はそれ以前のことであったろう。この縁で定家も通具とは院御所などで言葉をかわす仲となり、それなりに親しかった様子が『明月記』からも読み取れる。

だが、通具と俊成卿女は一〇年余りで離縁する。しかしこの二人は、それで縁が切れたわけではなかった。定家は複雑な思いでこの二人を見ていることが日記からも知られる。

正治二年（一二〇〇）二月二〇日、俊成卿女は母（五条の上・八条院三条）を失った。定家は日記に、亡くなったのはこの長姉が最初であると記し、初めて直面した同母の姉の死を深く悲しんでいる。三月九日に営まれた四十九日の法要に俊成や成家と参加した定家は、女婿として出席していた通具から挨拶を受けている。

半年後の九月二八日、定家は通具邸で行なわれた歌会の判者をしたが、最も良かった歌について、これは恐らく室家《しつか》（妻の俊成卿女）が詠じたものであろう、と記す。彼女が定家も認める歌の上手だったことが知られるとともに、この時期二人はまだ夫婦であったことが分る。

しかし翌建仁元年（一二〇一）一二月二八日条には、既に二人が離縁していたことを示す話が記されている。この日、院の石清水八幡宮歌合に参加し講師を務めた定家は、夜宿所で通具と心閑かに雑談をしているが、日記には「新妻の事など、且つこれを語る。誠に当初の本意を失すと雖も、旧室更に離別すべからざるの由、会釈（心づかいを込めたあいさつ）の詞等あり。若《も》しくは実議（実際のこと）たるか。又内府（通親）の例なり。恨みを為すべからざるか。近代の法、唯権勢を先と為す。何をか為さんや」と記す。この時通具は俊成卿女と別れ、承明門院在子《しょうめいもんいんざいし》の妹信子（後鳥羽院女房）と結婚していた。というより、父通親の命で結婚させられていたのである。定家もその辺の事情は察しがついていたから、近頃は権勢を優先する、どうしようもないものだと書きつけている。ただ通具が語った、旧妻とは離別すべきではなかったという告白は、通具の本心であろうと思い、彼を恨むべきではないとも思っている。

恐らく通具の言葉は本音であり、建久の政変以来権力を握ってきた通親の子としては、父の命に従わざるを得なかったのであろう。しかし通具は、俊成卿女への愛情を捨て去ることはできなかった。『明月記』には、そんな通具の心根を語る場面がいくつか見られる。

その一つが建仁二年（一二〇二）二月一日条である。この日定家は、参院ののち押小路《おしこうじ》万里小路《までのこうじ》にあった新宰相中将（通具）の上（俊成卿女）の許（伯宅＝神祇伯仲資王宅）に向っているが、そこには俊成が来ており、通具も同席していた。俊成卿女を含めた四人は清談に時を過し、定家は夕方帰っている。離縁しても前妻のところに通具が訪ねていることが知られる。

女流歌人

同じ年の七月一三日にも、定家は押小路万里小路宅に向っているが、この時のことを次のように記している。

> この女房（俊成卿女）が今夜始めて院に参る。この事は狂気の沙汰である。宰相中将（通具）が権門の新妻と同宿。旧宅（俊成卿女宅）が荒廃するの間、（彼女が）歌芸によって院より召しがあった。本妻を棄てて官女と同宿するのは世魂（世俗的な考え）あるの致す所である。その事は面目

ないが、宰相中将が一昨日「行ってやってほしい」と頼んできた。また入道殿（俊成）も「助けてやりなさい」とおっしゃった。よってこうして（俊成卿女の家に）向っているところだ。この人（俊成卿女）を先妣（加賀）が特にかわいがっていたので見放すことはできない。ただし全て通具が手配したそうで、通親も俊成の手紙を付けて（院に）推挙し、既に禁色を聴されたということだ。誠に面目である。

通具が新妻のもとへ去ったことで俊成卿女が困窮していたため、通具が手配し通親も俊成の手紙を添えて推挙したので、院への出仕が叶うことになったというのである。この日は院への初参の日で、定家は御所まで彼女の車に同行し、局に参入するのを見届けた上で帰宅したようだ。なお定家は、彼女の参院を「狂気の沙汰」と書いているが、想定外の出来事として驚いた気分を表わしたものであって、非難めいた文言ではないであろう。

元妻の院への出仕に尽力した通具の行動が、別の女性と結婚したうしろめたさや後悔の念による、つぐないの振舞であったとしても、そのことを通して通具は、改めて俊成卿女への愛情を確認したのであろう。

院に仕えた俊成卿女は、翌建仁三年（一二〇三）の俊成九十賀屏風歌、そして承元元年（一二〇七）の最勝四天王院障子和歌などの作者に撰ばれ、和歌会にも出席するなど、女流歌人としての地位を確立していく。とくに『明月記』元久二年（一二〇五）三月二日条によれば、撰集中の『新古今和歌集』

「恋の二」の始めに彼女の歌を持ってくるように、と院が命じたことが記されており（ちなみに定家の歌は恋第五の始め）、院に和歌の才能が認められていたことが知られる。『新古今和歌集』には二九首も入集している。

話をもう一度通具と俊成卿女の関係に戻す。この二人の関係を象徴しているような場面を思い起こしたい。前述のように元久元年（一二〇四）一一月二六日、俊成は危篤状態に陥り法性寺に移されるが、翌日最初に俊成を見舞ったのは、通具と俊成卿女であった。定家は「大理（通具）、女房（押小路（俊成卿女））を相具して来らる。尤も芳志あるに似たり（今に於ては、女房已に別宿と云々。今相伴い、年来の如し）。共に臥内に入りて（俊成に）見参す」と記す。

今では離縁して別居の状態だが、一緒に居るのを見ると長年の夫婦のようだ、と感じ入っているのである。俊成卿女も通具の愛情に応えていた様子がうかがえる。

俊成卿女は建保元年（一二一三）一月二〇日に出家しているが、『明月記』には残念ながらその記述は見当らない。そして安貞元年（一二二七）九月二日、夫だった通具が亡くなった。四日に石蔵（岩倉）に葬送されたとの記事があるのみで、こちらも詳細は分らない。

恐らく、この年あたりから彼女は嵯峨に住んだと見られ、『明月記』天福元年（一二三三）一二月二七日条に、出家した因子が嵯峨の清涼寺に参籠の間、来訪した俊成卿女と詠歌を多く贈答したことが記される。日記には俊成卿女のことを「中陰尼上（三位侍従母儀）」と記しているが、それ以前から嵯峨中院に住んでいたことにちなむ呼び名であろう。

越部禅尼

話は少し戻るが、『明月記』嘉禄元年(一二二五)一〇月一八日条に「禅尼播州より帰洛来臨、此の事、猶厭却の志あり」とある。播州より帰洛した禅尼が定家を訪ねているが「この事なお厭却の志あり」と、禅尼が帰洛してもなお遁世の志を強く持ち続けていることを定家に伝えているようだ。

禅尼とは俊成卿女を指し、禅尼が下向した先は越部庄《こしべのしょう》であり、いくばくかの日数を現地で過したのであろう。彼女に付き添った者も当然居たし、村人たちとの接触もあったと思われ、そこでの生活を実体験したといえよう。従って、帰洛してもなお遁世の志を持っていたというのは、現地での体験によって、仮に越部で遁世の生活を送ってもやっていけるという自信を持ったことを暗示している。「猶有二厭却之志一」とは、現地で得た厭却遁世への積極的な思いを持ち続けて帰洛したことの意に他ならない。

しかしすぐに越部庄に下ったわけではない。この二年後、夫だった通具が亡くなった後、まず嵯峨に住み、嘉禎二年(一二三六)三月に通具との間の子具定も没するに至って遁世の意志が強くなったのであろう。そして仁治二年(一二四一)、定家の死を期に、七一歳という高齢にもかかわらず越部庄に下っている。下向した彼女は、そこでも和歌を作り『越部禅尼消息』などを書き、求められれば歌を京都に送っているが、自身は帰洛することなく、八〇歳後半で亡くなっている。

後世定家が歌聖として世の評判を得るにともない、俊成卿女はいつしか「定家ゆかりの女性」として語り継がれるなかで「定家さま」と呼ばれ、それがなまって「てんかさま」になった。いまも越部上庄（現たつの市市野保）には、越部禅尼の墓と伝えられる「てんかさま」の小祠があり、地元の人々によって大切に守られている。

第五章 除目の哀歓

日吉社の籠縁《こもりえん》

1　居所の変遷

九条邸と九条宅

定家はある時期、両親と住んでいた五条京極邸を出ている。『明月記』建久三年（一一九二）三月五日条に、「夕方、五条殿に参った。右羽林（兄成家《なりいえ》）が近頃所労とのことだった（ので見舞った）が、たいしたことはなかった」とあり、同所に住んでいなかったことが知られる。翌四月一九日の場合は「五条殿に参り、家に帰る」と記され、そのことがより明白である。ただし定家が五条邸を出た経緯は詳かではない。例の、殿上で暴行事件を起こした時（一一八五年）には既に結婚しており、子の定継《さだつぐ》（後に光家《みついえ》と改名）も生まれていたことなどを勘案すると、転出はこの最初の結婚時のことかとも思えるのだが、定家はこの妻（藤原季能《すえよし》女）について一切語ることがなく、手掛りがない。

結婚時とみるよりも可能性が高いと思われるのが、右の暴行事件の解決（除籍解除、昇殿許可）を契機に、定家が九条兼実《かねざね》の家司となり、これに奉仕するようになった時期（文治二年〈一一八六〉三月）とする理解である。父の俊成も兼実から和歌の宗匠として迎えられたばかりということもあり、定家の九条家への出仕について種々尽力したとみられる。特に、九条邸のすぐそば（北隣）に「宿所」が設けられたのは、明らかに出仕の利便性を考えての措置であり、それが実現された時期もこの時をおいてなく、またそれを行なった人物も俊成以外には考えられない。定家は、以後この宿所(九条宅)に住み、ここを活動の拠点とした。日記に、一日の仕事が終わると「九条に帰る」とあるのがそれである。むろんその建物は、兼実の九条殿(邸)には及ぶべくもなかったろうから、九条宅とでも呼ぶことにしたい。

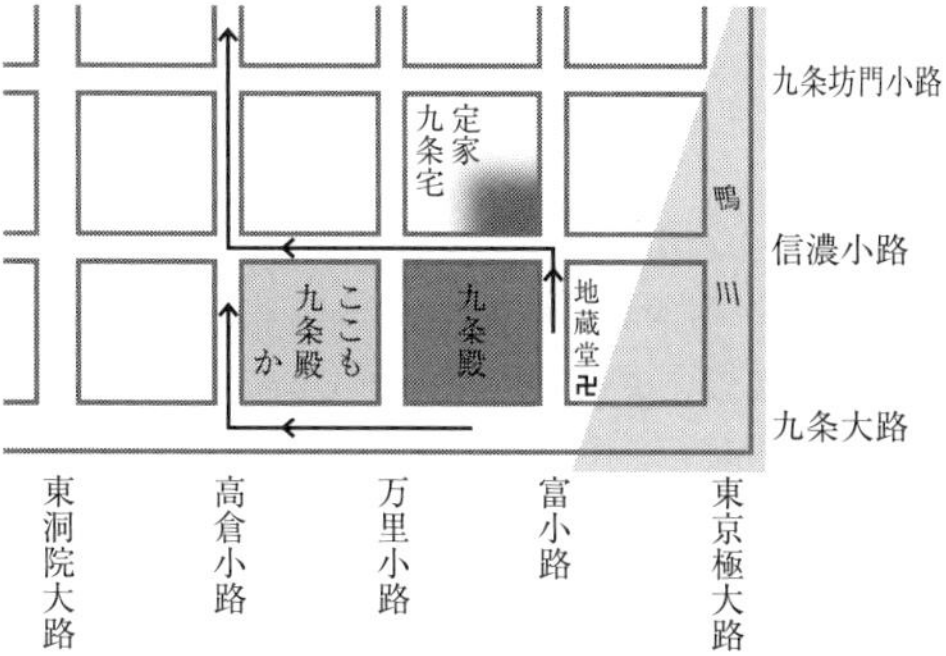

図7　九条殿と定家九条宅

その九条殿や九条宅がどこにあったのかを知りたいところだが、所在地を明示する資料がない。たまたま『明月記』の中に、左大臣良経《よしつね》が九条殿から内裏や院御所に赴いた時の記事があり、上掲図のような道筋を辿っていたことが分った。これによれば、高倉小路を北上するのは同じだが、屋敷を出て高倉小路に至るまでに二通りの道筋をとっている。

①九条通を西へ行き、高倉小路を北上するコース。(正治元年七月四日条)

②富小路を北へ、信濃小路を西へ進み、高倉小路を北上するコース。(正治元年七月五日条)

である。出口(門)の場所による違いで、この二つが通常のコースであったのだろう。そして、彼らの行動様式から考えて、この通路がそのまま九条殿の外郭路であったとみなし、九条殿は九条通北、富小路西、信濃小路南にあったことがまず推測されよう。問題は西側で、通説ではそれを万里小路とみて、その東側の一町であったと考えられている。しかし九条殿の邸内には少なくとも北殿・南殿・東殿・角殿・御堂などの殿舎が群立していたことを考えると、やはり通路としている高倉小路で限る、東西に長い二町分を領していたという見方も捨てがたい。一つの可能性として残しておきたいと思う。

ちなみに富小路の辻には、霊験あらたかな地蔵堂(九条富小路地蔵堂)があったという。鴨川の流路の関係で富小路が事実上東端の道路だったことを考えると、この地蔵堂は平安京の東南端にある境の仏として信仰されていたものであろう。

肝心の定家の九条宅であるが、この九条殿の北にあったという以上のことは残念ながら分らない。しかし、呼び出しがあれば直ちに出向くことのできる場所であった。大番頭の忠弘も九条に宿所を構えており、定家が時折り「近くに宿した」というのはこの忠弘宅に泊ったことを指している。

御子左家の家督

さて、定家が出たあとの五条京極邸には、両親の俊成・加賀と兄の成家が住んでいた。成家も結婚しており子供もいた。成家はこの後も俊成と同じ屋敷に住み生活を共にするが、それは成家が嫡男であり家督相続者と目されていたことによる。ただし家風である歌の道については、定家が後継者となった。定家に比して凡庸だった成家であるが、公務に精励し最後は公卿になっている。前の章で詳しく述べたように、俊成の危篤をきょうだいに伝えたのも成家である。定家が和歌の世界で活躍できた傍には成家がいたことを忘れてはなるまい。

しかし、成家の系統がこの家の家督を継ぐことはなかった。その一番の理由は、成家の死が承久二年(一二二〇)六月と、早過ぎたことであろう。俊成は既になく、定家はそれから二一年も生きている。成家没後、庄園(志深庄《しじみのしょう》)の領有をめぐるトラブルが生じた際、成家の子、言家《ときいえ》は叔父の定家に相談していたことが知られる。言家は、自身の官位昇進についても定家を頼っており、定家が家長としての役割を果していたことは明らかである。

話をもう一度俊成に戻そう。

三条坊門邸

建久四年(一一九三)二月一三日、母の加賀がここで亡くなり、父俊成はそれから三年ほどの間に、成家と共に、他所に移り住んだ。三条坊門邸である。定家は内裏や院御所で儀式がある時は、ここで正装に改めて出かけ、終われば戻って衣装を解いている。平素でも女房や小児を連れて行くことがあったし、妻子たちだけでここを訪ねたり泊ったりもしている。為家や因子・香など、成長する孫たちが俊成に歓迎された様子が目に浮ぶようである。

ところが、俊成・成家らがその三条坊門邸から出て行くことを余儀なくされる事態が生じた。左大臣良経がここへ移り住むことになったからである。

九条の地が内裏や院御所へ遠いことをかねてから歎いていた良経に、参内・参院に便利な場所として目を付けられたのだろう。三条坊門邸は、西の内裏(当時は「閑院」で二条南・西洞院西にあった)へは二町、東の院御所(「二条殿」で二条南・東洞院東にあった)へは一町という、どちらへも近距離に位置していた。定家がここに立ち寄って衣装を整えたのも、それが理由である。

建久の政変後左大臣となり政界に復帰した良経にとって、参内・参院に便利な場所の確保は切実な望みであった。そこで着目したのが俊成の三条坊門邸だったというわけである。良経が三条坊門邸に移ったのは建仁二年(一二〇二)の後半のことであった。同年一一月二七日、良経が摂政に任じられているので、九条殿からの移徙はそれに合わせてのものだろう。

三条坊門を出た俊成・成家らは六角に移っている。成家が「六角三位」(元久元年〈一二〇四〉二月二三日条)と呼ばれるのはこれ以後のことで、俊成にとってはここが終の住処となる。

冷泉邸へ

定家の居所についても変化が生じている。『明月記』を読む時、日々の生活の締めくくりとしてどこに帰っているかを確めるのが、大切な仕事である。というのも、定家の場合およそ次のような記載のパターンが見られるからである。

①九条ニ帰ル　　帰る先は九条だけ
②高倉ニ入リ(行き)、九条ニ帰ル　　高倉の宿所が使用されるようになる
③高倉ニ帰リ、九条ニ帰ル　　どちらも帰宅。つまり高倉の比重が大となる
④高倉ニ帰ル　　九条宅の後退(実際には、その後も本人や家族が共用する宿所とされている)
⑤冷泉ニ入リ、高倉ニ帰ル　　冷泉の宿所が使用されるようになる
⑥冷泉高倉ニ入ル　　この記載が問題
⑦冷泉ニ帰ル　　冷泉宅に落ち着く
……………　……(ある年月が経って)……
⑧冷泉ニ行ク　　既に冷泉宅を出て他所に住んでいる

下段に付した簡単な説明からも①〜⑦の流れを理解することはさして困難ではないが、問題は保留した⑥「冷泉高倉」という記載の意味である。これは併用していた高倉宅・冷泉宅のうち、前者が使用されなくなって(放棄されるなどで)後者だけになったというのではなく、冷泉宅が高倉宅と併存されており冷泉宅の部分が拡充された結果、こちらを主とする屋敷の構造になったことを示すものであろう。定家は冷泉宅の拡充に種々努めており、全体の姿は確認できないのだが、最終的に旧

高倉宅部分を取り込んだ形の冷泉宅に仕上げたと考えられる。それが⑦であろう。

これが九条宅から冷泉宅に移った経緯であるが、それを年次でいえば②の「高倉」が初めて出て来るのが正治元年(一一九九)二月二六日条で、以後しばらく九条との併用が続き、建仁二年(一二〇二)三月一一日条に⑥「冷泉高倉ニ入ル」とある記載を境に、以後は⑦「冷泉」に固定する。「冷泉高倉」に入った日、家司の文義が「聊か祭を修す」とあるのは、住居の切り換えに当り家神祭を行なったことを示している。

良経が内裏・院御所の近辺に活動の拠点を求めたのに促されるように、定家も九条から冷泉へ移ったのである。内裏・院御所が上辺に戻って来る時勢を考え合わせると、冷泉(高倉西、冷泉北)に居所を定めたのは実に適切な選択だったといってよいであろう。

こうして冷泉宅が定家の居所となった。定家が官途所望をめぐって奮闘したのは、この冷泉宅時代のことである。

2　除目の「聞書」

官途の絶望から所望へ

かつて「官途絶望」(もう官途は望まない)と口にした定家だったが、あとで振り返ってみれば一時のもので、以後はひたすら「官途所望」の日々であった。『明月記』はそのような定家の官途所望をめぐる悪戦苦闘の軌跡といっても過言ではない。そしてそれが凝縮されるのが除目の結果を書き上げた「聞書《ききがき》」なるものであった。任官叙位された者——それを任人・叙人といった——の名を書き上げたリストである。通常三日間行なわれた除目会議の結果は、最終日、この聞書の形で人々に知らされたから、定家も必ず入手し、日記に書き留めている。若い時分ほど整った形で残しているので、ここには時期が遡るが、建久一〇年(一一九九)三月のものを挙げてみた(ただしスペースの関係で抄出)。ちなみにこの時の除目で定家は安芸権介に任じられている。聞書は一続きで書かれているので、分野ごとに区分けし、それぞれに「京官」「外官」および「武官」の見出しを付した。京官は大内裏の内外に所在する諸官司、外官は地方官＝国司のことであり、武官は六衛府(左右近衛府、左右衛門府、左右衛士府)に左右馬寮を加えたものである。ただし武官は本来京官であるから(1)に含まれてしかるべきものであるが、このように別個に扱われているのが特徴。彼ら武官が諸行事に登用されたことが無関係ではない。

さて除目は、知られるように王朝時代には春は県召《あがためし》除目と呼ばれて外官が、秋は司召《つかさめし》除目と呼ばれて京官の除目が行なわれたが、定家の時代はどのように行なわれていたのだろうか。この聞書の中にヒントが込められている——。

賢明なる読者はもう気付かれたに違いない。この聞書には京官と外官が一緒に書き上げられてい

(1) 京官

神祇権大祐卜部兼済　少祐大中臣為茂
権少外記中原行永　権少外記大江良成
左大史三善仲康　右少史同定職
内舎人平国宗 大嘗会功　藤時永 同臨時　同〔源〕□〔重〕弘

……中略……

陰陽師同宣継　大〔式〕学〔部〕允〔大〕中〔丞〕原藤範政
少丞橘以忠 蔵人　藤頼季
大学允中原家重　明法博士中原章親 兼
音博士中原師行 復任　清原業綱 明経挙
治部権大輔藤範宗

(2) 外(地方)官

山城守大江以孝 外記　権介中原貞仲
伊勢守中原経重 史
尾張権守菅原淳高　介藤宗国　権介小槻公尚 兼
遠江権守藤資実 兼　介藤信能 兼

……中略……

安芸守藤重輔　権介藤定家 兼
讃岐守源家俊 兼　権守藤実教 兼
介藤保実 兼　伊予権守藤実明 兼
土佐権守藤隆保 兼　豊□〔前〕介〔守〕紀重〔宗〕季 民部巡
権介高橋盛直 史　肥前介中原尹光 外記

(3) 武官

左近将監平棟村 功　同〔大〕江盛康
右近将監源忠宗 功　〔藤盛助功〕左衛門少尉藤季清 蔵人
少志同宗貞　右衛門権佐藤親長
少尉平盛業 功　豊原章〔親〕継 功
少志中原久基 功　同能貞
左兵衛少尉中原宗定〔言〕 蔵人所　同〔源〕広綱 功
同宗信 父信綱止式部巡役之　藤以利 摂政内舎人随身
右兵衛少尉中原友業 宇佐宮功　藤忠兼 功
同清成 功　同光康 功
左馬頭藤隆衡　権頭経範　権助藤仲重
同康業　少允藤親明 滝口
同〔平〕宣親 功　橘直職 臨時内給　右馬頭藤親兼

……中略……

建久十年三月廿四日

る、ということは春の県召(外官)、秋の司召(京官・武官)の除目がここでは同時に行なわれている、時期の区別がなくなっている、と。まさしくその通りである。年に一度だったものが二度になり、任官の機会は一挙に二倍になった。任人も倍増したのではなかろうか。

事実、『明月記』にもこんな記述が見られる。元久二年(一二〇五)四月一〇日、「祭除目」にふれて、「毎月納言以下の人々を任じられ、昇進は流水よりも急である」と。毎月というのは誇張であろうが、たびたびの除目で任人が増えていると実感されていた様子が知られる。さればやたらと増える有様を称して「除目の任人の如し」などと言いもしたのである。

右に見た「祭除目」というのも臨時除目の一つだった。京都で「祭」といえば賀茂祭(葵祭)のことを指すが、『明月記』には祭除目の由来について記すところがない。そこで『平戸記』仁治三年(一二四二)四月九日条にある「祭除目行なわる。(中略)是れ祭に供奉の官などなり」といった記述から察するに、賀茂祭に関わる人たちを祭に先立ち褒賞したのに始まったことを思わせる。しかしこの祭除目も「春秋の除目の如し」と言われているように、その実態は先述来の通常の除目と変わるところがなかった。従って、これも除目増加の一因となっていた。

しかし任官の機会がふえても官途をめぐる不満は一向に解消される兆しはなかったのである。

3　官途「無遮会《むしゃえ》」

鬱積する不満

ここに掲げた表題は『明月記』の中で定家が用いている文言を借りたものである。こんな風に用いている。

（公卿以下の昇進が取り沙汰されるなか）天下の貴賤は、自ら希望したり子息を推挙するなど東西に奔走するが、「予ひとり絶望す、浮生幾春ぞ。近日の官途は無遮大会たり。縁なき一身、この恩に漏る」（建仁三年〈一二〇三〉二月三日条）。

「無遮大会（単に無遮会とも）」とは、「道俗・貴賤・上下の別なく、来集した全ての人々に一切平等に財と法を施す法会」（『広辞苑』）のことであるから、官途の機会は誰にでもあるはずなのに、自分にはそれがない、と歎いているのである。むろん「無遮大会」は反語として用いられている。

その歎きのままに翌元久元年（一二〇四）四月に行なわれた祭除目でも定家の「所望」は二つながら退けられている。そのことを聞書を見て知った定家はこの時任じられた面々について次の如く論難している。

朝《ちょう》に在る中将はみな非人、或は放埒《ほうらつ》の狂者、尾籠《びろう》の白痴《はくち》。凡卑《ぼんぴ》の下臈《げろう》、上臈《じょうろう》を超ゆべからず。

非器の上臈、昇進の道理なきの由評定と云々。除目毎に五十人を剰加《じょうか》（余分に任命）。末代の中少将は疋夫《ひっぷ》に異ならず。〃（定家の）両ケ《こ》の所望、遂に以て許されず〃。兼定・盛経は成業にして成業に非ず。漢字を書かず。商賈《しょうか》の力、造作の勤（成功のこと）に依り加任。為長の弁官は世を驚かすべし。盛経は父の子也、兄の弟也。理運の由、賢者ら挙《あ》げ申す。又母后の懇切と云々。

名指しの攻撃を交えた誹謗の連続。これはもう罵詈《ばり》雑言《ぞうごん》としか言いようがない。しかもその中に自分の所望が叶えられなかった事実（〃 〃の部分）を挿入し、それが怒りを増幅させたことも忘れてはいない。『明月記』の中でもこれほど激烈な言説は他には見られない。

どうやらこの頃――時に四三歳、正四位下左近衛権中将――が、官途所望が思うに任せず、鬱積《うっせき》した不満が頂点に達していた時期であったように思われる。おのずからその不満の矛先は除目を行なう者に向けられることになる。

除目が偏えに叡慮（後鳥羽院の意向）に出ることは分っている。建久の頃は入道殿下（兼実）が直言されたが、時儀に叶わなかった（改められなかった）。時移り去年までは内府（通親）が執権したが、それでも思召（叡慮）を憚り、除目はなお尋常であった。しかし今は権門の女房（卿三位のこと）が勝手に申し行ない殿下（左大臣良経）の力が及ばないか。これは後の世のためにも恥ずべきことである。

（建仁三年〈一二〇三〉正月に行なわれた除目の「聞書」を見ての定家の発言）

この中で定家が問題にしているのは二点、一つは権門女房（卿三位）の横暴であり、二つが主家（良経）の頼りなさである。前者卿三位（のち二位）の権勢については折あるごとにふれるが、後者については、「所望の事、更に御吹挙（推薦）の御心なし、奉公、更に詮なし」（元久元年〈一二〇四〉三月三〇日条）と書き付けている。万事に控え目な良経が、定家には歯痒かったのである。これが若い良平（良経弟）になると「此の殿の御共、予、殊に参勤の志無し」（同年三月二八日条）とさえ口にするようになる。

九条家が駄目となれば頼むところは院だけであろう。定家が縁を求めて院への接近を積極的に試み始めたのは、まさしくこの時期のことだった。

最初の試みは、慈円や金吾こと西園寺公経《きんつね》の許を訪ね、除目を左右した卿三位に縁を求める方策を話し合っているが、これは最初から期待をかけてはいなかったようだ。結果もその通りになった。やはり一筋縄ではいかない相手だった。

二度目の試みは、翌日から院女房の越中内侍へ直接働きかけ、院へ所望のことを伝えてもらうことだった。除目までに定家は二度越中内侍に会っている。しかし内侍から伝えられたのは、今回は叶い難い、との院の意向であった。これを聞いた定家は、「不運の身は今に始まらないが、衰老、後栄を待ち難し。悲しみて余りあり」と歎いている（元久元年正月〜二月）。

官途無遮会の道はまだ続く。その分定家の思いは子の為家《ためいえ》の出世に傾到しはじめている。

日吉社と定家

定家は徐目の前後には必ずといってよいほど、日吉社に参詣参籠している。「私の宿願」のためであったが、定家(とその家族)ほど熱心な日吉信仰の持ち主は珍しい。参籠中に主家兼実の北政所の死去の報を受けても、駆け付けることはせず頑に参籠を続けたのも宿願成就のためである。神社に着けばまず「奉幣」と「御経供養」、次いで境内諸社の「宮廻」、夜になると回廊での「通夜」を行なっている。日吉社が典型的な神仏習合の社であったことが分る。明治の廃仏毀釈により仏像、仏具、経典などは破却されたが、残された神殿の建物は床より上は神事、下

上：西本宮，下：拝殿での仏事

上：八王子山，下：磐座

の「下殿」は仏事の行なわれる空間となっており、神仏習合の形を伝えている。それにより仏教行事も再興され、下殿はもとより、拝殿でも延暦寺の僧による仏事が催されている。『明月記』の時代にはあった回廊はないが、下殿に設けられた「籠縁《こもりえん》」(第五章扉写真参照)が通夜の機能を継承している。当社について忘れてならないもう一点は、背後の山(八王子山)の存在である。山頂近くに奥宮(牛尾社と三宮社)があり、『明月記』にもそこへ参るのを「坂を上(登)る」と記している。定家は建仁二年(一二〇二)一二月二四日にようやく登坂を果している(ただし手輿)。『明月記』には記すところがないが、その奥には巨大な「磐座《いわくら》」があり、当社はその磐座信仰に発し、やがて麓での社殿祭祀に移った古い由来を持つ神社だったことが分る。私も一度息も絶え絶えにこの坂を登ったが、そこからは琵琶湖が一望できた。読者も挑戦してみませんか。

4　「為家しすへむ」――「名謁」の効用

名対面から名謁へ

『明月記』を読み進めるなかで、時折見かけていたその言葉が、ある時期からやたらと目に付くようになった。はて、何事ならんと、もう一度日付けを戻して読み直してみる。すると、ある日を境にその言葉が連日の如く書き留められていることが分った。それは月をわたり、年を越えても途切れることがなかった。

その言葉とは「名謁」である。「みょうえつ」と読む。簡単に言えば内裏で行なわれた夜の点呼のことである。夜遅くに、通常は亥刻（午後一一時頃）に鈴奏《れいそう》のあと、担当者（主として少納言）に直接問われて名籍を唱える。それで当日の出仕が確認されたことになる。その名謁を定家が毎晩のように受け続けているのである。一体、何事が起こったのか。

この名謁、王朝時代の「名対面《なだいめん》」に当り、直接本人から名を聞くことにおいて変わりはなかったが、名対面は主として宮廷で行なわれる晴《はれ》の行事になされており、それを受けるのは名誉の証であり、もっぱら公卿であった。それが平安後期に名謁に代わったのは、廷臣としての勤務ぶりを確認するという趣旨が強まったためであり、それに伴い名謁の対象も殿上人になっている。のちに公務怠慢の風潮を防止する意図から、公卿にも名謁が適用されるようになった時、これを忌避する動きが見られたのは、名謁に込められた身分意識が無関係ではないと思われる。その名謁を定家は長期にわたって受け続けている。一日の公務を終えて帰宅した定家が、その時刻になるともう一度参内し、名謁を受けることもしばしばだった。名謁を受けると、脱兎の如く退出し（帰宅し）ている。日頃の定家を知る者にとって、これはもう〝事件〟といっても過言ではない。定家の身の上に何が起こったのであろうか。

元久二年（一二〇五）一二月一一日、定家は後鳥羽院の院司源家長から次のような知らせを受けている。

家長示し送りて云う。内の北面、名謁にすみやかに参るべき由、御気色。事の次でに相触る。即ち勅許を披露すと云々。恩免に於ては尤も本望と為す。

すなわちこの日定家は家長から名謁に参るべしとの院の御気色（御意向）を知らされたあと、「事の次《つい》でにあなたの望みを院に伝えたところ即座にお許しがありましたよ」と伝えられ、大満足している。その望みとは、息子三名《みみょう》（為家）の元服のために院の衣装を借用することで、それを家長を通して申し入れていたのである（三名の元服についてはのちにふれる）。してみればこの時の主たる用件であった名謁の件も院に認められたものとみてよいであろう。察するに定家はこれ以前、名謁に関する提案をしていたのである。

提案といえば、それから半年後のことだが、定家が院に「院御所の番勤務」のことを申し出て勅許されるということがあり、それを定家は「近頃の院は小さなことでも申し出れば勅許される」と語っている。このたびの名謁も家長の助言を得て定家が提案したものではなかったろうか。それが証拠には早速実行に移しており、しかも長期にわたっている。

この連続する名謁は、定家の並々ならぬ決意を示している。先の院御所番勤務の申し出とともに、定家の生涯でこの時ほど〝真面目〟だったことは、後にも先にもなかったのではなかろうか。それほどの大プランであった。

定家の名謁作戦

定家の長期名謁実行の目的は何だったのか。自身の勤勉さを示すことを通して、それ以前から熱心に取り組み始めていた小女小男――娘因子《いんし》と息子為家を宮廷社会へ売り込むことであったと考える。別掲の関係年表からも、その一端がうかがえよう。

ところで定家の名謁記事を追うなかで出てきたものに、子の為家を自身に代わって名謁を受けさせている記事があった。まさしく〝代返〟である。まだ一〇歳前後の年少者に深夜近くの名謁を受けさせている。この試みは定家にとって遊びごとではなかったはずであり、代返を繰り返すことで代返者自身の名謁も実現するのである。承元元年（一二〇七）四月一八日、定家は為家の院御所名謁

年	月・日	事項
元久2年(1205)	11・9	因子を後鳥羽上皇に初参させる
	12・11	(北面名謁のこと)
	12・18	元服した為家を上皇・良経に参らせる
建永元年(1206)	6・24	(院御所番勤務のこと)
	7・17	因子に「民部卿局」の名を賜る
	10・13	自身の所望にかわり為家の侍講任命を院に申請する
承元元年(1207)	4・18	為家の院御所名謁を願い出て勅許される
	8・26 27	為家を水無瀬御所へ参仕、院近習に加えられる
	11・3	除目に当り為家の任官を院に申し入れる

図8　定家の為家「売り込み作戦」

を願い出て勅許されている。内裏ではなかったが、勅許を得たことで為家は院御所の出入りを認められたに等しい存在になったわけである。そしてこのことが決め手となり、それから四カ月後の同年八月に実現したのが、為家を院の近臣にすることだった。定家のこのような手法は、誰も考え及ばない破天荒なものであり、最初からその可能性や効果は計算済みだったと思う。いわば故実を逆手に取った定家ならではの手法であった。

その日、水無瀬御所へは近臣以外の出仕は無用とされていたが、定家父子は許されていた。そこで定家は、為家を午前中に参上させ、自分は午刻《うま》(午後〇時前後)になって参上した。そこで院が定家に仰せていうには、

彼(定家)は為家しすへむ。

と。その上で定家に対し、「しからば(そなたは)今日は早く退去すべし」と。

他方為家にはこう仰せられた。「祗候勿論である。番に入るべし(結番して祗候するように)」と。

為家の院御所への祗候が許された瞬間である。

追い出された体の定家であるが、不満どころか、歓喜し、青侍に、あとに残る為家の面倒をみるよう言い付けて急ぎ帰宅している。

ところで後鳥羽院が定家に言った言葉――「為家しすへむ」とは、どういう意味だったのか。「しすへむ」とは、動詞「しすふ（為据う）」の未然形「しすへ（ゑ）」に、意志を表わす助動詞「む（ん）」を付けたもので、「そこに居《い》させておこう」との意味になる。つまり「彼（定家）は為家をしすへむとて参ずるなり」とは、「定家は為家をこの御所に居させよう（＝祗候させよう）と思って参ったわけだ（そうだろう、定家よ）」という意味であり、為家の院御所祗候を目論んでいる定家の意図を汲み取りそれを認めると告げたのである。

翌日は雨だったので、定家は一日中門を閉ざして蟄居し、旧い史書を読んでいたという。得られた幸せや喜びが外に逃げないように、じっと家にこもっていた定家の気持ちが伝わってくる。

こうして「名謁」にはじまる作戦は見事に成功したのだった。親バカの極みであるが、この「名謁」作戦は定家にしか考えつかないアイデアであったと思う。

第六章 定家の家族

嵯峨中院の地蔵

1　定家の妻

定家が自己中心的で、プライドが高く、人と接するのが苦手な性格だったことは、これまでさまざまな場面で見てきた。そんな定家だっただけに、その家庭はどのようなものであったのか知りたいところである。そこでここでは、妻や子供はもとより、彼らを取り巻く縁者にも輪を広げ、『明月記』を通して考察することにする。それにより定家を中心に取り結ばれた家族関係が見えてくると思われる。

父の俊成は何度か結婚をし、最後の妻加賀との間にも多くの子供をもうけたが、定家は、妻は二人で、それぞれの間に三、四人の子供がいたことが分っている。

最初の妻は藤原季能女《すえよしむすめ》で、寿永二年(一一八三)、定家二二歳の頃に結婚したとみられる。この女性について『明月記』は記すところが全くない。従って、どのような結婚生活を過したのか、離別したのか死別だったのかもはっきり分らない。ただ『明月記』建久三年(一一九二)三月八日と一一日条に、右京兆が定家宅を訪れたことが記される。この時の右京兆は妻の父(藤原季能)であるから、この頃はまだ結婚生活が続いていたとみてよかろう。二番目の妻との結婚年次を考えると、最初の妻との結婚生活は、一〇年ほどだったと思われる。この妻との間には、光家《みついえ》、定修《ていしゅう》、そして女子の三人の子供がいたことが知られる。

二番目の妻は藤原実宗女《さねむねむすめ》で、母加賀の死後建久五年(一一九四)、定家三三歳の頃に結婚したとみられ、以後終生生活を共にしている。この妻との間には、因子《いんし》、香、為家《ためいえ》の三人がいたことが『明月記』で確認される。

『尊卑分脈』では、他に西園寺公相《きんすけ》との間に実顕《さねあき》を産んだ女子、法性寺雅平《まさひら》との間に親平を産んだ女子が見られ、また『十六夜日記』(為家後妻阿仏尼著)には、為家と同母の姉として和徳門院《わとくもんいん》新中納言なる女性が描かれる。しかし、いずれも『明月記』からは存在を確めることはできない。

二番目の妻(実宗女)

さて、二番目の妻(以下断わらない限り「妻」と表記)が日記に初めて登場するのは、建久九年(一一九八)正月一三日条で、小児・女房らが白川(河)に物詣でをし、百体仏を拝んで夕方帰宅した、というものである。因子と香は既に生まれていたから、この二人を連れて鴨東の白河まで行ったものであろう。ついで一月三〇日には、健御前の日吉社参詣に同行している。この日は除目入眼の日であったから、所願成就のため妻に代参させたものと思われる。この妻は、少々気性の激しかった義姉、健御前ともこのように仲良く付き合っており、その付き合いの良さが、定家の家庭を支えるもとになったといってよい。

これ以前、建久七年の政変で定家が家司として仕えた兼実が政界から追放され、定家自身も不安な日々を余儀なくされた。そんな時期に妻は子供を産み育てており、結婚当初の生活は厳しかったと思われるが、何とか切り抜けている。これには妻のおおらかさが無関係ではなかったと思われる。

特に彼女は神仏への信仰に厚く、なかでも近江坂本の日吉社には、熱心だった定家の代参はもとより、自身も参詣・参籠をたびたび行なっている。日吉社の他にも、賀茂・祇園・北野など、時間を見つけては参詣しており、嵯峨へ行った折には、夫婦で清涼寺へ参詣、説法を聴聞している。晩年には、子供たちと天王寺へも参拝しており（嘉禄元年〈一二二五〉二月一六日〜二五日）、また善光寺の仏を写したという三尊像の噂を聞き、それを拝するために出かけたこともある（嘉禎元年〈一二三五〉閏六月一九日）。この三尊像とは、現在善光寺の秘仏とされる一光三尊像（善光寺如来）のことであろうか。とすれば、既にこの頃から善光寺如来として有名で、京都まで出開帳《でがいちょう》されていたことを知る。このように彼女の神仏への帰依は、夫以上であったといえよう。そうした面でも定家とは気が合っていたように思われる。

この妻は、定家の父俊成のところにもよく出かけており、俊成が病の時は毎日のように見舞っている。このように、定家の親や兄弟とも親身に接する姿勢が自然に備っており、それが定家の心の支えになっていたように思われる。定家と二人、連れ立って出かけているのもそれであろう。

正治元年（一一九九）二月八日、しばらく休暇を取った定家は、妻を連れて三条坊門（俊成）を訪ねた後、嵯峨に向い一二日まで滞在している。この後定家は、折にふれ嵯峨に出かけ、夫婦二人であるいは子供たちを交えて多くの時間を過している。定家や妻にとって、嵯峨の小宅は都の喧騒を離れ、家族でゆっくり過せる隠れ家のような場所であった。その嵯峨行きの最初に妻を同道しているのも、定家が嵯峨山荘にかけた思いを、誰よりも先に妻と分ち合いたかったからであろう。

この種の話題は尽きないが、極め付けは俊成の葬送後の記述に見ることができる。

元久元年(一二〇四)一一月三〇日に俊成が亡くなり、その後一二月二六日(第四週の忌日前日)まで定家は九条に泊り、冷泉には帰っていない。そんな折一二月一三日、第二週(十四日)の忌日供養が終わった後、夕方冷泉から妻がやって来た。直接対面すると妻が穢に触れてしまうので、妻を車に乗せたまま車越しに逢っている。三日後の一六日にも夕方妻が来たので、車のまま逢った。そして第三週(二十一日)の忌日供養を済ませた翌々日の二二日、いつものように夕方妻がやって来た。この日の日記に、定家は次のように記す。

冷泉より来たり。始めて宿す混合す。

小字は定家が書き入れた注である。この言葉をどのように解釈するかは読者の想像に委ねよう。俊成の葬儀から二〇日以上が過ぎ、穢も軽くなったからであろう。久しぶりに定家は妻と一緒の時間を過したようだ。

この後二六日には定家が初めて冷泉に帰り一泊。二八日の朝には、妻が冷泉より九条に来て夕方一緒に冷泉に帰っている。定家が妻と肩寄せ合って生活している光景が目に浮んでくる。

愛猫の死

そんな二人にあったささやかなエピソード。承元元年(一二〇七)七月四日のこと、一昨年より飼っていた猫が放犬にかみ殺された。日記には、「年来私は猫を飼わない主義だったが、妻がこれを養ったので自分も共に養った。三年来掌の上や衣の中に居た。他の猫は時々鳴き叫んだが、この猫はそんなことはなかった」と記す。妻が可愛がっていたので定家も世話をするうちに、猫がとてもなついてきて可愛くなった。だから猫の死に「悲慟の思い、人倫に異らず」と、人の死と同じように悲しんでいる。あの気ままな定家にも、こんな一面があったのだ。

この妻は、実は誕生より定家と結婚するまで父実宗の姉妹である叔母に養われていた、という経緯を持ち、『明月記』嘉禄二年(一二二六)八月九日の西九条尼上獲麟の条にその事が詳しく記される。すなわちこの妻は、誕生の二〇余日よりこの叔母(西九条尼上)に養われることとなり、叔母はその時寡居であった。妻が三歳の時に経定卿に嫁し、二人の子供をもうけたがこの後も叔母との同居は続いたらしい。定家との結婚は二九歳頃と思われるので、この結婚が初婚であれば、随分晩婚である。

叔母との長年の同居は、叔母の家族とも一緒だったと考えられ、公家の娘として華やかな雰囲気の中で育ったとは思えず、気苦労の多い生活だったのではなかろうか。しかし、それが彼女の人格形成に役立ったと見られる。わがまま定家をフォローし、時にはリードするこの妻の器量は、そんな環境の中で培われたものであったと考える。定家にとって彼女は理想の妻だったと言って過言ではないであろう。それゆえ定家も、この妻を大事にし、家庭を大事にしたのである。

妻の縁類

ここで話題を、妻の両親や兄弟にも広げてみたい。妻の父藤原実宗は閑院家と呼ばれた藤原公季《きんすえ》の家系で大宮大納言と呼ばれて栄えた家柄であった。定家と実宗女との繋りがどのようにしてできたのか不詳だが、『明月記』の記述にヒントがある。

正治二年(一二〇〇)三月二七日、女院蔵人が白昼人妻を犯し、その夫に殺されるという事件があった。この蔵人は、藤原定長《さだなが》(寂蓮《じゃくれん》)の長男保季《やすすえ》だった。彼について定家は「大宮亜相(実宗)の子となして元服、長く物見の車に乗る。近年七条院に寓直。(中略)惣じてその性落居せざるの由聞く所なり」と記す。保季は性格が悪く問題行動を起こすので、結局実宗の邸より追放された。この保季の父寂蓮は、俊成の兄弟俊海《しゅんかい》の子で、和歌の技量を見込まれて俊成の猶子となり、俊成の跡を継ぐ予定であった。しかし、定家に和歌の素質があると認められた後は身を引き、定家を応援する立場に回っている。その寂蓮の子保季が実宗の養子となり元服したことを考えると、実宗と俊成との繫りがこの時既にあり、その縁で定家と実宗女が結婚したものと考えられよう。このように見てくると、妻の生い立ちや性格も含め、定家の再婚は通説のように、家の繁栄のために権門の女と結婚したものとはまず思えない。

実宗には他に、定家妻と同母の兄弟、公定《きんさだ》・公修《きんしゅう》・公暁《きんぎょう》の三名、異母弟の公経《きんつね》らがいたが、彼らが定家と親しく交わっていることも日記から知られる。特に公経は、後鳥羽院の近臣でもあり、定家にとっては処世上重要な人物であった。また公経は、定家の主、九条良経と同様に一条能保《よしやす》の女を妻に迎えていた。一条能保の妻(公経・良経の妻の母)は源頼朝の同母妹であったから、公経・良経は共に関東に近い存在だったことが知られる。このことは後の章で詳しく述べるが心に留めておきたい。また公経の存在は、定家の子供たちの昇進にも大きな影響を与えることになるが、このことも併せて後の章に委ねたい。これらのことが、定家の結婚を権門との結びつきのためとする通説を生んだ理由であろうが、それは後のことであり、二人の結婚時に見られたものではない。のちの結果をもって論じた皮相の説と考える。

あとになったが、妻の実母についても語るべきことがある。母は藤原教良《のりよし》女で、前述の通り実宗と結婚し公定以下の子を生み、また藤原泰通《やすみち》(高倉大納言)などとも婚姻関係をもっている。高倉院に仕え、高倉院新中納言と呼ばれていた。そうした事情で定家妻は、この実母と幼い時から一緒に暮らしたことはほとんどなかった。しかし建仁二年(一二〇二)八月二七日条に「今夜、坤《ひつじさる》(西南)

の新屋に尼上渡り宿さる。女房年来この事を懇望す。仍て日来形の如くに造営せしなり。半作と雖も、宿し始められ了んぬ」とあり、この時初めて妻の母が定家の冷泉邸に同居したことが記される。この同居は、妻の長年の懇望であり、定家はその願いを叶えるために、冷泉邸の西南方に新屋を造ったのである。小さい頃から実母と過したことのなかった妻の想いを察し、実母との同居という夢を叶えたのである。定家の妻への思いやりが強く知られる一件といえよう。

因子の裳着

妻の実母との同居は、のちに定家の娘因子が女房として出仕する時、力強い味方となった。そのことを知るために、記述の順序が前後することになり、また少々長い紹介となるが、因子の裳着《もぎ》と、それに続く為家の元服について、ここで述べておきたいと思う。

二人の子供たちの裳着と元服は、元久二年（一二〇五）一〇月二五日に俊成の一周忌法要を済ませ、喪があけたのち、直ちに準備にとりかかったようだ。因子の裳着は一一月九日に、次いで為家の元服を一二月一五日に行なっている。

まず因子について。定家は、宿願を叶えるため因子をこの年の七月五日より、日吉社に百日参籠させている。一一歳の少女の百ケ日の参籠は厳しいものであったと思われるが、その御利益であろうか、因子は後鳥羽院への出仕が叶うのである。

一一月三日、因子は祖母（妻の母）と共に七条院（後鳥羽院母）へ行き、初笄《ういこうがい》に使う毛髪を所望し、頂けることになった。八日に七条院が出家しているので、そのことを知って予め髪を所望したのであろう。同じく八日に、定家は越中内侍（後鳥羽院女房）と相談し、因子の後鳥羽院への初参を翌九日と決めている。

九日、定家は供人などを皆呼び出し、牛童などの装束も整えた上、因子を院御所に出立させているが、祖母は出立前に知り合いの女房（建春門院新大夫・頼実三位妻）の局に参り、色々と段取りを整えている。その上で因子は、この祖母に伴われて院御所に参り、女房たちに挨拶を済ませた後、裳着を行なっている。

『明月記』には、「坊門殿（斎院の御母儀）尼上の語り申すに依り、裳の腰を結ばる（初めて之を着く）」と記す。坊門殿とは、藤原（坊門）信清《のぶきよ》女で後鳥羽院の寵を受け、皇子（道助《どうじょ》法親王）・皇女（賀茂斎院礼子内親王）を産んだ女性で、後鳥羽院の母七条院殖子《しょくし》の姪にあたる（図9参照）。殖子は、はじめ建春門院の女房をつとめて兵衛督《ひょうえのかみ》と呼ばれていたが、高倉天皇の寵を受け、後高倉院や後鳥羽院を産んだ。因子の祖母は、新中納言と呼ばれ高倉院の女房として近侍し、また前出の祖母の知人も建春門院女房であったから、この三人はその頃からの知人とみられ、その縁で因子の裳着を坊門殿に頼んだのであろう。七条院と坊門殿は、共に後鳥羽院の親族で院と深い関わりのある女性であったから、因子の後鳥羽院への出仕もこれらの縁によって実現したとみられる。

一一月二二日に再び尼上と共に参院した因子は、後鳥羽院に見参し、櫛棚などを頂いて退出した。こうして晴れて後鳥羽院の女房として仕えることになり、宿願が叶ったのである。

このように、因子の出仕にこの祖母が果した役割は大きく、それは恐らく、定家夫妻が期待した以上のものであったろう。女房経験のない定家の妻にとって、母の存在は心強い限りであったろうし、因子にとっても女房勤めをする上で、祖母のアドバイスが役に立ったに違いない。

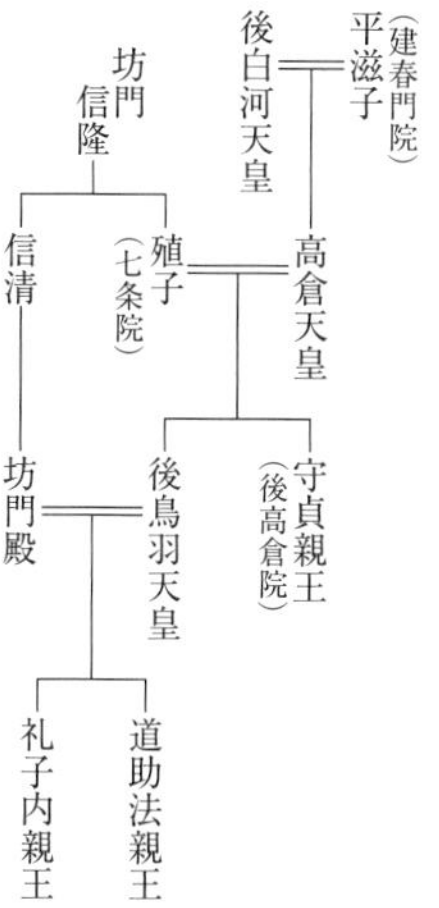

図9　七条院略系図

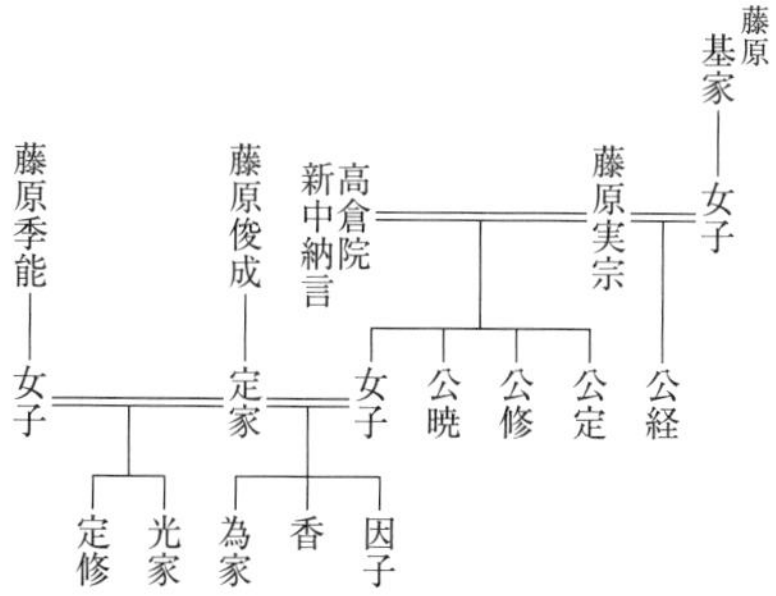

図10　定家関係系図(Ⅱ)　定家の家族

こののち因子は、建永元年(一二〇六)七月一七日に「民部卿」と名を定められ、一一月九日から番勤務に入り、衣も賜っている。定家は奉公の甲斐があったと喜んだが、彼女はその期待に応え、女房として立派に成長していく。妻の実母との同居は、定家たちにとって想像以上の幸運をもたらしたといえよう。

為家の元服

為家の元服も因子の裳着を済ませた一カ月足らずのちの、一二月一五日に行なっている。それ以前、因子の裳着が行なわれた直後の一一月一七日、妻の父藤原実宗が内大臣に任じられており、定家は「感悦の至り、何事かこれに如《し》かんや(中略)、閑院の余慶実に天の然らしむるか」と喜んでいる。実宗の任内大臣の噂はこれ以前にあったろうから、因子の裳着もそれに合わせたものであろう。

定家は一一月二五日に、為家を内大臣になった祖父実宗の許に参らせている。一二月九日の任内大臣拝賀には、定家も親族として供奉、前駆を勤めており、父の晴れ姿を娘である妻にも見せるべく、妻の見物車を供の者を付けて用意してやってもいる。「英華の亜相二人(公継・公房)軒を連ね、見(現)任の両卿(公経・公定)は子息である。繁昌殊勝」と、誇らしげに日記に記している。

さて一二月一五日、為家の元服の儀が祖父実宗邸で執り行なわれ、内大臣になったばかりの実宗が、孫の為家の加冠をした。この加冠の儀について『明月記』には座の指図と共に、詳しく記されている。

この日定家は、為家に水干《すいかん》を着せて実宗邸に向い、まず水干から直衣《のうし》(良経の直衣)と奴袴(後鳥羽院の袴)に改めさせる。ついで実宗の近習蔵人盛親が、為家を寝殿西南の出居《でい》に設けられた儀式の場に連れて行く。定家や公定なども着座して見守るなか、右中将公雅が理髪し、実宗が髪掻《こうがい》で額を掻き加冠を行なった。膳物なども整え、全てが終わり為家を連れて退出。冷泉に帰った後、夜には院に借りた衣帽子(烏帽子)を為家に着させている。

ところで、為家元服の装束についてだが、定家はこれ以前、後鳥羽院から借りる手はずを整えており(一二八頁)、奴袴と衣帽子の借用を許されている。もちろん良経からも直衣を借りている。上の身分の人の衣を元服の際に身につけると縁起が良いとされていたとはいえ、八歳の為家にはさぞかし大き過ぎたであろう。ともあれ定家の望みは叶い、「恩免に於ては尤も本望となす」と喜んでいる。「加冠(大臣殿)、理髪(右中将)、親王博陸の儀か。幸運の然らしむるなり。過分の面目と謂うべし」とは、無事元服を終えた日の日記の最後に記す文言である。期待以上の元服の儀式ができたという、深い満足感が伝わってくる。

一二月一八日には為家を連れて参院、為家は女房に連れられ院の御前に参り、拝謁することができた。次いで前大納言(坊門信清)に謁し、芳心の詞(ほめ言葉)を頂いた。そして良経に参り見参、北政所(良経妻)にも参った。この後は為家だけで、宜秋門院《ぎしゅうもんいん》・八条院の両院に参ったが、この日は八条院が整えてくれた白梅の狩衣、紫の指貫、紅梅の衣二領に紅の下袴を為家に着させた。こうして御礼参りもとどこおりなく終わった。

実は為家はこれ以前にも、後鳥羽院に会っている。建仁三年(一二〇三)三月一日のことで、越中内侍に申し入れて勅許があり、まだ三名《みみょう》と呼ばれていた六歳の為家は、院の御前に参じ、御製の和歌一首と引出物を賜って帰ってきた。定家はこれに感悦し涙を流している。また三月六日には、為家を連れて今度は春宮に参り、造物《つくりもの》を賜り、女房からは饗応の詞を頂いている。帰り道に祖父実宗にも参じ、実宗より恩言をもらった。

定家は日記に「鍾愛懇切の余り、(為家を)出で行かしむ。(中略)更に向後の事を期し難きの間、見参に入るるため参ぜしむ。少年たりと雖も外人を嫌わず、事に於て穏便、至愚の者にあらず」と記し、為家を深く可愛がるが故に将来のこともあり連れて行き披露したが、小さくとも他人を嫌うことなく穏やかに接し、決して愚かな者ではないと誉めている。祖父実宗も、さぞかし孫為家を気に入ったであろう。これが元服前のこと、元服のための伏線は既に用意されていたのである。

為家は翌建永元年(一二〇六)一月一七日に従五位上に叙される。為家を院の近習にさせるため、定家がさまざまな手段を講じたことは前の章で述べた。このように見てくると、定家の為家に対する愛情、為家に賭ける思いがいかに強かったかが伝わってくる。それにしても因子・為家の裳着や元服にかけた執念は、度を越えていた。定家にとっては通常の行動であったのだろうが、それを支えていたのは、ひとえに親バカという名の愛情であった。公私混淆というより、これは公私融合の振舞であった。

2　定家の子供たち

光家と為家

定家の妻、実宗女について述べる中で二人の間の子、因子と為家についてもふれるところがあったが、ここでは異母兄弟である光家と為家について、定家との関係にも留意して見ていきたい。

生まれた年の順からすれば、季能女を母とする光家が長男で、実宗女を母とする為家は末っ子である。男子はこの二人の他、光家と同母の弟定修がいたが僧籍に入っており、光家と為家が定家同様官職の道に進む。しかし『明月記』を読んで驚くのは、定家のこの二人に対する親としての態度の違いである。日記の随所に二人に対する批判や期待が記されると同時に、対応にも差が生じていることが歴然と見えてくる。

光家は最初の結婚でできた長男、為家は二度目の結婚の三番目の子だから、二人の年齢差は一四歳である。光家が『明月記』に初めて登場するのは、正治元年(一一九九)正月七日条で、この日定家は衣装を整えた光家を九条殿へ連れて行き、兼実や良経、中宮任子に面会させている。その際兼実からは過分の誉め言葉を頂いている。この時光家は一六歳、儀式は挙げていないがこれが元服のお披露目とみられなくはない。

一方為家については、一歳半ほどの彼を中宮任子の御所に連れて行き、翌正治二年七月六日から八日の三日間にも中宮御所へ、七月二三日と二四日には兼実のところに連れて行っている。お披露目にしては早すぎる年齢であるが、為家への鐘愛ぶりを物語るものであろう。

こんな話題もある。『明月記』建仁二年(一二〇二)五月二五日から六月一日にかけての記事である。この頃定家は、和歌所の寄人となり『新古今和歌集』の撰者にも撰ばれ、後鳥羽院の御幸に供奉することも多くなっていた。五月二五日に為家が急に熱を出す。二六日、仙洞御所の影供歌会《えいぐうたかい》に出席し三体和歌の清書を命じられる。二七日、為家の咒《おこり》(発)が重く急ぎ冷泉に帰る。ところが翌二八日、院の水無瀬御幸に供奉、六月一三日まで水無瀬に滞在と聞いた定家は次のように記す。

相励むも益無きの身、奔走貧労の身、病と不具と、心中更にせん方無し。妻子を棄て、家園を離れて、荒屋に臥す。雨は寝所に漏れ、終夜無聊。浮生何れの日にか一善を修せざらん。悲しき哉。

行蛍《ゆくほたる》　なれもやみにそ　もえまさる

子ヲ思ふ涙　あはれしるやは

定家の真情がほとばしり出ており特に和歌には胸を打たれる。二九日には冷泉邸近くの発に効くという祇陀林地蔵《ぎだりんじぞう》に参るよう家人に指示、それでも治らないため六月一日、雨の中を冷泉に帰っている。為家は蓮華王院に参りやっと発が治ったので、「喜悦極まりなし」と胸を撫でおろした。

この時為家は五歳、満年齢ではわずか四歳、高熱が続けば命に関わるものだったから、定家が心配するのは無理もない。しかし始まったばかりの院との関係は続けなければならない。進退極まったこの日の彼の歎きはよく分るのだが、それにしても少しおおげさの感がある。為家のこととなると、このように必死になり、周囲にも八つ当りをする定家を、こののちも日記に見かけることになろう。元服のところでも述べたように、恥じる事なく「鐘愛懇切の余り」と表現するほど、為家が可愛くてたまらなかったのである。親馬鹿の極みといってよいであろう。

光家良輔に出仕

しかしその定家が、長男光家に対する場合に見せた温度差は、どのように理解すればよいのだろうか。以下は『明月記』から読み取れる、悲しい親子関係の断面である。

同じ年(建仁二年)の四月一六日条に次のような記述がある。この日九条良輔《よしすけ》(兼実四男)の露頭《ところあらわし》の儀(結婚披露宴のようなもの)が八条院で行なわれ、定家は光家を伴っているのだが、その理由を次のように記している。

今日加賀権守清家(光家)を此の殿(良輔)に参らせる。三品局(良輔母・八条院女房)から連れて来て祇候させるようにとの約束であった。よって他事は考えず（清家を）進め置いた。他人は恐らく（私のことを）非人とするだろう。この愚息（光家）はとても吹挙する所がない。よって計略を廻らし参らせたのである、と。

光家は愚息で他に推挙するところがないから、良輔の母に頼み込んで良輔に出仕させることにしたというのである。

光家は、この時既に二二歳であった。為家を八歳で元服後、直ちに後鳥羽院に仕えさせるべく働きかけていたことを考えると、定家は長男光家には何も配慮しなかったように思える。それでも定家がこの長男のために選んだのは、自身と同じ九条家の家司の道に進ませることだったのだ。このち光家は、元久元年（一二〇四）四月一日に院の昇殿を仰せられたようで、『明月記』四月二一日条に、侍従光家が拝賀の装束を整えて参院し、舞踏（丁寧な挨拶）をした後、定家と共に越中内侍に謁して退出した旨を記す。越中内侍は定家のために種々働いてくれる院女房だった。光家に関しては、このように日記に結果を記すだけで、為家についてのように詳しく経緯を書くことはほとんどない。

建暦元年の二人

ここで時を少し先に進める。建暦元年（一二一一）から建保元年（一二一三）までの三年間は、定家の行動と共に光家と為家についての記述も多く見られる。子供の成長に伴う現象といえるが、その分二人への対応の違いも顕著になっていることが知られる。

建暦元年一〇月一四日、定家は順徳天皇即位に伴う大嘗祭に為家を奉仕させるべく悠紀《ゆき》または主基《すき》国司（大嘗祭祭場、悠紀殿と主基殿に供える初穂を献上する国の国司）の任命を申し入れている。残念ながらこの年は大嘗祭がなく望みは叶わなかったが、為家については次から次へと申し入れを行なっている。

ところが翌一五日条に、「光家今夕内昇殿を仰せらるるの由、蔵人次官示し送る。両息の仙籍過分耳を驚かす（左大臣殿、平に申さしめ給う）」とあり、光家が内昇殿を許されたのは左大臣（良輔）が強く望んで推挙してくれた結果であったことが分る。定家は、二人の息子が内裏に籍を置くのは過分な事だと記すが、光家に対する祝福の言葉もなければ、推挙してくれた良輔への感謝の言葉も記すことがない。この日以後の日記にも、この件にふれることはなく、良輔に御礼をした事実も見えない。ただひたすら為家の行動を記すのみである。

光家と為家に対する、このような扱いの差にもかかわらず、内昇殿を許された光家は以後参内の前に定家宅を訪れるようになる。時には為家と、たまに定家とも一緒に出かけることもあり、「番に付き参内」「七瀬御祓の使を勤める」など、これまでほとんど日記に記されなかった光家の行動を知ることができる。やはり父子だったのだと、読んでいてほんの少し安堵をするのだが。

そんな折、一一月八日に春華門院昇子内親王が亡くなる。そして一〇日、参内からの帰途為家が落馬した。定家は驚いて招魂祭を修し、薬湯の地黄《じおう》を服させ、内外には、存命し難いので自分は側を離れられない、などと伝えるほどの大騒動であった。ところが一二日の春華門院葬送の入棺の役に為家を申し請われた定家は、「内裏に仕える者が何ゆえ入棺の役に仕えなければいけないのか」と激怒し、「そんな事を言う奴は、心が凶悪で徳のない人非人である」とまで非難している。その剣幕に怯《ひる》んで変更したのだろう、翌日、為家の代わりに光家がその役に付いたと聞かされるが、定家は何の反応も示していない。

為家が落馬直後だったので、定家が怒るのも無理はないであろうが、為家はだめで光家なら問題がないというのはいかがなものか。ちなみに為家の容体は全くたいしたことはなく、すぐに出仕している。

光家は外人《うときひと》

それは建暦二年六月二八日のことである。定家の二人の息子に対する扱いの違いがはっきりと示される〝事件〟が起きる。道家（良経長男）が内大臣に任じられるに当り、この日内大臣拝賀に光家と為家の両人が供奉するようにとの仰せが下る。これに対して定家は次のように返事をした。

（A）光家に於ては偏えに外人である。だから参否の事、総じて進止し難い。

（光家は「外人」なので、拝賀に供奉させることは決め難い）

（B）為家は同宿一の子といえども、なお教訓に拘わらず左右を申すべく申し含む。

（為家は同居している息子でまだ未熟だが、供奉させるようお願いする）

大意を示したが、ここには二人の息子に対する位置付けの違いがはっきりと見て取れよう。為家こそが家を継ぐべき一の息子であるが、光家は外人なのである。外人とは「うときひと」と読み「身内でない、よそ人」の意であるから、ここでは光家を家族ではないと言っているのである。供奉という晴れがましい場に出すか、出さないかの二者択一を迫られた定家は、これ以上明確で誤解されない表現で答え、為家の供奉を確保したのであるが、それにしても光家を外人とは。定家さん、冷酷に過ぎませんか。

結局七月二日の拝賀には、為家のみが供奉。その様子を定家は洞院に出て見物している。

一方光家は、この日を境に一〇月二二日まで、定家の家に全く訪れなくなる。二二日の日記に「侍従光家来たる。秋の後、見え来たらず。極めて奇となす」と定家は記す。これまた何と冷淡な言い方であろう。なぜ光家があの日を境に来なくなったのか。恐らく六月二八日の定家の発言が光家の耳にも入ったからであろう。〝外人〟という言葉を使ってまではっきりと差別されたことは、光家の心を深く傷付けたに違いない。それゆえ、気持の整理をつけるには相応の時間が必要だったのである。そんなことがあっても再び定家の許を訪れた光家には頭が下がる。ところが肝心の父親は、光家の来訪を「極めて奇」と記す。定家は光家の気持を考えたことがあったのだろうか。それともこの言葉、実は内心嬉しかったことを表わす反語だったのだろうか。

「天の音楽を聞く」

さてこの年、建暦二年には、承元四年(一二一〇)一一月二五日に即位した順徳天皇の大嘗祭が、一一月に行なわれることになった。春華門院の死によって一年延期されたのである。一一月一日、光家が五節の日に乗車するための新車が必要と相談に来るが、定家は経営困難で出せないと答え、光家の衣装も用意できないので主人の良輔に整えてもらうよう指示している。この件の後、定家は良輔と建礼門の前で出会うが、良輔は「愚眼全く顧みず」と定家を無視した。定家はこれを「愚鈍の至りなり」と評するが、良輔にしてみれば、自分に預けたうえ為家と差別扱いされる光家に同情した結果で、当然の反応と思われる。

一方定家はと言えば、昨年申し出た為家の悠紀主基任命の所望の結果を気にし、加階を望んでいるわけではなく、ただただ新天皇の行幸に供奉する少年の栄華を見て、老眼を養うためだ、と騒いでいる。五日、待ちに待った念願の朗報が届く。為家が大嘗会悠紀の国司近江権介に任じられたのだ。この日の日記の内容は読者が想像される通りのものである。書状を見た定家、

近江介の事(中略)已に成就。この状を抜き見、心中天の音楽を聞くが如し。私は本より官爵を欲しているのでなくただ「境節の栄華」を思い、廻立殿での行事の時に(息子が)兼国次将の装

束の珍重なるを見たいだけなのだ。だから喜悦極まりない。毎事面目を施す（この子は）至孝の子と言うべし。

そして清範から成就との報告を聞いて、「聞く毎に感悦千廻、深恩の由を答えおわんぬ」。と、こんな具合である。

翌日には装束の費用の工面であろう。早速公経の宅に相談に行っている。加えて一〇日には、越中内侍を通して院に、為家の五位の加階と併せて、（望んではいなかったはずの）悠紀の功による定家自身の正三位の加階を願い出ている。為家は正五位に上ったが、定家については上臈が既に一八人いるので無理である、と言われたが、自身の加階を執拗に願い出ている。

定家がいう「境節の栄華」とは、いたずらに官位を貪るのではなく、分相応の望みのことをいうのであろう。ところが加階の願望はとどまるところがない。かつて官途の望みを断つと言った定家はどこへ行ってしまったのだろうか。

一三日、いよいよ大嘗祭の当日、定家が見たいと熱望した小忌《おみ》の装束を為家に着せ、冠の紅梅の日蔭の糸の掛け方を記した通親自筆の秘蔵の紙を通具に借り、我が子の冠にその通り付けた。準備万端整えて送り出し、定家は見物のため四条坊門朱雀辺りに出た。この行列の様子は、装束を含め見聞きした事を細かく『明月記』に記している。興味深いのは、行列を追って為家の行く先々まで追いかけ、密かに五節所などに入って、為家の姿を捜していることだ。翌一四日にも、挿頭の儀の次第などを、いちいち為家に指示している。親馬鹿ぶりも極まった大嘗祭であった。

定家の嫉妬

同じ頃、院童女御覧の日に、光家が内大臣道家に仕えることを伝え聞いた定家は、「此の役末だ心を得ず、光家を召され諠人に合わせられるのは、本所のため身のため、面目を失するか」と記す。「諠人に合わす」の意味は不祥だが、はっきりしているのは、院童女御覧という晴れがましい日に道家に供奉するのが、為家でなく光家であることが許せなかった。だから本所＝九条家にとって宜しくないのではないかとまで批判しているのである。さらに、光家の世話は今後しないとまで述べている。光家が晴れの場に居ることが、定家にはとことん気に入らなかったのだ。これは定家の光家に対する嫉妬といってよい。親としてここまでの感情を持てるのかと哀れにさえ思われる。

二六日、定家は良輔に光家の件で召される。光家が良輔の命で鳥羽に行き、院の常磐殿《ときわでん》の仏事に参仕することを伝えられたと記すが、この呼び出しは光家の件で、良輔より何らかの注意があったものと推測される。定家は事の次第を細かく記さないが、文の最後に「遼遠煩い有るか（遠い先まで煩いが有るのではないか）」とまで記すのが意味深である。

定家の光家に対するこのような憎悪は続くが、当の光家は年が明けて建保元年（一二一三）一月三日には、定家の家に来て、「暇があったので定家の供をしようと思って来た」と告げている。あれほどの差別扱いをされながら、何かあれば定家のところにやって来る。その素直さに感心させられる。

しかし、光家がそれほど親孝行でも、定家の意識は変わることがなかった。五月頃の日記を見ると、他家の仏事の布施をとる役には光家を充て、為家にこんな事をさせるのは無益なので、そんなところには交衆させないと言い、最勝講の出居での堂童子《どうどうじ》役も為家は断わり、光家には毎日でもこの役を勤仕するように訓している。ちなみにこの年、光家は三〇歳、為家は一六歳であった。

「至孝」と「不孝」の間

話を為家に移そう。昨年の大嘗祭以後、後鳥羽院に気に入られた為家は蹴鞠にも参加、めきめき上達し毎日のように院御所での蹴鞠の会に参加するようになる。院に重用されるようになった為家は、院より「必ず為家の所を尋ね取らしむべし（必ず為家の所在を尋ね、為家に直接手渡して使をさせるように）」との言葉を頂き、後鳥羽院と順徳天皇の間の「文の使い」を仰せつかっている。為家は順徳天皇とは年齢が近かったせいもあろう、天皇の信頼を得、内裏に宿所を賜るようにもなる。定家の期待通り、為家は院や天皇に気に入られ、確実に出世の道を歩んでいた。

それでも定家は喜ばなかった。為家が蹴鞠に夢中になることを嫌い、歎きの愚痴が続く。文の使いについても、為家が再三呼び出されることに常に不満を漏らしている。子供への愚痴といえば、建保元年（一二一三）五月二一日条に見る愚痴に尽きるのではなかろうか。為家に対する不満の矛先が、終に光家を含めた両人に向っているのだが、ここではその核心部分を示す。

往年、光家・為家誕生の時、至愚不覚の心（の私は）男の子であることを悦んだ。（中略）ようやく五、六歳になった頃より朝から晩まで和歌を以て立身するようにとの思いを言い含めた。兄（光家）は父の命に逆らい、齢三〇に及んでも未だ仮名の文字（和歌）を書かず。弟（為家）もまた同じである。その上弟は院の近臣だからという理由で愚父の教訓に従わない。こんな不孝不善の者が二人共成人した。（為家については）見聞きするたびに心がくじけてしまう。悲しき哉。悲しき哉。

二人が和歌を疎かにすることを歎いているのだが、光家はともかくあれだけ出世を願い、道筋を用意し、光家に差を付けていた割には為家にも随分厳しい言い草であろう。この後、光家や為家も和歌会に出席せざるを得なくなるが、子供たちとの和歌会での同座は、定家にとって苦痛以外の何ものでもなかったようである。これは定家自身の歌人としてのプライドが傷付けられるからであった。ここまでくると、親のエゴとしか言いようがない。

宇佐使

さて光家は、良輔の庇護を受け、日々の勤めをきちんとこなした結果であろう、この年（建保元年)九月八日に、順徳天皇即位を宇佐神宮に奉告する宇佐使《うさづかい》の奉行職事の役を仰せつかったのだ。しかし定家は、宇佐使の件を断わり続けている。そのため一五日に参院した定家は、越中内侍より「宇佐使の事、殊に(院の)思し召すところである。光家を子細に及ばず書き立つべし(了承しなさい)」と言われている。自分は日頃申し入れる旨があったが、この上は仕方なく領状したと日記に記す。宇佐使については、冬に出立することや遠方の地であることなどを気にして陰陽師に占わせているので、金銭面だけでなく、道中の安否についても気にしてはいたようだ。

一度では引き下がらない定家のこと、やはり二六日に、今度は宜秋門院の病が重いことを理由に、光家の宇佐の使いは遂げ難いと断わりに行くが、院より「宇佐使の事、猶構えて勤仕すべし。宜秋門院又別事おわしまさざる由(たいしたことはない)と聞いている」(閏九月一日条)と返事がある。いよいよ断われなくなったと観念したのか、光家の宇佐使を了承した。

ところで、宇佐使には馬や衣装など、多くの準備が必要だが、定家はそれらの工面のために慈円や通具をはじめ数人の宅を訪れ、宇佐使に要する人や馬、物などの調達を相談している。だが運悪く、一〇月一五日に雷と大風が原因で京中大火があり、三条殿始め多くの公卿の家、悲田院、六角堂などが焼失。このため宇佐使の料を約束していた人たちから断わられるなどし、経営が難しいと判断した定家は、またまた一〇月二四日、再び宇佐使が困難であると院に申し入れている。しかし今回も聞き入れられず進めることになった。

一一月に入り、いよいよ光家が宇佐へ下向する日が近づいてきた。忠弘宅を精進屋《しょうじんや》としてしつらえ、二〇日に光家は定家宅に泊り翌二一日、沐浴潔斎《もくよくけっさい》ののち参内。その後精進屋で、宇佐に神宝の使を発遣する儀式が行なわれる。二八日に神祇官より発遣の宣命を賜った光家は、二九日精進屋より宇佐へ出立した。

光家から発遣の儀式や宣命の様子を聞いた定家は、次第を日記に細かく記している。驚かされるのは、宇佐使を祝って送られてきた馬や衣装の多さである。二〇日頃から人々から送られた馬がひっきりなしに到来している。これには定家も「尋常の物幾ばくならずといえども、員数存外、頗る不肖の身に過ぐ。是れ自然の人望か」と記す。自然の人望を定家は自身のことと受け取っているようだがそうであろうか。この多さは光家に対する人望によるものであろう。

定家は光家を、常に愚息といい、為家との差別を露《あらわ》にしてきたが、どんなに定家が拒んでも、宇佐使にまで選ばれ、その上これほどの贈物が届くのは、光家がきちんと仕事をこなしてきたことの証拠である。良輔が光家をかばったように、光家は決して愚鈍な人間ではなかった。宇佐使発遣でそのことが証明されたといってよいのである。前述の定家の「頗る不肖の身に過ぐ。是れ自然の人望か」は、不肖だと思っていた光家に対する、定家自身の驚きの言葉だったのかもしれない。

光家出立の朝、風邪気味だった定家は為家を代わりに精進屋まで見送りに行かせた。光家は、神宝や神部《かんべ》らと七条朱雀で合流し、西七条辺りで装束を改めて桂川を渡り、播磨大路を西へ進んだ。

「天晴れ、風静かなり。路次甚だ善し。陸地氷を敷くを窃に案ずるに、頗る冥加あるに似たり。欣悦少なからず」と記した定家。「見終わって帰り入る」と続けているので、定家は道の途中で行列を見物しているのである。光家は雨雪の煩いもなく、無事に出立。そして旅先から手紙で様子を知らせている。宇佐までの国々では、馬の数が不足するなど準備も行き届いておらず厳しい長旅であったようだが、一二月一九日に宇佐に到着。二一日、無事神事奉納を終えている。

京を出てから一度も雨も降らず、また国司たちの怠慢に会うも無事に任務を果したことを、定家は「勝事」と記す。その後における光家帰京の情報は『明月記』の記事が多く欠けているため確認できない。ただ建保二年(一二一四)三月三日に、光家が定家宅に来たことが記されるので、無事に大役を果して帰京し、普段の生活に戻ったことが知られる。

定家と子供たちについて、建保四年あたりまで見てきた。この後『明月記』は一〇年余り欠けた後嘉禄元年(一二二五)の定家六四歳の年から、再び記述が始まる。その間定家や子供たちの生活も変わっていくが、子供たちがどのような成長を遂げたかは、後の章に委ねたい。

第七章「紅旗征戎非吾事」

後鳥羽上皇の隠岐配所跡

1 八座《さんぎ》八年

家を立てる

公家にとっての本望とはなにか。それを教えてくれるような記事に出会った。建暦元年(一二一一)九月六・七日条である。

六日、この日定家は、除目が近づいたことから宮仕えしている姉の健御前《けんごぜん》に頼み、所望が叶うかどうか後鳥羽院の意向を卿二位に伺わせている。望むところは蔵人頭《くろうどのとう》である。すると、「このたびは先約があって認められないであろう。ただし上階に叙す(位階を上げる)御気色がおありのようだ」とのこと。それを聞いた定家は「一日、本望を遂げることができたら、翌日、その職を去っても構わない」などと殊勝なことを口にしているが、「上階を所望しているわけではない。しかし侍従に任じられるのであれば上階=三品(位)に叙せられることは厭わない。だがこの両事(任侍従・叙三位)が叶うのでなければ全く昇進は望まない」。そして翌七日、卿二位より、侍従・三位に任叙されたことが伝えられるが定家は喜んでいない。本来の望みである蔵人頭でなかったのが気に入らなかったのである。「既に生涯の本望を失い悲涙を拭う。理運の(道理のある)望みを断たれ、非分の(道理のない)官を授けられ、面目なし」と歎いている。だが、凡卑の人はこの官を経て栄耀の幸人になった事例がある、自分の如き衰老賎翁にこの恩があるのは「抃悦《べんえつ》」すべきことだ、と思い直し、すぐさま院御所に馳せ参じて謝意を申したところ、讃岐内侍を通じて「芳心の詞」を賜った――。

文意を汲みながら文言を整理してみたが、大意はつかめていると思う。それにしても二転三転する論理、後になるほど高くなる要求、これはひとり定家に限るものではないであろうが、公家が抱く位と官への執念を見る思いがする(ちなみに定家は、結局蔵人頭に任じられることはなかった)。

定家は九月八日、正式に侍従・従三位となり、公卿の仲間入りを果している。時に五〇歳であった。早速一〇月二日、家政機関の「政所《まんどころ》」を置き、兼宣《かねのぶ》・長邦《ながくに》朝臣らを家司《けいし》とし、前遠江介能直を家令として、吉書始《きっしょはじ》めを行ない酒席を設けている。三位になったことで正式に「家」を立てることが叶ったのである。

そういえばかつて俊成が、猶子として育てられた葉室家を去り本姓(御子左家)に戻ったのが三位になった年だったのも、同じ理由による。『明月記』のなかで定家は、同じ冷泉の地に住む大納言隆衡《たかひら》を「冷泉大納言」とか「冷泉隆衡」などと明記するのに、自らの名に冷泉を冠することがなかったのも、三位ではなかったからである。平安末期から鎌倉期にかけて、公家社会では居所に因んで付けられる家名が現われるが、それは公卿層からはじまるのである。

「家跡」を思えば

定家は建保二年(一二一四)二月、ようやく参議に任じられている。『明月記』三月一日条によれば、親しかった実全僧正から「外家の余執、興家の面目」と祝福された御礼に訪れた定家は、実全から、かつて父俊成が参議になれなかった事情を聞いている。

尾坂《おさか》僧正こと快修《かいしゅう》(俊成の兄、定家の伯父で天台座主)は、病床にあった時、病気見舞に臨幸した後白河院に、今生の願いであるとして俊成の参議任命を請うた。院からは必ず任じよう、心得ているとの返事を得たが、結局実現しなかった。俊成は出家し、俊忠の「家跡《かせき》」は絶えたも同然となり遺恨に思っていたが、定家の慶事で喜んでいる、と。

往時の話を聞いて定家自身は、自分は本望を遂げたが、俊成の年来の望み(二位になること)を果したわけではない、「家跡」を思えば恨みは増すばかりである——。

この日の記述は概略右のような内容であるが、その中で目に付くのは実全・定家がともに口にしている「家跡」という言葉である。

家跡とは、文字通り家の辿った軌跡のことであろうから、第一義的には家の過去、現在の姿、状態を指すのだろう。そこから導き出されるものとして、実全の話に反応した定家の家跡観に見るように、あるべき姿の家の将来像が想定されている。その意味で家跡には、その家に相応しい位・官を求めて止まぬ典型的な公家意識が込められているといってよいであろう。彼らが語る言葉の端々にこの語が出てくるゆえんである。御子左家について言えば、その家跡は次表の如くである。この表からも、俊成の時の家跡の落ち込みに実全や定家が抱いた危機感が理解できよう。ちなみに為家《ためいえ》の時始祖長家の官位に戻り、その子為氏《ためうじ》に至り始祖の家跡を超える。

参議時代（一二一四～二一年）の記事は、八年分としては多くない。以前ふれたように『明月記』の中で欠けた個所が多い時期だったせいもある。ほぼ半分は内裏での和歌会など、文芸関係が占め、残りが宮廷内外の諸行事関係の記事であった。このうち後者では任官・叙位や下名・加叙のこと、勅任・奏任の書式などが書き留められているが、主として正月と一二月の記事として出て来るのは、両月が除目の行なわれる月であったことを考えると、参議として関わった仕事の痕跡とみられよう。しかも叙位・下名について「これは後日大内記に請うて写したものである」といった注記が見られるから、必要な資料として手許に置いていたことも知られる。

ところで、定家の参議就任は私（村井）もひそかに心待ちにしていた。定家はこれまで除目のたびに聞書で任人・叙人の顔ぶれを見て、問題がなければ、その除目を「善政」といって誉め、さもなければ厳しい言葉で非難してきた。その定家が参議になったことで、直接除目に

御子左家歴代の最終官位表

長家	忠家	俊忠	俊成	定家	為家	為氏
正二位	正二位	従三位	正三位	正二位	正二位	正二位
民部卿 権大納言	大納言	権中納言	皇后宮大夫	民部卿 権中納言	民部卿 権大納言	大納言

関わる側の人間になった。会議の席上、定家は申請者の申文を読んで、どんな評価をしたのだろうか。大臣や大納言・中納言など他の議政官とどんな言葉を交しただろうか、知りたいではないか。

だがその期待は、ほぼ完全に裏切られた。定家らしい見解は、年中両度の任大臣や新任大臣の年内転任に関して、「ただ人の沙汰あり。政の沙汰なし。あゝ悲しいかな」(建保六年一一月一五日条)と記す一カ所だけだった。

除目の秘事

ここにきて思い出したことがある。これより二年前、定家は左大臣良輔《よしすけ》から叙位の習礼《しゅうらい》(予行演習)に招かれ、外記《げき》師重《もろしげ》を交えて種々聞くことがあったが、「除目の秘事を承ること有りと雖も、日記に書くべからざる由、御誡有り。仍てこれを記さず」(建暦二年〈一二一二〉正月五日条)と書き留めていた。記録に残すことを禁じられた「除目の秘事」とは何か。文脈からは除目を運用する上での故実の類とも受け取れるが、除目会議の席上なされたであろう申請者についての人物評価の議論などは、外部に漏らしてはならない、といった不文律でもあったのだろうか。除目の結果はすぐにも漏れているが、人物評価の内容が日記に書かれている事例は記憶にない。除目会議での定家の発言を知りたい、というのは、そもそも無理な注文だったのである。

2 院勘を受く

覚悟の詠歌

定家の参議時代は、土御門《つちみかど》天皇のあとを承けて即位した順徳《じゅんとく》天皇(共に後鳥羽院の子)の好尚《こうしょう》から、内裏での和歌会が盛んに行なわれ、内裏歌壇とも言うべきものが生まれていた。建保六年(一二一八)八月一三日夜には、中殿《ちゅうでん》とも呼ばれた清涼殿での歌会、いわゆる「中殿御会」の如き盛儀も見られた。定家は順徳天皇にとって大事な指導者であったが、別の形でこの天皇の活動を気にかけていたのが後鳥羽院である。ただしこの院は、内裏歌会があるたびに作品に目を通すという、いささか過剰な関わり方をしていた。歌を詠む者はそのことを予め承知していたはずである。

承久二年(一二二〇)二月一三日、内裏で歌会が催されることになり、定家にも声がかかった。しかし二月一三日は、定家の亡母加賀《かが》の命日であり、欠かさず法要を営んできた特別の日であったから、それを理由に出席できないと伝えている。定家にしてみれば、よりによってこの日に、という思いがあったろう。しかし定家を欠いた歌会は意味がないと思う天皇は、なお参加を求め、断わられても催促すること三度に及んだという(『拾遺愚草』下)。結局定家は歌二首を進めることで折れたが、その歌は当日の歌会には間に合わなかったようだ。『順徳院御記』当日条には「兼て見ざるの間、これを注す能わず」とあり、定家の歌は順徳天皇も目を通さないまま水無瀬御所の院のもとに届けられている。ところがこれを見た院は激怒し、以後内裏での歌会に出席を禁ずるという処罰を下した。これが世に言う「院勘《いんかん》」(院による勘当)の顚末である。

この時定家が進めた歌とは次のような二首であった。

春山月

さやかにもみるべき山はかすみつゝ　わが身の外も春の夜の月

春夜、はっきりと見えるはずの山は霞んで、月もおぼろに出ているが、この良夜は私には関わりないのだ。

野外柳

道のべの野原の柳下もえぬ　あはれなげきのけぶりくらべに

道のほとりの野原の柳は下萌えした。ああ、あたかも歎きのために立昇る私の胸の煙と競い合うかのように。

(訳・久保田淳『藤原定家全歌集』上)

このうち後の「野外の柳」と題する歌が院の逆鱗に触れたのである。なぜだろうか。

この二首には共通する要素がある。それは二首とも前段での好ましい状況が、後段で共に否定されていることである。だから一首目は心地よい朧月夜も自分には無縁であるとすることで、この日持たれる和歌会も自分とは無関係であると突き放していると受け取られてもおかしくはない。二首目も春、柳の芽も萌え出る清新な景観も、「下萌え」を「下燃え」に通じさせることで胸中に燃え上る歎きの煙が自分の心を嘖《さいな》む、とよむ。両首とも負の要素が強く響き合って、院ならずとも、読む者に強い不快感を抱かせる。

ことに後の歌は「歎きの煙」の連想から、菅原道真が筑紫で詠んだ次の歌を下敷きにしているとみられても仕方がないであろう。

夕されば野にも山にも立つ煙　なげきよりこそ燃えまさりけれ

我が身の無実を思えば思うほど歎きの炎が燃えさかり煙となって立ちのぼる、それほど深い恨みを訴えた有名な歌である。

だとすれば問題の歌は、流罪に処せられた道真の立場に似た気分で詠んだ歌であり、さらにいえば処罰さえ覚悟の上という挑戦的とも思える歌であったといえよう。この時の定家は、これらの歌が院の目に触れることで不快感以上のものを与えるであろうことを予知していたと思う。定家はみずから危険領域に足を踏み入れたのである。

院勘の真意をそのように理解するが、順徳天皇は日記に、上皇の処置は「暫く召寄すべからず」とする暫定的なものだと思い、他の人たちも同様に受け止めていたと記しており、さほど深刻な事態とは受け止めていなかった。半年ばかりたった頃から、土御門院や仁和寺道助《どうじょ》法親王などが定家に歌を寄せており、年を越えて承久三年(一二二一)三月には、順徳天皇から和歌三首を求められ和歌の贈答をしている。院勘は相変わらず続いていたが、このように内々に定家との接触は持たれていた。定家にしても、歌人としての活動が全て止められたわけではなかった。

しかしこの院勘は解かれることはなく、五月の承久の乱に及ぶ。そして定家も、以後、院に心を開くことはなかったのである。

3　承久三年の定家

二つの出典

『明月記』の早い時期に登場し、定家を強く印象付けた言葉に「紅旗征戎《こうきせいじゅう》非㆓吾事㆒《わがことにあらず》」がある。若い時分に知って以来、定家といえばこの文言が口に出てきて、呪文のように口遊んでいた。一体定家はこの文言にどのような思いを込めていたのであろうか。

この言葉は『明月記』治承四年(一一八〇)七月二五日条のあと、八月の記事は欠き次のように記されている。議論のある個所なので原文のまま掲出する。

九月、

世上、乱逆追討、雖レ満レ耳、不レ注レ之、
紅旗征戎、非二吾事一、
陳勝・呉広、起二於大沢一、称二公子一扶蘇・項燕而已、称二最勝親王之命一、徇二郡県一云々、
或任二国司一之由、説々不レ可レ憑、
*右近少将維盛朝臣、為二追討使一下《可》二向東国一云々《之由》、有二其聞一、
廿四日法勝寺千僧御読経新院御祈
　*少将維盛為追討使下向関東
九月

この文は、最勝王こと以仁王《もちひとおう》の令旨《りょうじ》を受けて源頼朝が関東に兵を挙げ、天下騒然とするなかで、しかし戦さのことは日記には書かない、だいいち戦さは自分には関わりのないことだ、と突き放した、定家の心情を知る言葉として注目されてきた。

ちなみに「紅旗征戎非吾事」は『白氏文集』にある「紅旗破賊云々」に拠るものであり、「陳勝・呉広」以下「扶蘇・項燕而已」までは『史記』にちなみ、「最勝親王云々」については、やはり『史記』にのせる故事を用いている。

ところで右の一文は、日《ひ》次記《なみき》であるにもかかわらず、最初の「九月」に日にちの記載がないことをはじめ、いくつか不審な個所があるとして、これは後年の書き加えではないかという疑義を出さ

れたのが辻彦三郎氏である（「藤原定家自筆明月記治承四五年記」『藤原定家明月記の研究』所収）。辻氏は、「紅旗征戎非吾事」という同じ文言が、定家が承久の乱のさなかに書写した『後撰和歌集』の奥書にあることに着目し、これがその時点での定家の心情を表わすものとして相応しいとみなし、後になってこれを治承争乱期の日記に加筆したのであろう、とされたのである。この提言は大きな反響を呼び、『明月記』のより精緻な検討がなされるきっかけとなった。

問題の承久の乱時の奥書とは左の如くである。これも原文のまま記す。

承久三年五月廿一日午時書レ之、于時天下大徴レ之、天子三上皇皆御二同所一、白旄翩レ風、霜刃耀レ日、如二微臣一者、紅旗征戎非二吾事一、独臥二私廬一、暫扶二病身一、悲矣、火災二峴岡一、玉石倶焚、猜(倩カ)思二残涯一、只拭二老涙一、此集無二尋常之本一、為レ備二後輩之所見一、今日書二写之一、去六日書二始之、同廿四日校レ之、以二此本一重書写已四ヶ度

一本進二仁和寺宮一　一本前摂政殿

一本付二属嫡女一　一本伝二于嫡孫一

三ヶ年之間凌二老眼一五度書レ之

ここに掲げた二つの文章――これを取りあえず「治承の文」「承久の文」と呼ぶことにする――をめぐる議論のなかで、「治承の文」については、書写の際の作為は認められるが、本来の姿を損ねるものではないし、書き加えも認められない、という理解（「紅旗征戎非吾事再考」桜井陽子『明月記

研究』四号)に私も賛意を表したい。他方「承久の文」については、これが見られたのは数本ある写本のうち一つだけ——嘉永六年(一八五三)に出版された『後撰和歌集』の奥書——であったことから、疑問視する向きもあったが、否定するには及ばないとする理解(久保田淳「紅旗征戎非吾事—承久三年における定家の古典書写」『藤原定家とその時代』所収)に賛成する。

「治承の文」と「承久の文」

さてそうすると、「治承の文」も「承久の文」も、共にそれぞれの時点での定家の感懐を記したものということになる。

そこで両者を比較してみる。前者は、当時の戦況を中国の書を借りることで「紅旗征戎非吾事」という自分の思いを際立たせる効果をあげている。後者は、三上皇が同所に捕われの身になっていることにふれ、眼前で進行する状況をリアルに描き緊迫感がただよう。しかし文言は同じでも、それに込められた気持は同じとは思えない。前者は反戦や非戦の論のごとくであるが、そうではあるまい。おのれと武者という存在を区別する典型的な貴族意識の表明といってよいであろう。

それに対して後者を理解する鍵は、一文の前に「如二微臣一者」(私のような微々たる存在にとっては)という文言を置いていることにあると考える。ここで微臣に対置されるのは、むろん後鳥羽院であり、そこには承久の乱を起こした院を批判する気持が込められているといってよい。だが一方、それに続く文言を見ると、一人、わが家に病身を横たえ、戦火を歎く。そして、だから自分のような者は古典の書写に没頭するだけだ、といった自身の行為の動機として受け止めているように思われる。戦さは無縁だが、無縁でないものが自分にはある。古典の書写である。それを自覚したことの表明が、この一文といえるのではなかったろうか。戦さによって書物が灰燼《かいじん》に帰するなど、大事な物が失われてしまうことを憂慮し、だから私は世に伝え継ぐために古典を書写するのだ、と。

同じ「紅旗征戎非吾事」だが、「治承の文」と「承久の文」の間には四〇年もの歳月が流れている。その時間がもたらした言葉の内実の違い、込めた思いの深化を感じ取りたい。そして定家が古典の書写を自分の使命であると自覚し、自分の生き方の出発点としている——定家にとっての承久の乱は、そんな覚悟を促した戦さであったように思われる。前掲久保田氏の見解が参考になる。

古典の書写

それを語ってくれるかのように、「承久の文」の末尾の文を見ると、定家は承久三年五月の書写のあとも『後撰和歌集』の書写を続け、その後三カ年の間に四度、合わせて五度もの書写を遂げている。そこで、先掲奥書の最後に書かれている四人に書写して贈ったとの事実に即して、現存している『後撰和歌集』を書写年次に従って整理してみたのが図11である（明月記研究会編『明月記研究提要』、久保田氏前掲書を参照）。

<table>
<tr><th>定家の書写年月日</th><th>定家からの贈先</th><th>現蔵者</th><th>備考</th></tr>
<tr><td>1221(承久 3)
5/21Ⅰ</td><td>―</td><td></td><td>この本で，以下四度(①〜④)書写．ただし，現存諸本で書写年次を確認できるのは①〜③である．</td></tr>
<tr><td>①1222(貞応元)
7/13Ⅱ</td><td rowspan="4">• 仁和寺宮(道助法親王)
• 前摂政(九条道家)
• 嫡女(因子)
• 嫡孫(為氏)</td><td>宮内庁書陵部</td><td></td></tr>
<tr><td>②1222(貞応元)
9/3Ⅲ</td><td>京大(中院本)</td><td></td></tr>
<tr><td>③1223(貞応 2)
9/2Ⅳ</td><td>高松宮家</td><td></td></tr>
<tr><td>④1224(元仁元)
Ⅴ</td><td></td><td>Ⅰの「奥書」に「三ヶ年に五度書写」とあることなどから，書写年次の下限を想定．</td></tr>
<tr><td>1226(嘉禄 2)6</td><td colspan="3">問題の「承久の文」のある「奥書」には，藤原長綱が嘉禄二年に書写したことがみえる．藤原長綱は後鳥羽院から「骨を得た」歌人と評された，定家晩年の弟子であった．この本は江戸期の刊本がある．</td></tr>
</table>

図 11 『後撰和歌集』書写年次

一覧表にしたことで、定家が『後撰和歌集』を、承久三年から三年の間にたしかに五度も書写したことが分る。そしてまた、そのうちの少なくとも三部が(伝来の経緯はともかく)現存しているのは、定家本が世代を越えて尊重されたことの表われであろう。

定家による古典の書写は承久の乱後に集中しており、貞応元年(一二二二)の後半の如き、書写に明け暮れていたと言って過言ではない。特に定家が関心を抱いた三代集(古今集・後撰集・拾遺集)、なかでも『後撰集』の書写は右に見た通りであり、そうした流れのなかで元仁元年(一二二四)一一月には、家中の小女たちに命じて『源氏物語』全巻の書写を開始し、翌嘉禄元年(一二二五)二月一六日、五四帖と外題を書き、この〝大事業〟を完了している。この一連の事業から、定家が抱いていた和歌を伝える公家としての覚悟を汲み取ることは容易であろう。そしてまたこの時点で古典の書写と伝承が和歌の家の存在要件になったといってよいであろう。してみるとやがて起こる為氏と阿仏尼《あぶつに》の争いは、周知のように庄園の領有権をめぐって展開するが、事の発端はその前に行なわれた『明月記』を含めた古典籍全ての悔返《くいかえし》にこそあったとみるべきではなかろうか。

4　一条京極邸

冷泉邸を離れる

定家は承久の乱後、在任八年に及んだ参議を辞したあと、住み慣れた冷泉邸を離れている。『明月記』嘉禄元年(一二二五)正月六日条に、

午の時ばかり、年始の日次宜しきにより冷泉に行き両児を見る。日入り以前に帰り来る。

とあり、孫たちを見るために冷泉邸へ出かけたというこの記述が初見記事である。そしてこの時帰った先が一条京極(邸)であったことは、少し間があくが同年一一月二九日条に「(嵯峨の家から)予一条に帰り了んぬ」とあることで知られる。この一条、詳しく言えば一条京極(邸)である。

定家が冷泉を離れ一条京極へ移ったのは、残された記録から判断するに承久二年（一二二〇）から元仁元年（一二二四）の間であるが、内裏や院御所に近い前者を為家に譲り、彼の活動拠点とするためであったとみる。この一条京極への移居には、公経《きんつね》が居を構える一条室町にほど近かったことも大きい。公経からはその後、家地の購入などに種々便宜を与えられている。

一条京極邸の所在地について知らせてくれるのは、嘉禄二年（一二二六）一一月一三日条に、吉日により唐門・新屋（寝殿）・持仏堂・平屋（侍所）などを上棟したとの記述のうち、新屋に付された次のような注記である。

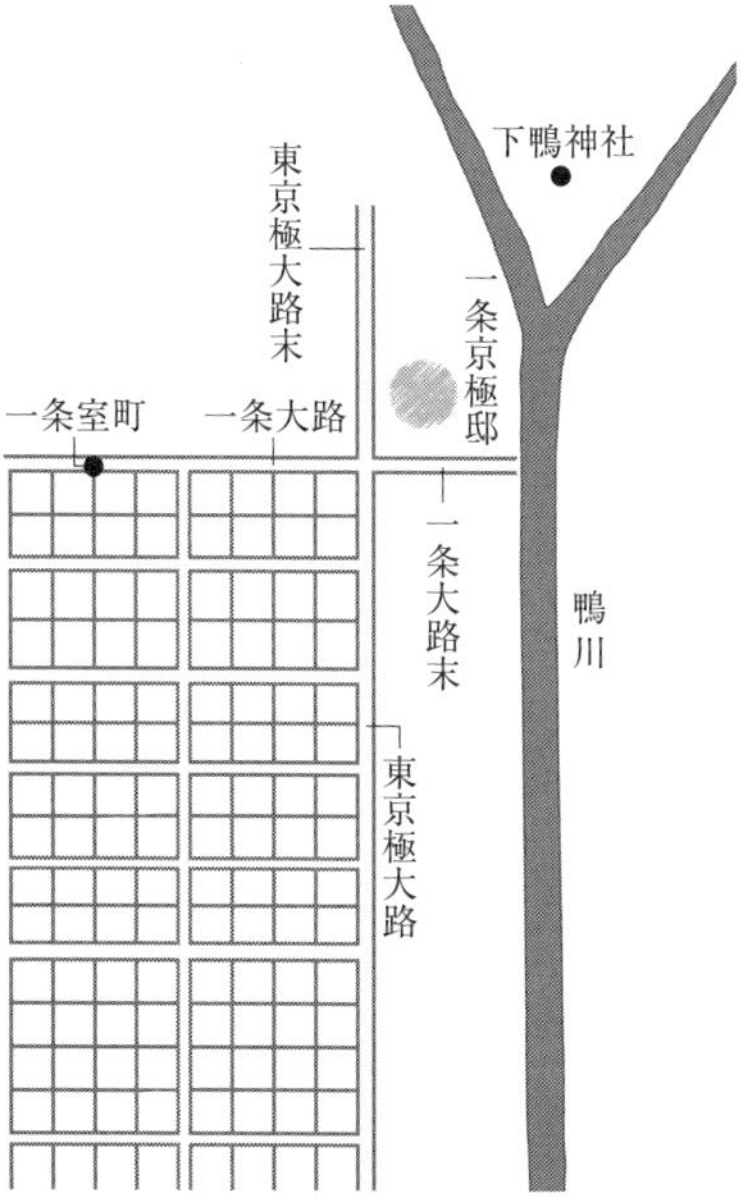

図12　定家の一条京極邸の所在地

新屋上棟、西京極末小路、更開二東西路一（家西築垣、西四丈置之）

これをどう読み解くか。

このうち「末」とは、京中道路の京外への延長線上にあることをいうから、「京極末」とは平安京の（東）京極大路を一条通より北（京外）へ延長した先の道路のことである。従って「（新屋）西、（京極末）小路」とは、

「新屋の西側に京極通末の小路がある」との意となり、新屋は東京極末道路の東にあり、かつ一条通末よりは北にあったことが分る。一条通末は下鴨社へ通ずる重要な道であったから、定家一条邸の家地がこれを侵すことはあり得ず、その北にあったとみる。従ってまた「更に東西路を開く」という東西路とは一条邸の南に接する道のことであって、一条通末のことではない。定家の一条京極邸は平安京、艮《うしとら》（東北）の京外にあり、これを図に示せば図12（もとより概念図）の如くになろう。

「狭小の丈間」

『明月記』の記事を辿ると、定家は当所へ移転後、嘉禄二年（一二二六）に入り、隣接する土地を次々と購入して家地を拡げる一方、その中に新しく殿舎——寝殿・持仏堂・侍所・事宿・雑舎などを建てている。買い上げた土地の中（南地）には、西口三丈五尺、奥南北九丈五尺（一丈は約三メートル）という変形の土地もあったことを考えると、家地全体も不整形であったのではなかろうか。同年一二月二一日、はじめて新屋に入っている。

住まいとした寝殿は丈間三間四面（正面が柱間一丈で三間の母屋があり、その四周に廂が設けられていた）であったが、定家はこれを「狭小の丈間」と称している。寝殿の東に建てられた持仏堂は三間四面（ただし柱間は六丈）であったが、翌安貞元年（一二二七）九月に倒壊。その原因は「長押《なげし》（柱と柱の間をつなぐ小平材）なきによる」としているから、これも簡略な造作であったのだろう。ただしすぐ

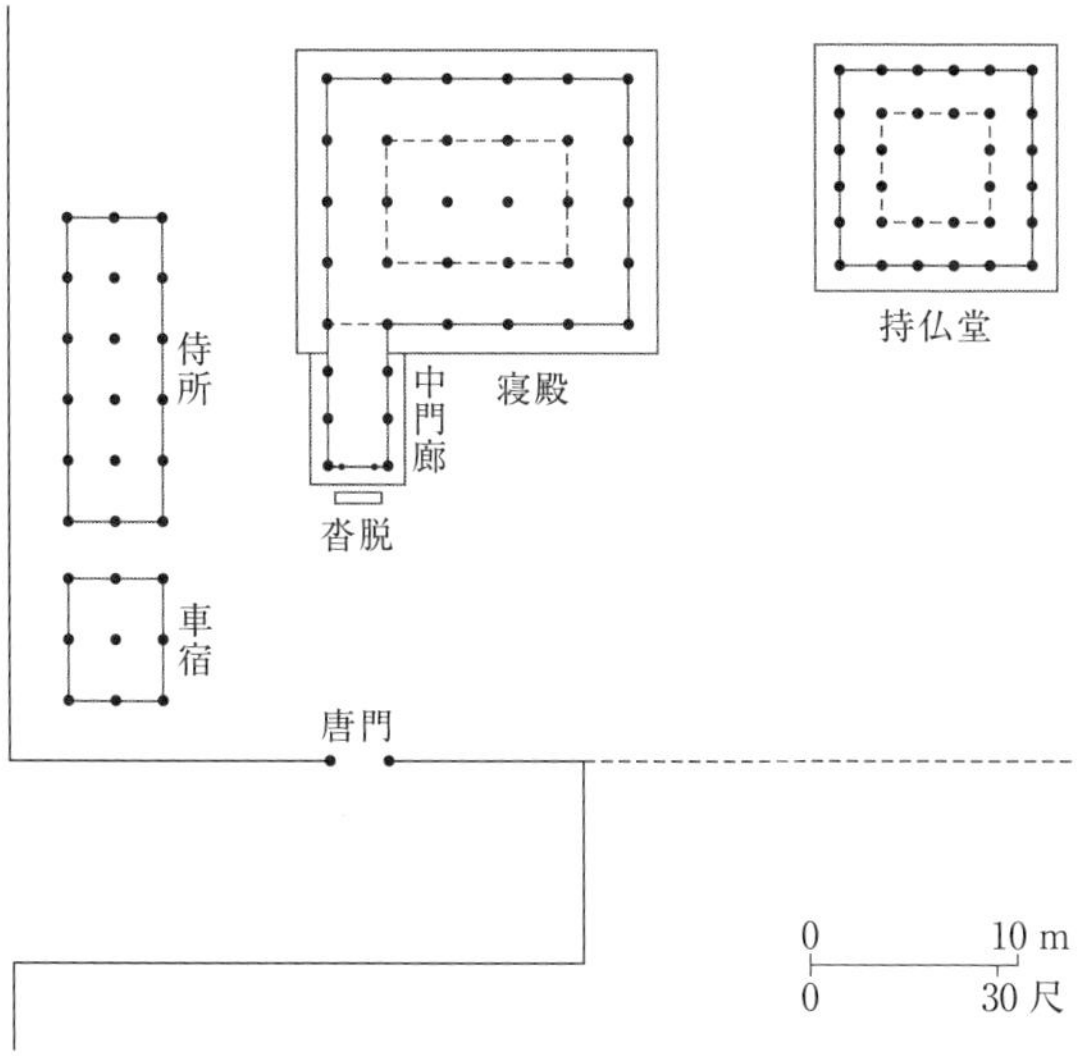

図13　嘉禄２年上棟の藤原定家邸（太田静六氏復原）

に建て直している。

家地の南面中央には檜皮葺《ひわだぶき》の唐門《からもん》を立てた。そこから同じく檜皮葺の寝殿まで七丈（約二一メートル）あったというから、南庭はかなり広かったようだ。定家が好んで各種草木を植えるのに十分な広さであったと思われる。飢饉時に麦を植えたという庭でもある。寝殿の裏手にも後園があったのではなかろうか。家地の西側や南側には柴垣が築かれていた。「卑小倹約を以て本となす」屋敷であったが、その雰囲気が想像されよう。図13は『明月記』の記事をもとに作成された太田静六氏の復原図（『寝殿造の研究』所収）である。ただし家地全域あるいは境界などは記されていない。

これらの造作は、吉日を卜《ぼく》して行なわれ

た定礎や立柱をはじめ、全てを入道法師こと忠弘《ただひろ》が取り仕切っている。

さて定家は、先に記した上棟日に、造作に当った番匠男に屋料・堂料として馬二疋、檜皮葺と壁塗にはそれぞれ馬一疋を支給した他、額は記されていないが禄を与えている。馬は材料費であり、禄というのが給与である。このうち番匠は修理職《しゅりしき》方の工人で、忠弘が年来使ってきたという。修理職は宮廷や役所の修理保存に当った官司であり、その職掌上、のちのちまで存続したが、これによれば官司所属の工人が民間の仕事にも関わっていたことを知る。鎌倉時代を通じて大内裏にあった諸官司が衰退する中で、織手染工など、手に技術を持つ職人たちが、公家や寺社などに雇用されたり、やがては技をもって家業とするものも出てくるのであろう。京都では、そうした宮廷文化が民間市井に拡散し、伝統工芸として定着したと見られるものが少なくない。これまで折あるごとにふれたが、大内裏に群立していた官司の行方がここでも注目されるのである。

一条京極邸は、これまでいくつかの邸宅を経た定家にとって、終《つい》の住処《すみか》となった。その因縁で定家は世に「(一条)京極殿」と称されることになる。

冷泉という家意識

呼称と言えば、為家についても留意されることがある。『明月記』嘉禄元年(一二二五)一一月、石《いわ》清水八幡宮《しみずはちまんぐう》への神宝奉納行事に供奉した為家を、定家は「冷泉中将」と記している。この前後から冷泉を冠した呼称が用いられ始めているようだ。定家について言えば、これまで日記には、同じ冷泉地域に住む他の公卿を冷泉大納言とか冷泉隆房《たかふさ》などと日常的に記すが、みずからを冷泉を冠して称することはなかった。以前述べたように、三位以上の公卿になってはじめて家を立て家政機関を置くなどしたことが、家名を立てる契機であったはずだが、定家自身は、その資格を得てからもみずからを「冷泉定家」と称したことは一度もなかった。右にあげた冷泉隆房のような先例があったことで遠慮したのであろうか。

それがこの時期に至り、為家に対して用いるようになったのは、住み慣れた冷泉邸を為家に譲り、一条京極邸へ移ったことで為家を冷泉邸の主として、強く意識するようになったことの表われであろう。

家の整備は、定家に心の余裕を与えたのであろう。自宅で和歌や連歌の会を持つようになっており、寛喜元年(一二二九)には月次会を催すまでになっている。この年四月一三日、五月一四日、六月二三日、そして七月二一日。しかしこの日定家は会衆に、重大な決断を告げている。

この会の評判を聞き参加を申し込んできた者がいた。法眼信定《ほうげんしんじょう》(もと信光法師といった)が相国(公経)の書状を持って来宅し、毎月の和歌会に自分も加えてほしい、と。つまり和歌会のメンバーに加わりたいと頼んできたのである。

この信定法眼に対する定家の人物評は以下の如くであった。「この法師は謀書・盗犯・虚言横惑の外、他に一得もない年来の寵人《ちょうじん》、近習無双の人物である。前上皇(後鳥羽院)もその心操を聞し召され、新古今の時、作者に入れられなかった。(中略)他人の名をかたって法橋《ほっきょう》に叙され、予め作った論議で問答し法眼となった。それが権門の推薦書を持って来宅して云々」と記し、口を極めて批判している。定家は所労と言って彼に会わず、もとより加入を認めなかった。もし認めれば、毎月の会は宴遊の如く見られてしまう恐れがある。従って来月からこの会を中止する、と会衆に告げている。この日定家は百句の連歌を楽しんで、月次会を閉じた。

それにしても、順調に育っていた歌会をきっぱり中止した定家の決断。驚かされるし感心もさせられる。こと歌に関しては厳しい、そんな定家の真骨頂を見た思いがする。

5　院との訣別

清範の入洛

清範《きよのり》。後鳥羽院の近臣だった清範とは、定家が院御所に設けられた和歌所の寄人になった時から毎日のように顔を合わせている。ことに官途に関しては、自身はもとより息子三名《みみょう》(後の為家)についても、常に清範を通して院に望みが伝えられていた。清範は能書家であったことから、『新古今和歌集』撰集の折には、寄人たちが撰んだ歌を清書して院に届ける役を担っていた。また水無瀬御所での遊興においても、定家が一番世話になったのは清範であった。清範は、定家にとって最も身近な存在だったといってよいであろう。

唐突に清範の名を持ち出したのは他でもない。その清範が隠岐より入洛したことを耳にしたからである。承久の乱後、嘉禄二年(一二二六)三月二八日のことであった。その日のことを定家は、次のように日記に記す。

清範朝臣入道夜前入洛老母重病と云々。旧好忘れ難し。音信せんと欲す。遠所の讒言連々の由之を聞く。若し納受せざれば、又何をか為さんや。

清範は院の配流に供奉して隠岐に渡っていたのである。その清範が京都に戻ったと聞いて定家は、懐しさの余り手紙を送ろうと思った。しかし次の瞬間、隠岐では自分のことを悪しざまに語っていると聞いたことを思い出し、手紙を出しても拒否されるかもしれない。そう思うと手紙を出す勇気がなくなったというのである。「旧好忘れ難し、音信せんと欲す」とまで記した定家だが、結局連絡することはなかった。清範が定家の悪口を言っていたわけではあるまい。風評か定家の思い込みの類でしかなかったろう。しかし、神経質な定家はその疑念を抑えて前へ進むことができなかった。この時連絡をとっておれば、清範と再会が叶い、隠岐の様子を知ることができたであろう。そうすれば、後鳥羽院の勅勘もあるいは解け、関係の修復ができたかもしれない。

その後、日吉社参の帰途に偶然清範と出会ったという成茂の話によると、清範の帰京は名目は母親の病気見舞であったが、本当の目的は「巷説」を確めることであった。巷説とは、乱後五年がたち三上皇の帰還が許されるという噂であるが、一向にその沙汰がない。そこで噂の真偽を確めるために帰京した、というものだった。むろん幕府の方針に変更はなく、期待した情報は何も得られなかった。清範は実際に母親を訪ねることもあったようだが、成果空しく一〇月二八日京都をあとにしている。その間、半年を越える時間があった。その意思さえあれば会う機会はいくらもあったはずだが、定家はついに清範と会うことはなかったのである。二人の間をつなぐかに見えた一本の細い糸が切れた。

後鳥羽院とは、それが永訣《えいけつ》となった。

第八章 庄園と知行国

信濃国後庁《ごちょう》 跡碑

1　御子左家の家産形成

公家の家計

定家は『明月記』の中でしばしば「貧乏」を口にしている。時にはそれを口実にして負担を回避していることもあるが、実際はどうだったのか。多数の妻子を持った父の俊成ほどではなかったとしても、定家も家族の他、家司ら使用人を二、三〇人は抱えていたから、少々の財力では賄い切れなかったに違いない。そんなわけで定家にはどれほどの家産や収入があったのか、それを探ってみたいと思う。

『明月記』天福元年(一二三三)二月二日条に、ある人物についてこんな記述があった。「本より父の末子なり。私領なき人なり。自然公人によって扶《たす》くべき身か」。末っ子なので父から私領をもらえなかった。だから公人——公務による収入で生活しなければならない身分だった、というのである。この人物の場合話は逆なのだが、この事例からも主たる収入源が公的収入より私領庄園に移っていたことが知られよう。しからば定家(御子左家)の場合はどうだったのだろうか。

家領庄園

定家に限らず、当時の公家の公的収入の実態は全くといってよいほど分らない。他方庄園については、定家には次の四ケ庄が主たるものであった。

(1)近江国(滋賀県)にあった吉富《よしとみ》庄
(2)伊勢国(三重県)にあった小阿射賀御厨《こあざがのみくりや》
(3)(4)播磨国(兵庫県)にあった細川庄と越部《こしべ》庄

これらの庄園(一つは御厨の名で呼ばれるが、このことについては後述)領有のあり方を見ていくなかで気付かされることがあった。全体にわたることなので、それをまず挙げておきたい。

一つは、俊成は定家の兄、成家《なりいえ》を嫡男として扱っていたから、それ相応の庄園を伝えていたと思われるのだが、前記越部庄(ただし三分割された一つ)と細川庄の南にあった志深《しじみ》(志染とも)庄の他、阿波国讃良《ささら》庄が確認されるにとどまる。定家が兄弟の庄園についてことさら書き留めなかったということもあろう。現に志深庄の名は、成家没後に起きた紛争をめぐり、成家の子の言家《ときいえ》が叔父定家に相談するようになってから頻出する。しかし定家の伝領した庄園が、その後御子左家(ないし冷泉家)の家領になることを考えると、庄園伝領については定家の立場が重視されていたことを思わせる。これは俊成が、官僚の道を歩む成家と、家風を継ぐべき定家の存在と役割を別個に考えていたことを示すものであろう。

二つは、定家が摂関家(九条家)の家司をつとめた関係で、前記四庄の他にも兼実《かねざね》や良経《よしつね》らから与えられた庄園郷保《ごうほ》は、北は越後、東は下総から西は伊予に及ぶ間、一〇を超えており、それらによる経済的恩恵は少なくなかったものの、それらは、下総国の三崎《みさき》庄(現銚子市一帯)のように遠隔地であったため短期間(三カ年)で返上したのを始め、小規模であったり、一時的なものであったりで長続きせず、結局家産形成に大きく寄与することはなかったことである。

三つ、定家は庄園経営のような「世事」には疎く、もっぱら大番頭ともいうべき存在の忠弘《ただひろ》に委ねていた。公家領庄園の管理体制が弱体だったのは定家の場合に限らない。しかしそれでも定家は四つもの庄園を持っており、これは他の公家に比して決して少なくはなかったと見る。

なお四庄のうち伊勢の地だけが庄号ではなく御厨《みくりや》を称しているのは、当地が伊勢神宮(外宮)の神領だったことによる。御厨とは、主として魚介類などの供祭物を貢進する人と所の総体を指し、本来土地(田地)の概念を含むものではなかったが、平安中期以降は庄園と同様田数で示されることが多くなる。在地の有力農民が神宮に寄せた田地が御厨とされた、いわゆる寄進地御厨の増加が主たる理由である。御厨の庄園化といってよい。そこで小阿射賀御厨も他の庄園と区別せず扱うことにする。

立庄と伝領

次に四庄の立庄の由緒や伝領の関係をみていくと、ある種の共通性が浮び上って来る。

［越部庄］定家の外祖父、藤原親忠《ちかただ》が美福門院《びふくもんいん》に寄進して成立した庄園である。親忠の妻は鳥羽天皇の皇后、美福門院（藤原長実の娘得子）の乳母であり、娘の加賀は美福門院の女房として仕え、俊成と結婚、定家らを産んでいる。俊成・定家が伝領したのはこうした縁による。

［吉富庄］鳥羽天皇と美福門院との娘、八条女院（暲子内親王《しょうし》）の領で、俊成・定家が伝領した。当庄の北にあった箕浦庄《みのうら》も親忠の開いた庄園であり、もともとは吉富庄《よしとみ》に付属する庄園とされ、子孫が相伝すべきものとして文書もすべて御子左家に伝えられていたが、後白河法皇が取り上げて弁雅僧正に下賜したことで、以来御子左家の手を離れたものという。これがあれば、吉富庄はもっと広域な庄園であったことになろう。

［細川庄］八条女院領。それ以前の由緒が分明でないが、女院がその母、美福門院から伝領した越部庄と同類であったとみる。八条女院が建立した蓮華心院《れんげしんいん》を本家とし、領家職をついだ俊成が、建暦二年（一二一二）娘九条尼（建春門院中納言）に譲与、のち九条尼は弟定家に当庄領家職を譲っている。

［小阿射賀御厨］伊勢国一志郡（現松阪市）にあり、伊勢神宮（外宮）領であった。はじめ大・小の区別はなく阿射賀御厨と呼ばれていた。阿射賀御厨は、建久三年（一一九二）八月現在の神領注文（『神宮雑書』）には「給主前皇后宮大夫入道幷びに藤原氏子」とあり、かつて皇后宮大夫（ならびに藤原氏子）に分給されたものであったことが知られる。藤原氏子については、給主としての権益の一部を保有したものとみられるが不詳。他方前皇后宮大夫は時期から判断して、嘉応二年（一一七〇）七月

二六日、甥である藤原実定《さねさだ》の譲りを得て皇后宮大夫に任じられた俊成であったに違いない（『公卿補任』）。後白河天皇の皇后忻子《きんし》は実定の同母妹で俊成にとっては姪にあたり（図14参照）、二年後の承安二年（一一七二）二月一〇日、忻子が皇太后になると同時に俊成も皇太后宮大夫に任じられている。このような密接な縁故によって、俊成が後白河院もしくは皇后忻子から阿射賀御厨を給付されたのは、極めて自然な流れであったろう。

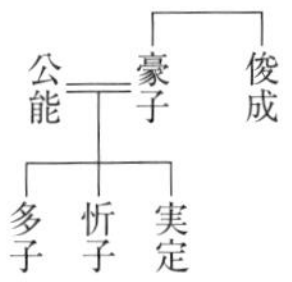

図14　忻子系図

ちなみにこの阿射賀御厨は、平家滅亡後、没官領とされたが、後白河院より本領主に分給された（戻された）こと、ただし地頭は補任されたとある（『吾妻鏡』文治六年〈一一九〇〉四月一九日条）。ここにいう「本領主」は、先に見た「領主」とみられるから、その時点でも俊成が領有していたのである。なおこの前後に阿射賀御厨は北と南で、大阿射賀御厨と小阿射賀御厨とに分けられている。

さて、俊成が伝領したこれらの庄園は、小阿射賀御厨を除き、いずれも美福門院もしくはその娘、八条女院の所領を、美福門院に仕えた縁で与えられたものであることが知られる。俊成が美福門院女房加賀と結婚した縁で俊成の娘たちの多くは八条女院の女房として仕えた。美福門院や八条女院との関係の深さが、こうした庄園の伝領関係を通して改めて認識させられる。

それにも増して注目されるのは、定家の外祖父、藤原親忠の存在とその役割である。身分としては一介の下級貴族ながら、鳥羽上皇の寵を受けた美福門院の御乳父だったことで実現されたであろう所領の集積と美福門院への寄進、つまりは皇室領の形成に果した役割の大きさに驚かされる。乳母自身はもとより、その乳母の父もしくは夫の持った隠然たる力にも注目されよう。

ちなみに定家のこの外祖父は、早くから法性寺辺りにも屋敷を構えており、俊成の五条京極邸が焼けた時に間借りしたのは、同所の親忠妻宅であった。親忠は仁平三年(一一五三)四月出家、五月二〇日に五九歳で没している。

最後に注目されるのは、御子左家の家産が右の三庄に小阿射賀御厨を含めて、全て俊成の時に形成されているという事実である。一〇歳で父俊忠を失ったことで葉室家の猶子とされ、その後援で三位にまで昇り、公卿となったのを機に本姓(御子左家)に戻ったこととあわせて、御子左家の再興は、こうした庄園の確保を基盤として、名実ともに俊成の時に果されたといってよいであろう。俊成時代における「家跡」の落ち込み(第七章)の一方、庄園を主とする御子左家の家産形成が俊成の時であったことに留意したい。定家の庄園経営はそれを受け継ぐ形で実現したのである。

庄園を歩く

吉富庄

滋賀県彦根市の東北から米原市にかけて存在した庄園。東海道(中山道)筋が庄域の東限か。馬の貢進が多かった小野宿が中核とみられ、京都に近かったこともあり権門の好餌となった。特に目立つのが「謀書」——文書を偽造して権益を主張し押領を図る動きが盛んだったことである。なかでも遠流に処せられた杲云《こううん》が典型的な悪僧とされてきたが、そのきっかけとなった正治二年(一二〇〇)三月、小野宿での狼藉——公卿親雅が暴行凌轢され馬二疋を奪い取られたと訴えた事件——は、卿二位が関与していたとみられ、定家は無罪を主張する杲云を信頼していたが、最後まで守り切れなかったというのが真相であろう。杲云は早くから定家の家に出入りし、家族のために働いていた親しい人物だった。嘉禄二年(一二二六)三月、八〇歳で没したことを聞き、長年相馴れた者だったとその死を哀れんでいる。定家は寛喜二年(一二三〇)九月、全国的な飢饉のなか庄内に小堂を建て千体地蔵を安置したが、どの辺りだったのだろう。写真は小町塚付近の風景。

小阿射賀御厨

三重県松阪市の西方、山麓部にあり鎌倉初期に分化して大・小の阿射賀御厨が南北に並ぶ。画面左の木立ちの中に小祠が祀られているのを見て細川庄を思い出したものだった。地頭の力が強く、定家が派遣した使者は、地頭を恐れた百姓らに「供給」(もてなし)されることなく帰洛している。年貢のことも埒が明かなかったという。当時の地頭は渋谷左衛門尉といったが、定家はその新儀非法によって「領家の所務無きが如し」と歎いている。そんな時、実朝が和歌文書を求めていると聞いた定家は、相伝秘蔵の『万葉集』を贈ったところ地頭の非法がたちどころに止まった。建保元年(一二一三)一一月のことで、定家は弁解気味に「歌道を賞せらるるの故なり」といっているが、これには幕府重鎮大江広元の助力があったようだ。広元への書状に書いた「予世事に染まらず、事奔営せず」という文言も、定家の生き方を示す言葉として知られるところであろう。右の山麓に集落がある。

細川庄

兵庫県三木市桃津地区にあり、南隣には兄成家が伝領した志深《しじみ》庄があった。当庄を歩くにはその名も「冷泉橋」を渡ることから始まる。やがて坂道を登った先に一寺がある。大雄寺といい、境内に俊成・定家を祀る小祠があり冷泉家の菩提寺と知れる。裏手に池があり、その堤上から庄域が一望できる。写真は、逆に寺の方面を眺めた田園風景。手前路傍の木立ちの中に小祠があり、近くのものには墓塔があった。この村にかつてあったであろう歴史を思わせる。現地を歩く時はそんな小さな遺跡にも思いを寄せたい。田園を挟み寺の対角に微高地があり、その平地には下冷泉家出身で江戸初期の儒者藤原惺窩《せいか》の銅像が立つ。この平地は下冷泉家の屋敷跡というが、鎌倉期に遡れば当庄の「庄家」があった場所ではなかろうか。当庄はやがて地頭職をめぐる争いが起こるが、それは『明月記』より後のことである。写真中央に見えるのが大雄寺。

越部庄

兵庫県たつの市市野保にあり、東に揖保川が流れる。俊成は晩年、当庄を三分して長女八条院三条に上庄、長男成家に中庄、次男定家に下庄を譲与しており、その際それぞれの文書と絵図が作成されたという。もしその絵図(庄園図)が残っておれば今日の景観と照らし合わせることで、中世の庄園村落の姿が浮び上って来ると思われるが、残念ながら残っていない。正治元年(一一九九)八月の洪水で水が山を包むように上り、山が崩壊したという。当庄からの年貢運送舟が揖保川で沈没したこともある。現在は内陸だが船渡《ふなと》という地名は、年貢米などの積出し港だった名残りであろうか。上庄を母から譲られた俊成卿女が、晩年この地に下向して止住し、越部禅尼と呼ばれ生涯を終えた。田園の中にも越部禅尼にまつわる旧跡(井戸)が残り、「てんかさま」の小祠(第四章の扉写真参照)と共に現在も土地の人々によって大切に守られている。山峡《やまかい》の村里をもう一度歩いてみたい。

2　知行国主為家

国主と国守

『明月記』の後半になって目に付くようになるものに、何某が「国を賜る」とか「国務に預る」といった類の記事がある。一見すると、以前取り上げた春秋の除目で任命された「外官」(地方官・国司)の国守(受領)のことかと思われるが、さにあらず、全く別個の存在であり制度だった。後者が四・五位の下級貴族(殿上人)を対象としたのに対し、これは三位以上の上層貴族(公卿)に関わるものだったからである。ちなみに平家が三〇余カ国の知行国を得て、日本国の半分を超えたと誇った話は『平家物語』巻一で知られるところであり、また頼朝が受けたのに始まり最大九カ国に及んだ「関東御分国《ごぶんこく》」というのも知行国制の事例である。国を賜った者(これを知行国主という)はその国(知行国)の国務沙汰権を与えられたが、知行国主自身が知行国へ下向することはなく、有縁の者を「目(眼)代」に起用して下向させ、国務に当らせた。また除目の機会をとらえて、同じく有縁の者を当該国の国守に任じたのも知行国制の特徴であるが、この国守は知行国主から一定の分け前(得分)に預るだけの名目的な存在であったことから、「名国司《みょうこくし》」と呼ばれている。

このような諸関係を整理すると図15のようになろう。名国司を置くことで国司制度が知行国制に吸収され、その結果知行国制は王朝国家が公家層全体で地方に関わり、公領からの収益を確保するためのシステムとして作り上げられたのである。それに伴い、知行国主は公卿にとってステータスシンボルとなる一方、知行国制に取り込まれて「名国司(守)」とされた国守たちの遥任＝在京国守化は決定的となった。王朝時代に彩《いろど》りを添えたあの受領たちの時代は、こうして過去のものとなったのである。

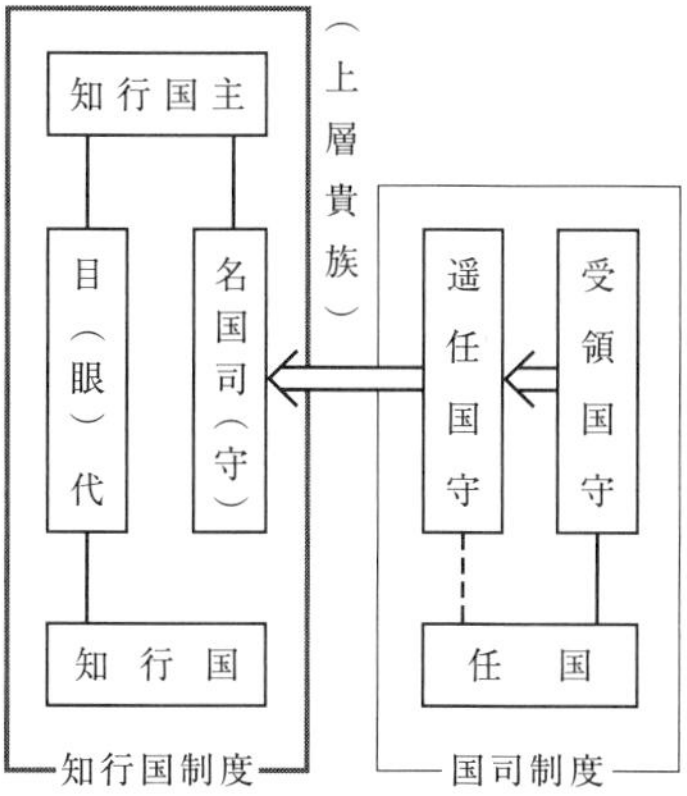

図15　国司制度から知行国制度へ

為家の信濃国務

ことの始まりは安貞元年(一二二七)閏三月二〇日朝、御乳母二位から書状があり、五万疋の成功《じょうごう》で信濃国を給ってはいかがか、と勧められたことにある。前任者が辞任したことで斎宮料などの収入が不足していたのが勧誘の理由であった。御乳母二位とは、定家の異母姉(後白河院京極)の娘成子のことで定家の姪だが、後堀河天皇の乳母として承久の乱後の宮廷で力を得ていた女性である。そんな間柄であったこともあろう、定家は最初からこの話に乗り気であったように思われる。知行国主になることは公卿の名誉であったから、定家がこれを望んだとしても一向に不思議ではない。事実、関連記事を追っても定家が全てに関わり対処している。

しかし成子の書状が来たのは、実は為家の許であって定家のところではなかった。為家が相手の話だったのである。為家は後堀河天皇のもと、蔵人頭を経て参議に任じられ従三位となったばかりで、まさに旬《しゅん》の候補であった。

その日は為家の妻が男子（三男為教）を無事出産、定家夫妻に加え、入道こと為家妻の父、宇都宮頼綱も冷泉邸に駆けつけていた。定家が書状の件を知ったのはその冷泉邸でのことで、為家が知行国主になるまたとない機会と思ったのであろう。早速その場に居合わせた頼綱に信濃の国情を聞いている。頼綱の答えはこうだった。

件の国（信濃国）は国司が一番担当したくない国である。そのわけは、鎌倉近習の侍で朝早くから夜遅くまで熱心に勤める輩が二百人余り彼の国に居住している。彼らはそれぞれ名主だからその「嗷々《ごうごう》」――強勢ぶりはお察し頂けるであろう。しかし「国務の名において」（知行国主として）しっかり対処すれば大丈夫だと思う。

信濃国が手強い国であることを説きながら、最後の言葉が意外と甘いのは、定家の気持を忖度《そんたく》したからであろう。頼綱の言葉に意を強くした定家はこれを引き受けることにし、成功料三万疋（公経の意見に従って減額）を納め、二七日に為家の信濃国務が正式に決っている。

七月に至り、現状を知るために右兵衛の官人に任じて箔を付けた小舎人《ことねり》を使者として信州へ下している。この使者は、いうところの眼(目)代であろう。九月下旬に帰洛するが、実はこの間、手続きに遺漏のあったことに気付く。除目のことを知らず、信濃国守(いわゆる名国司)の任命の申請を忘れていたのである。最初から権勢者に頼んでおくべきだった、とも記している。先送りされた国守の任命は一〇月五日条の除目聞書で確認できるが、定家たちにとって不慣れな仕事であったことがよく分る。ちなみに『明月記』には、為家の関わりについては一切書かれることがない。

さて、七月に派遣した使者が九月下旬に帰洛し、信濃の国情を報告している。先にあげた頼綱の説明とも重なる部分があるが、興味深いので、その一部を紹介してみる。

○更級《さらしな》の里が姥棄山《おばすてやま》に対し、あさま(浅間)の嵩《たけ》(嶽)が燃えていた。
○ちくま(千曲)河は大河で、国中を廻り流れ、南端より北方に及んでいる。
○善光寺へは六ケ日の路であった(美濃国から神坂峠《みさか》を越え信濃国に入ってからの道程か)。
○善光寺の近辺を「後庁《ごちょう》」と号し、眼(目)代の居所となっている(扉写真・巻末説明参照のこと)。
○昔は広博な国で温潤の地であったが(承久の)乱後、前任者の使者が検注を怠けたため、百町の郷が麻布二、三反だけの地になった。
○国中みな熟田、しかし米穀の(京への)運上がないので住民は皆豊饒である。(その分)末代の国務(知行国主)、さらに得分あるべからず。

○在庁(官人)らは皆、当世猛将の輩である。どうして目代の所勘に随うであろうか(随いはしない)。

適宜注記を施したが、信濃の国情を知るには十分であろう。しかも国務遂行に当っては、消息を当国の守護に連絡し、一事以上、相談しながら行なうべきものとされていた(閏三月二九日条)。「一事以上」とは「すべてのこと」の意である。国には守護がおり、在庁官人たちは猛者で鎌倉幕府の近習となっている。先の頼綱の話も、この使者の報告も、信濃国の国務遂行が困難であることを如実に物語っているが、定家はそれをどこまで深刻に受け止めていたのであろうか。ちなみに天福元年(一二三三)四月の除目の折、飛騨の国務のことが取り上げられた際「件の国は当時用いざること、信濃の如し」といわれ、信濃は国務の難儀な国とされていたのである。

果せるかな、その年の暮れ、信濃国より持参したものは、わずかに、

干棗二合櫃、梨子一果今年実、らず、銭五貫持ち来たる、他の物なし。

というものであった(一二月二一日条)。

『明月記』にはこれを最後に信濃国務について記すところはないが、民部卿広橋経光の日記『民経記』によれば、翌安貞二年(一二二八)一〇月九日、為家が信濃国の知行国主として五節舞姫の献上を命じられているから、信濃国務を離れていなかったことが分る。

忠弘の能登下向

ところが、『明月記』翌寛喜元年(一二二九)九月二一日条によると、忠弘が、私が下らなければと、定家の心配をよそに病を押して能登へ下ることを決め、一〇月五日に下向しているが、あとの一連の記事から、この時下向した能登国が新たに知行国になったことを知る。してみると、信濃国務を二年間で止め、この年能登国に切り換えたと考えられよう。前回の経験で学んだのであろう、このたびは忠弘が目代となり本格的に取り組んでいる。一二月一〇日の北陸からの書状によれば、国領は悉く新立庄園となっているが、国務はなんとか進めていると報告している。しかし忠弘の苦悩が読み取れる報告であった。年を越して寛喜二年正月三〇日条によると、二度目の書状が届き、忠綱朝臣の妨害で国の検注ができなかったとある。忠綱の妨害についての注記(「□知行、造営を称え、諸郷を妨ぐ」とある)から、何かの建物の造営のためと称し、その費用を国領の諸郷村から徴収しようと企てたものと思われ、そのために忠弘による検注が妨げられたというものであろう。

この忠綱は『明月記』には、早い時期冷泉宅の南隣に住み、群盗に押入られたことなどが記される。何かと話題の多い人物で、ある時期俄に住宅を壊して移転したが、のちの記事で一条北辺に移っていたことを知る。後鳥羽院の近習だった清範と並んで用いられ、定家も彼を「幸人」(むろん皮肉を込めてである)と記している。院の近習でありながら承久の乱後も引続き活動しているが、これはその娘が公卿家光の妻になり中宮の御乳母となったこと(寛喜二年〈一二三〇〉七月二三日条)によるものであろうか。それで権勢を得たものとみえるが、愚行を重ねた人物だった。

こんなことなら深い雪路を避け、海路で能登まで下る必要もなかった「後悔百千」と歎いている。帰宅した忠弘からは、守護地頭の張行で国務が執行できないとの報告も受けている。

為家としても二度目の経験である。このような状況を聞いて決断の時期にきていると判断したのであろう、この年の一〇月一二日に至り定家に「能州を放棄したい」と告げている。これに対して定家は「それは甚だ僻案だ」と答えている。「僻案」とは間違った考えといった意味であるから、手放すことに賛成しなかったのである。しかしそのあと「甚だ不便の事なり」と書いているところを見ると、これ以上続けることは無理だろうとも思っていたようだ。その結果については記すところがないが、遠くない時期に手放したものと思われる。

定家は知行国制を肯定的に見ていた節があるが、信濃や能登の事例が端的に示しているように、国務は困難な状況にあった。知行国制は、守護の下に国衙官人を含めて一国内の豪族武士が統率されていく過程で実施不可能となり、急速に崩れていく。定家の場合も、結局家産にはならなかった。私たちは『明月記』から、公家社会が累卵の危機にあった深刻な時代相を汲み取ることができるのである。

第九章　子供たちの時代

厭離庵への道

1　光家と定修

承久の乱後『明月記』の記述がほぼ確認されるようになるのは、嘉禄元年(一二二五)である。承久三年に起こった乱により、後鳥羽・土御門・順徳の三上皇は、それぞれ隠岐・阿波・佐渡に移り、後鳥羽院の同母兄守貞親王(後高倉院)の子、後堀河天皇が即位した。定家は乱の翌年、貞応元年(一二二二)八月一六日に参議を辞し従二位に叙された。従って『明月記』が記される嘉禄元年は、定家六四歳、従二位前参議民部卿という肩書きだが、散位同様の立場にあったから、公事についての記述は少なく、子供たちの話題や来訪者が語る世間の噂に関する記録が目立つようになる。同時に、この年には親交のあった慈円も亡くなっており、定家も人生の後半にあった。

第六章で子供たちの成長を見てきたが、それから一〇年以上の時を経ており、子供たちの生活も変化している。ここでは彼らのその後を、『明月記』を通して見届けたい。

光家の出家

子供のその後といえば、やはり光家のことが気になるが、この年、嘉禄元年九月三日、光家は定家に出家の意志を語っている。この日光家は、主君教家《のりいえ》(三二歳)に言われるまま東岩蔵まで供奉したところ、明恵を戒師として教家の出家の儀式が行なわれたのだった。光家にとって、教家の出家は全く予期せぬ出来事だったから、その衝撃は大きく、それが引き金となり光家も出家の思いを強く抱いたのである。出家の理由として彼が語ったのは「無レ成而及二四旬一、以二此次一遂レ之」、すなわち「特に何かをするということもなく四〇代になってしまった。このついでに出家を遂げる」というものであった。言葉は平凡だが思うところは強かったに違いない。光家はこの年、四二歳になっていた。

前の章でも述べたが、定家の光家と為家に対する態度や期待は全く異なる上、この頃左近衛中将に昇進し蔵人頭に推挙されていた為家とは、兄弟であり、しかも兄でありながら、置かれた立場には雲泥の差が生じていた。その上、光家の良き庇護者であった良輔《よしすけ》は、建保六年(一二一八)一一月一一日、三四歳の若さで亡くなっている。『尊卑分脈』によれば、教家は良輔の養子になっていることが知られるが、良輔と教家は九歳しか離れていない。恐らく良経の早逝により、道家の弟だった教家を良輔の子としたのであろう。従って良輔の死後、光家が教家に仕えるのは自然の成り行きであったと思われる。ところがその教家の突然の出家。今また頼りとする人を失ってしまった光家が「成すこと無くして四旬に及ぶ」と語って出家した胸の内が、痛いほどよく分る。

定家は光家の出家の意志を聞き、「不運の家、更に何をか謂《い》わん」とだけ日記に記している。

光家は九月五日に出家、浄照房と名乗った。定家は九日、光家に衣袴・袈裟等を送っているが、それがせめてもの親としての贈物であった。一一月には仁和寺に入っている。

鎮西へ下向

嘉禄二年(一二二六)九月一〇日に、故左大臣殿後家(故良輔妻)のお供で天王寺に参ることを定家に告げに来ており、定家はこれを許している。また、寛喜元年(一二二九)八月三日、光家は露台(弾正台)を伴って肥後国へ行こうと思うと定家に告げているが、定家は日記に「老病の身再会を期せざるか」と記し、永遠の別れになりはしないかと案じている。定家も年をとり、少しは穏やかになってきたか。この旅は一年足らずを費し、寛喜二年(一二三〇)六月頃に無事帰洛している。『明月記』六月二一日条には、「光家入道来たる。去年秋鎮西に下向。(保綱朝臣を相具し)此の四、五日帰洛と云々」とある。この日の日記にはこれしか記されないが、光家から鎮西の様子を細かく聞いたようで、七月二六日道家に参じた定家は、「鎮西阿蘇宮池の水涌き揚る怪異の事」を語っている。阿蘇山の麓には現在も水の涌き出る場所が多いので、恐らくこの池も涌水池であったのだろう。

ところで、光家の九州下向の目的は何だったのか。それを推測させる記事が嘉禄元年(一二二五)九月条に見られる。この年の八月一五日、肥前国(御室領)に大風が吹き、高塩(潮)が昇り、住人一〇〇余人、牛馬数百が漂没したといい、「大略向後十余年、興復し難く、大いに損亡と云々。凡そ鎮西、国と云い荘と云い、多く以て損亡と云々」とある。この日九州を襲った台風で高潮が発生し、御室(仁和寺)領のある肥前を始め、鎮西(九州北部であろう)が壊滅的な被害を受けたようである。寛喜元年(一二二九)に下向と記すので、大災害から四年が経過した時点で、どれほど復興したかを確めるために光家が仁和寺から派遣され、北部九州の状況を見て回ったのであろう。

光家が仁和寺から派遣されたのも、良輔との縁によるものではなかったろうか。良輔の死後教家に仕え、没後八年を経ているにもかかわらず、良輔室(坊門信清女《ぼうもんのぶきよ》)は天王寺参詣に光家を供としており、光家と良輔家の絆の強さが感じ取られること、また仁和寺道助《どうじょ》法親王の母(坊門局)が良輔室と同じく坊門信清女であること、などを考え合わせると、仁和寺との関係も良輔室の縁によるものとみられるからである。良輔室の居所が近くの太秦《うずまさ》であるのも仁和寺との繋りを思わせる。しかし、このような大役を任されるまでの信頼を得られたのは、ひとえに光家の実直さゆえであった。

ただし、仁和寺との関係といえば定家も道助法親王と親しかった。親王が若い頃から和歌を通して深い交流があり、また法親王の下にいた覚寛法眼がたびたび定家宅を訪れていることが『明月記』で知られ、定家と仁和寺との縁もまた深かったことを忘れてはならないだろう。

なお嘉禄元年の光家出家と鎮西大風の記事は「国書刊行会」本では安貞元年四月に含まれているが、「時雨亭叢書」本により、錯綜であることが確認され、訂正されている。

天福元年(一二三三)四月一七日の夕刻、定家のところへ光家がやって来た。何と女子を伴っていたのだ。私たちはここで始めて光家に娘がいたことを知る。欠文があり定かではないが、この女子は賀茂弥平妻に養われていたようで、光家最愛の子と記す。宜秋門院按察の推挙により、宮仕えするため定家に毛車を借りに来たようで、従者を付けて貸してやっている。「今夜始めて濃き袴を着せしむ。老翁腰を結ぶ」とあるから、簡素ながらも裳着を行ない、定家が腰を結んでやったようだ。しばらくして定家宅に戻ってきた女子は、賀茂社の社司の車に乗って帰って行ったが、その際定家は彼女に、手本一枚を授けている。定家が孫にしてやれる、せめてもの贈物であったか。

光家は、天福元年(一二三三)、八月・九月・一一月と、この頃頻繁に定家を訪ねている。そして嘉禎元年(一二三五)五月六日、「浄照房来る」とある記事が、光家を確認できる最後である。時に定家七四歳、光家も五二歳であった。『尊卑分脈』によれば、光家には男子もいたようだが、『明月記』では何も知るところがない。

定修のこと

ところで光家には同母の弟、定修がいた。彼は山の僧で、しばしば定家を訪ねており、『明月記』には光家よりも定修の言動の方が詳しく記される。定修は光家より闊達で、何かあれば気楽に定家に相談するなど、あらゆる点で対蹠的な兄弟であったことが知られる。兄の光家は、嫡男為家の出世を願う定家から「外人」扱いされ、差別された。生来の律義さで人々の信頼を得たとはいえ、通常の親子関係を結べなかったのは、やはり不幸だった。その点早く出家した弟の定修は、為家と対比されることがなかった上に、その如才ない性格からであろう、定家とは良好な父子関係を結んでいた。定修を見るにつけ、光家が不憫に思われてならない。『明月記』からは、為家も含め定家と息子たちとの三者三様の関係が見えてくる。

2　因子と為家

さて因子《いんし》と為家《ためいえ》は、承久の乱（一二二一年）で一時は仕えるべき主を失うが、嘉禄元年（一二二五）以後の『明月記』には、順調に出世を遂げる二人の姿が描かれている。

為家について言えば、『明月記』の記述が抜ける間のことだが、承久三年に即位した後堀河天皇の内裏昇殿を聴されており、これが乱後における活動の出発点となる一方、貞応二年（一二二三）八月には『為家千首』を詠んでおり、和歌の道でも研鑽を積み始めていたことが知られ、父の跡を継ぐべき立場を自覚しつつあったと見る。

なお為家はこの間、承久の乱が起きる以前と思われるが、宇都宮頼綱《うつのみやよりつな》女と結婚している。この結婚や家族については後に述べるが、結婚が為家に自覚を促す役割を果したことも見逃せない。

為家「光臨」

『明月記』に再び多くの記述が見られる嘉禄元年(一二二五)から話を進めたい。六月に入り、長く左近衛中将だった為家は、西園寺実氏《さねうじ》(公経嫡男)から蔵人頭に推挙する旨を聞いている。これには公経の尽力があった。この除目のために公経は、何度も推挙を試みており、その甲斐あって、一二月二二日に為家は蔵人頭に任じられている。この日定家は、朝から冷泉の為家宅に何度も使をやって確認しているが、為家の妻より「喜悦の聞え有り」との報せを受けて感涙、為家からの書状を見てまた涙、という有様だったが、この日の感想を次のように記している。

今、此の恩に浴するの日、壮年猶早速《はや》し、多く先賢を超ゆ。二十八歳蔵人頭、将相の家猶以て幸運の輩なり。況んや時議偏えに厚縁を先となす。凡骨其の身を容れ難し。相門(公経)丁寧の吹挙にあらざれば、争《いかで》か此の望みを遂げん。深恩実に筆端の及ぶ所にあらず。即時又相門より芳礼に預る。

今回は、公経の懇切な推挙に心からの感謝を禁じ得なかったようだ。二三日に早速公経宅に向い御礼を述べ、妻を連れて冷泉に行き使者の到着を見届けている。二四日に禁色の宣旨も受けた為家は、道家・内裏・宜秋門院・安嘉門院・教実・公経に次々と拝賀をした。

こうして為家は、叔父公経の多大な尽力のお陰で、若くして蔵人頭に昇った。任命が年末のため、初出仕となった翌嘉禄二年(一二二六)元日の日記には、定家の親バカぶりが余すところなく記されている。

未の一点、頭中将光臨。新年の面目身に余る。（中略）六十五年の寿考、光華眼を養う。愚父の陰徳歟、子息の至孝なり。見る毎に欣びに感ず。是れ只外家の余慶なり。

そして

正月二日　日入る以前に頭中将又来臨。

正月三日　今日右幕下（実氏）出仕に（頭中将を）相具し給うの由を聞く。密かに一条室町の辺りに出て之を見る。

定家の喜びが手に取るように分る三日間の記述である。「愚父の陰徳」を書き落とさないところがいかにも定家だが、為家は全くもって「至孝の息子」ではあった。建久の政変のあと、「官途の望みを断つ」と兼実に語った頃、定家は従四位上左近衛中将で三三歳であった。対して為家は二八歳で蔵人頭。ついでに言えば、この年の四月一九日には参議兼侍従にまで昇っている。わずか四カ月後のことであった。これについても、「未だ三十に及ばずして八座（参議）に加わる。実に言語道断の事か」と記した上で、「眼前に公卿を見る。愚眼の宿運、身の運に似ず。驚奇するに足る」と綴っている。

定家自身と比べれば、昇進の早速さは雲泥の差であろう。ここまで来ると、定家も喜びを通り越し、驚奇に似た気分になっているのである。しかしこれも見方を変えれば、為家に相応の資質があり、仕事を処理できたゆえの結果であろう。

翌安貞元年(一二二七)の元旦、かねてからの約束により、為家は関白藤原家実《いえざね》より新車を賜っている。新年の拝礼に先立ち父の定家宅を訪れたところ、これを見た定家は「寿考六十六、眼前に金紫の栄を見る。眉目を望むに栄に過ぐ」と喜ぶ。「眼前に」という表現が、文字通り目の前で、新しい事態が展開している様子を端的に表わしている。

安貞二年(一二二八)末より、関白は道家《みちいえ》に替わり、為家は寛喜三年(一二三一)に正三位に叙され、四月には右近衛督も兼官。この時の除目で教実《のりざね》(道家嫡男)が左大臣に、実氏(公経嫡男)が内大臣となり、道家はじめ親しい人たちで政治の中枢が占められたのである。その中での勤めは、為家にとっても快適なものであったに違いない。

禁色へのこだわり

さて、同じ時期に為家の姉因子《いんし》はどうしていたのか。『明月記』嘉禄元年(一二二五)正月四日条に「女院女房初めて退出す」という記述が見える。この後も帰参・退出などが記され、因子が女院の許に出仕していたことが知られる。この女院とは、承久の乱後に即位した後堀河天皇の准后安嘉門《あんかもん》院邦子《いんくにこ》である。後堀河天皇の即位にあたり、天皇の父守貞親王(後鳥羽院兄)が後高倉院となり、天皇の姉邦子内親王が急遽准后とされたのであった。

為家が乱後、後堀河天皇に仕えたように、因子も乱後安嘉門院に仕えていた。しかしこの宮仕えは、因子にとってあまり好ましいものではなかったようだ。一〇月二四日条に「この出仕、始終更に詣づべからざる事といえども、近日人なきの由頻りに召すにより参ぜしむ」とあり、定家は因子の女院への出仕を快く思っていなかったのである。一二月二九日「退出〔元三は候さず〕」の記事を最後に翌嘉禄二年には女院に出仕した記述が見られなくなる。

理由は何だったのか。そのヒントは嘉禄二年七月二五日及び一二月一六日条の記事にある。これにより、定家は公経に、因子の禁色《きんじき》を許すよう働きかけていたことが分るが、その甲斐あって一二月一八日に因子の禁色が聴《ゆる》されている。日記には「男女両息、吹挙の恩に依り、各生涯の望みを遂ぐ、感悦身に余るの由を申す」と記し、ここでも尽力してくれた公経への感謝を記した後に、「予姉妹十一人、面々の官仕悉く此の恩有り」と書き、姉妹全てのプロフィールを書き上げた上、文末を「女子禁色、男子昇殿、時に付け御恩他に異る。下官の身に於ては此の恩許を以て微望の満足となす」と結ぶ。

定家の記す通り、異母姉も含め定家の姉妹、そして娘まで女院奉公の上に禁色を賜るのは並大抵のことではなかった。これも定家を取り巻く女性たちが優秀であったことの証であろう。定家が誇るのも納得がいく。

さて因子は、このような経緯で安貞元年(一二二七)一月一六日、為家の車で、家司らを従え、安嘉門院に出仕した。「去年心中冷然たるに依り籠居、本望を聴さるるに依り、今日参ぜしむ。今に於ては奉公の志を遂ぐべし」とあるように、禁色を認められなかったことが、昨年(嘉禄二年)因子を出仕させなかった理由であったと分る。

禁色にこれほどこだわったのには理由《わけ》があった。因子は後鳥羽院に出仕していた折、建保元年(一二一三)二月二三日、既に禁色を聴されていたのである。それが安嘉門院への出仕ではなかなか認められなかった。定家や因子が不満に思うのも無理はなかったのである。

中宮女房因子

二年後の寛喜元年(一二二九)九月、道家の女竴子《そんし》が後堀河天皇へ入内するにあたり、因子は竴子付きの女房として公経より出仕を懇望されている。竴子の母は公経女綸子《りんし》(『尊卑分脈』の記述にしたがう。倫子・掄子とも)であるから、竴子は公経にとっても可愛いい孫娘である。その女房に、かつて後鳥羽院の信頼を得ていた、姪の因子が付いてくれることを願ったのであろう。ただしこの出仕は、通常の女房奉公と違い、衣装代などにかなりの経済的負担がかかる。定家は有難い誘いとは思うものの、費用の面で躊躇している。

公経からこの話を初めて聞いた時、定家は早速忠弘のところへ行き、経費について相談している。忠弘から、用意できるのは「鵞眼六十一貫に足る無し」と報告を受けた定家、それでは衣装代しか出ないといい、「貧家の涯分実に計略なき事か、(中略)此の営み、前世の悪縁と謂うべし」とまで記している。

定家の心配をよそに、話は着々と進み、一〇月三日に因子の安嘉門院からの出仕替えが許された。出仕費用については、公経から少し援助する旨の恩言があり、定家は喜んでいる。

いよいよ竴子入内の日、因子の局《つぼね》の雑具が公経より調えられたがそれらは全て美麗であった。公経の心配りによって因子はついに局を与えられる女房にまで出世したのである。むろん公経は公経で、孫娘の入内のために贅を尽した調度品を整え、道家は道家で、娘の入内の経営に忙しかった。九条家の再栄、西園寺家(公経が北山の別荘に建てた西園寺が家名となる)の隆盛はこうした形で巡ってきたのである。それはまた、両家と深い繋りのある定家の家にも余慶が及ぶことを意味していた。

『明月記』一二月二九日条に、因子の年始の装束について、元日分・二日分・三日分と、細かく記されている。そこには童女たちの衣装も書き上げられており、装束にかかる費用が半端ではなかったろうと想像がつく。案の定寛喜二年四月五日、定家は装束の負担が大きいことを道家室の綸子に伝えてくれるよう、実氏に頼んでおり、八月一六日にも出仕の負担が堪え切れないと実氏に伝えている。

これより先、二月一六日、竴子は立后の儀を経て中宮になっており、これに合わせて因子は季節にあった萌木の匂を欲しているが、定家にはその余裕がなかったため公経が調達している。そして四月には季節に合わせて、局に美しい几帳の帷子などを賜っている。公経が中宮の調度を整えるついでに因子の分も引き受けているわけで、因子にとっては恵まれた宮仕えであった。五月には公経や中宮からも装束を賜っており、父親定家は周囲に頼るしかなかったようである。

寛喜三年(一二三一)二月一二日、中宮は待望の皇子秀仁《みつひと》親王(四条天皇)を出産する。因子はもとより為家も産養《うぶやしない》の行事に連日参仕しているが、そんな中、三月二八日に因子はこれまでの働きが認められ典侍《ないしのすけ》に任じられた。『明月記』には、これを機に貞子から因子に名を改めたとするが、これまで彼女の女房名は記されておらず、ここで初めて貞子の名で仕えていたことを知る。

ところで、因子を典侍に推挙したのは、後堀河天皇の乳母二品《にほん》成子である。実は彼女は、定家の異母姉後白河院京極《ごしらかわいんきょうごく》と藤原成親《なりちか》の娘で、定家の姪にあたる。かつては健御前《けんごぜん》が後白河院京極の世話になったが、今度は因子が京極の娘成子の応援を受けており、一族の繋りを感じさせるものがある。成子の勧めで為家が信濃の知行国主になった経緯は前の章で述べた。

皇子の誕生をうけて、翌貞永元年(一二三二)一〇月四日、後堀河天皇が譲位し二歳に満たない幼帝四条天皇が即位した。道家の男関白教実が新天皇の摂政となり、参議為家もますます活躍の場が広がることとなった。

年も改まった天福元年(一二三三)二月、為家は後堀河院より播磨国の一村を拝領する。そこは、既に定家たちが所有している細川庄の隣で、荒廃の地ではなく定家たちは喜んでいる。六日には、因子も実氏より播磨の郷を賜るが、これも既に所有している越部庄の隣郷で、年来この地を希望していただけに定家たちは感悦している。子供たちの活躍のお陰で定家の家の庄園も少しずつ増え、経済的基盤もよくなったと言えよう。

因子姉妹の出家

四月三日、中宮竴子に藻壁門院《そうへきもんいん》の院号が下されるが、その時中宮は次の子を懐妊していた。因子も順調に女房の役を勤め、人々と共に幸せな日々を過していたかに見えた。

しかし不幸は突然訪れた。九月に入り中宮の容体が突如悪化、一八日に皇子を死産の上自身も絶命する。孫娘を失った公経は、子供のように声をあげて泣いたと定家は記している。

女院の臨終に立ち会った因子は強く出家を望み、定家もこれを許している。妹の香も、もともと出家の本意があったので、この際姉と共に出家したいと懇願し、定家はこれも許した。香について定家は「年三十八、無二所歴一、思い取る所隠便の事なり」と記す。これまで香の名は日記にもあまり登場していない。「所歴なし」とは勤めた年数が少ないということで、そんな香の将来を案じた結果の選択であろう。姉妹そろって二三日に、興心房を戒師として出家を遂げた。

女院の葬儀は九月三〇日に行なわれ、定家も為家と共に参仕している。為家は、一〇月九日に自身の宿願として女院の追善供養を催しているが、外出をほとんどしなくなっていた定家も、連日女院の仏事に参仕した。そして一一日、妻・光家・娘たちと同様、自身も出家を遂げたのである。公経や道家には為家より知らせているが、『明月記』には出家の理由を記していない。時に、定家七二歳であった。

主を失った因子は一条京極の定家宅に移るが、引き続き後堀河院に祗候《しこう》する。女院の死の悲しみがまだ癒えない、翌文暦元年(一二三四)八月六日、今度は後堀河院が崩御する。二三歳の若さであった。天皇即位の時より奉公してきた陰徳により、為家は臨終に際して拝顔を許されている。

再び「天の音楽を聞く」

失意の日々を送っていた嘉禎元年(一二三五)一月一九日、為家が急遽除目の執筆を行なうことになったと聞き、定家は「天の音楽を聞くが如し」と記す。除目会議の記録は凡庸の公卿にはできない仕事だったからである。為家が蔵人頭になった時と同じ言葉を久しぶりに使った定家。後堀河院が亡くなった後も活躍する息子を、あらためて頼もしく思ったのである。

その後為家は、嘉禎二年(一二三六)に権中納言に、そして仁治二年(一二四一)二月一日、ついに権大納言に任じられている。この間、嘉禎元年三月二八日に、摂政教実が二六歳で急逝、父道家が摂政に戻り、幼帝四条天皇を支えることになる。天皇にとっては外祖父にあたり、遠く道長の時代を思い起こさせる。当然為家も、道家のブレーンとして四条天皇を支え、実氏たちと朝廷の中心に籍を置いたのである。残念ながら、嘉禎二年より『明月記』は残存せず、定家の生の声を聞くことはできない。

ところで道家は、嘉禎元年（一二三五）三月から嘉禎三年（一二三七）三月までの二年間、四条天皇の摂政であった。考えてみれば『明月記』の時代、天皇の母は、平氏や源氏出身の女性がほとんどであり、天皇の外祖父が摂政となるのは、実に道長が娘彰子《しょうし》の産んだ後一条天皇の摂政となって以来のことである。道長の長男頼通《よりみち》は、長く摂関の座にあったが、それぞれの天皇の外祖父ではなく、姉妹の産んだ天皇の摂関であった。このように見てくると、道家の時が正真正銘の摂関政治であり、最後の摂関政治であったと言えよう。加えて道家は、鎌倉四代将軍頼経《よりつね》の父でもあり、幕府と朝廷の双方に力を持った、史上唯一で最強の摂政であり、希有な存在であった。

定家の本願成就

為家や因子の成長した姿を主に見てきたが、同じ頃の定家についても少し記しておきたい。

因子が中宮竴子の女房として出仕し始めた寛喜二年（一二三〇）、定家は突然中納言への昇進を強く望むようになる。一〇月九日には申文のような書状を道家に進上。その後は中宮に祗候していた因子や、後堀河天皇に仕える為家に、除目の様子を確めさせる一方、子供たちを通して何度も道家に任官の希望を伝えている。永年の望みであった正二位の位も、参議の地位も手に入れ、子供たちの出世を見守る立場にありながら、この期に及んでのこの「所望」、『明月記』を読みながらいささか閉口させられる。毎日のように定家を訪ねていた為家の足が遠のき、数日顔を見せないことが増えたのは、さすがの為家も敬遠していたのだろう。

定家の望みはすぐには実現せず、除目も次々に先送りなどされたあげく、翌々年貞永元年(一二三二)一月の除目で、ようやく「権中納言」に任じられ面目を施している。しかし、この年の一二月一五日にはこれを辞しており、老いてもなお〝自己中〟で人騒がせな定家であった。

『新勅撰和歌集』撰進

この貞永元年には譲位が行なわれ、後堀河天皇が上皇となるが、六月一三日、定家は院より勅撰集(『新勅撰和歌集』)撰進の下命を受けている。一〇月二日、序と目録を奏覧、一年余りを費して撰集を行なうが、再び勅撰集が撰集されるという噂を聞いた人々が、定家を訪ね入集を希望している。佐渡の順徳院も入集を期待しているとの話も耳に入ってきた。腰痛に悩み、体調を崩しながらも、文暦元年(一二三四)六月三日には、何とか草稿本を仕上げる。しかし、まさに上皇に手渡そうとした直前の八月六日に後堀河院が崩御した。これを聞いた定家は翌日、せっかく成った草稿本を焼却してしまう。「勅を奉りて未だ巻軸を調えざる以前に、この如き事に遭う。更に前蹤なし。冥助なく機縁なきの条、已に以て露顕す」というのが焼却の理由であった。内容は完成しており、あとは体裁を整えるだけの状態であったものを焼いてしまう。定家の本性がもろにでた振舞であった。

結局その後仕末は道家が引き受け、草稿を探し出して撰集の作業を継続、清書は藤原行能《ゆきよし》に任せ嘉禎元年(一二三五)三月に完成した。定家は、その『新勅撰和歌集』をすぐに書写しているが、これも定家流であった。何はともあれ、こうして一生に二度の勅撰和歌集撰進の大役を果した定家。北条泰時《やすとき》からも、勅撰集入集の礼状が届いているが、それには定家のことを「当代一の和歌の上手」とあった。定家にとってこの上ない名誉であったろう。

3　為家の家族

関東の女房

嘉禄二年(一二二六)一一月から翌年にかけて、『明月記』には「関東の女房」の上洛をきっかけに、京都の女房たちを巻き込んだ一連の動きが記されている。その雰囲気を実感するため、記述のまま書き出してみる。

　一一月一一日

今日関東の女房入洛すと云々。

一一月一二日
昨日、東方の女房粟田口に車を儲け、先ず冷泉に入るの後、周防の宿所に宿す。（中略）後日四条東洞院に居るべしと云々。
一一月二一日
冷泉の女房・母堂・祖母来会。冷泉に此の家の人々又行き向いて対面と云々。
安貞元年（一二二七）
正月二三日
今日遠江守時政朝臣後家〔牧尼〕、国通卿〔聟〕、有巣河《ありすがわ》の家に於て、一堂を供養〔十三年忌の日と云々〕。宰相の女房并に母儀〔宇都宮入道頼綱の妻〕、昨日彼の家に向う。亭主語る、公卿宰相、殿上人を招請。（中略）関東又堂供養と云々。余慶家門を照すか。
正月二七日
関東の禅尼、今暁子孫の女房を引率し、天王寺并に七大寺・長谷に参詣す。東大寺に於て万燈会と云々。
三月二二日
冷泉女房の外祖母〔時政朝臣の後家〕来臨、冷泉消息に依り、禅尼行き向わる。愚老此の如き事を知らず。只惘然たるの外、他無し。

上洛した「関東の女房」(「東方の女房」とも)が冷泉に来て「冷泉の女房」や「此の家の人々」と対面したことなどが分るが、事情がいま一つ汲み取れないまま読み進み、安貞元年正月二三日条に至ってようやく事情が読めてきた。

宰相(為家)の妻は宇都宮頼綱《よりつな》の娘で、妻の母は北条時政《ときまさ》と牧方《まきのかた》の娘であることが分った。何と、為家は北条時政の孫娘と結婚していたのである。これ以前、「為家妻は宇都宮頼綱女」と書いてきたが、『明月記』のこの個所で私たちは初めてその事実を知ることになる。前掲の記事は、関東から為家妻の母(宇都宮頼綱妻)と祖母(牧尼)が京に来て、定家の家族に会ったこと、また牧尼(牧方)が時政の十三回忌の供養を京や奈良で行なったことを語るものであった。

興味深いのは、為家宅に来た牧尼に会うため、禅尼(定家妻)が冷泉に出かけたが、そのことを愚老(定家)は知らされていなかったことだ(三月二二日条)。女房たちが賑やかな時を過している間、亭主は〃かやの外〃――。昔も現代《いま》も変わらないようだ。

牧方の陰謀

それにしても、牧方といえば、北条時政の後妻となり、京都守護職に就いていた女婿の平賀《ひらが》朝政《ともまさ》を、実朝に代えて将軍にしようと時政と陰謀を企てた人物である。この企ては失敗、時政は子の政子・義時によって執権の地位を追われ、出家して伊豆に退いている。この陰謀によって、彼女は悪女として名が高い。その牧方が、『明月記』に為家の外祖母牧尼として登場しようとは、驚きである。

それればかりではない。為家の妻の父は、牧方の陰謀事件に、当初与同したとして嫌疑をかけられた宇都宮頼綱だった。『吾妻鏡』によれば、頼綱が牧方の女婿であったことからこれに与同し、一族郎等を率いて鎌倉に向うとの風聞に、大江広元《ひろもと》らが急ぎ尼御台政子《まさこ》の亭に集まり評議したとある。しかし頼綱は、広元に書状を送り、自分は陰謀のことは何も聞いていない(与同していない)と伝えた上、「遁俗(出家)」、彼に従って出家した郎従は六〇余人にのぼった。また出家した証に切り取った髻《もとどり》を広元に献じている。結局頼綱は罪に問われることはなかった。出家した頼綱は蓮生と号している。

実は、前述の関東の女房らが入洛する一カ月前の一〇月一一日に、頼綱も入洛していた。『明月記』一〇月一三日条に「宇津宮入道、一昨日入洛。入道一人と唯二人騎馬。法師原少々歩行と云々。偏えに是れ法文を学ばんがためなり。明年一年を過し帰るべしと云々」とあり、頼綱は仏法を学ぶために一年間京に滞在する予定で、供もほとんど付けず入洛したようだが、彼の上洛も牧尼主催の時政の供養が目的だったのであろう。

京中騒動と定家

時間を遡らせることになるが、この牧方の事件は、平賀朝雅が在京中だったこともあり、騒動は京中に広がり、『明月記』によれば定家もこれに巻き込まれていたことが分る。

元久二年(一二〇五)閏七月二六日朝、院御所に武士が群集し、門は閉ざされ出入禁止になっている旨を聞いた定家は、急ぎ良経《よしつね》の許に参っている。「関東より朝雅謀反により追討するようにとの実朝加判の状が届いた」とか、「時政の嫡男相模守義時が時政に背き、将軍やその母(政子)と同心して継母(牧方)の党を滅した」などの情報が飛び交っていた。良経は院の招きで御所へ向ったので、定家は帰宅したが、途中、武士が朝雅宅に向っていた。家で休んでいると南方に火の手が上がる。武士たちが朝雅宅に火を放ち朝雅方も応戦、流矢に当る者多く逃げ帰っていると聞いた定家は、直ちに良経の三条坊門殿に駆け付けている。ここは戦場になっているからと、早く若君(基家《もといえ》)を他所に移すよう促すが、女房が基家の不例を理由に渋る。そこへ兼時《かねとき》朝臣も来たので、二人で女房を説得して基家を抱き、車で宜秋門院《ぎしゅうもんいん》御所に移した。定家はその足で兼実と良平の屋敷にも行って状況を説明、九条殿の女房らにも説明した上で退出。定家が東洞院を北に進み、七条辺りに来た時、障子や翠簾、屋の雑具などを持った(盗ってきた)数多くの者たちと出会う。皆口々に、朝雅は既に逃げたので壊れた宅の物を取ったのだと言う。朝雅の六角宅の前を通ると、寝殿が燃えており、定家は無常を感じる。この後良経宅に参じた定家は、朝雅が金持《かねち》という武士に打ち取られ、その首は院御所で御覧の上、松の枝に懸けられたこと、また時政が頼家と同じように伊豆に幽閉され出家したことを聞いている。

定家は「源平の合戦」も「承久の乱」も、京中での戦いについては、『明月記』には記していない。もっとも後者は本文を欠いていた時期なので、関係記事の有無を判別できないが、「紅旗征戎《こうきせいじゅう》吾が事に非ず」という定家の信念に従えば、ここでも記していなかったとみる。従って武士たちの戦いの様子が記録されるのは、この朝雅追討の時だけである。しかも、平素はほとんど自分から行動を起こさなかった定家が、この時ばかりは危険を察して幼い基家の救出に奔走している。これほど行動的な定家を見たのは、後にも先にも、この時だけである。

戦乱の中でも雑物を我先に取っていく、たくましい民衆の姿も描かれ、朝雅追討の日の日記は、普段見られない定家の一面や、戦乱の京中を垣間見ることができ、貴重である。

それにしても、この事件の主謀者である時政と牧方の孫娘で朝雅の姪が、後年この年八歳だった息子為家の妻になろうとは、この時夢にも思っていなかったであろう。『明月記』のこの前後を読んだ時、不思議な感覚にとらわれたことを、いまも鮮明に思い出す。

為家の結婚

話を為家の結婚に戻そう。宇都宮頼綱女との結婚は、貞応元年(一二二二)に長男為氏が生まれているから、その前年の承久三年(一二二一)、ただし乱が起こる五月以前のことと思われる。ついで、元仁元年(一二二四)四月に次男為定《ためさだ》(のちの源承)、安貞元年(一二二七)閏三月二〇日に三男為教《ためのり》が生まれている。為教誕生の年の一月二七日には、前述したように牧尼が子(頼綱妻)や孫(為家妻)を伴って天王寺などへ参詣するが、妊娠中の為家の妻が同道していたため定家は「冷泉の女房妊者なり。善事と雖も穏かならざる事か」と記している。定家ならずとも、無謀と思われても仕方のない参詣であろう。為教が無事に生まれたのは仏の加護とでも言うべきか。それにしても陰謀事件の当事者であった関東女房、牧尼の行動力には驚かされる。

為家には、末っ子の女子がいた。彼女の誕生は天福元年(一二三三)九月一九日だが、前述したように、その前日一八日に藻壁門院が出産の末に亡くなっており、定家ら家族全員が心配していたが無事出産を遂げることができた。この女子は為子《ためこ》と名付けられ、三人の男児の後に生まれたので、為家はもとより定家にも鍾愛されている。定家が為子を預かる時は、「冷泉の姫君渡らる」などという工合であった。

『明月記』は嘉禎元年(一二三五)で終わっている。従って為家と、成長していく四人の子供たちとの関わりについては見届けることができない。それに『明月記』を俊成・定家・為家の三代の記録と言った手前ここで終わってしかるべきだが、御子左家《みこひだりけ》が冷泉家として生まれ変わる世代なので、子供たちのその後について少しだけふれておきたいと思う。

子供たちの日吉社参

長男為氏《ためうじ》は、寛喜元年(一二二九)一月五日に従五位下に叙され、翌寛喜二年には九歳で侍従に任じられている。この時為家は既に参議兼侍従、翌年正三位右兵衛督と順調に昇進し、それに伴い長男為氏の叙位任官も順調に進んでいる。

仁治二年(一二四一)二月一日、為家はついに権大納言となるが、為氏は既に左中将であった。為家は任権大納言の後、直ちに為氏を伴い日吉社に御礼の拝賀に出かけており、その時次のような和歌を詠んでいる(『続後撰集』)。

老いらくの親のみる世を祈りこし　我があらましを神や承《う》けけむ

老いた父(定家)はこの年八〇歳であった。その父が生きている間に、宿願である先祖長家《ながいえ》由来の官職、大納言に任官することを願ってきたが、神はその願いをついに叶えて下さった、と心からの感謝を述べたものである。御子左家の子孫として本願成就を果したのであった(一六七頁の表参照)。

のちに、文永四年(一二六七)二月二三日、為氏もまた父為家と同じく権大納言に任官。その折も、任官後すぐに父為家と同様、中将になっていた長男為世《ためよ》を伴い日吉社拝賀に出かけている。為家の嫡男もまた順調に出世し、父と同じ職に就き、そのあとを孫為世が追っている。定家が為家のために敷いたレールは、ずっと続いていたのである。

息子為家が大納言になった姿を見て安堵したのであろうか。その年の八月二〇日に、定家は永遠の眠りについた。為家は定家が誉めたように「至孝の息」であった。

ところで、前掲の為家の和歌からも知られるように、定家たちの日吉社参はもっぱら自身の心願成就のためであった。定家が熊野御幸から帰ったその足で日吉社に参ったように、望みが叶ったら必ず御礼の社参をしていることが窺える。

嘉禎元年(一二三五)正月一七日、定家は孫の為氏を連れて日吉社に参詣している。翌朝には帰京しているが、忙しい為家の代わりに為氏を連れて行ったのであろう。定家は老いのためか、この数年日吉社に参っておらず、この時が『明月記』で確認できる最後の日吉社参詣であった。

最後に、為家の二男為定《ためさだ》についてふれておきたい。為定は定家が養育していたこともあり『明月記』に記述は多い。この為定は、寛喜元年(一二二九)一二月一〇日、外祖父宇都宮頼綱の引導で、頼綱の知り合いの老尼の猶子となった。定家は一二日に冷泉邸で頼綱と心閑かに言談をしているが、為定の今後について話し合ったのであろう。世相や和歌にまで話がはずんだのかもしれない。

天福元年(一二三三)一一月五日、為定は為家に連れられ、吉水《よしみず》で出家。六日に受戒した。一二月一八日に定家を訪れた為定について、定家は次のように記す。

孫次郎童来る。(中略)久しく見ざるの間に成人す。此の童、本より器量の気有り。二親愛せざるに依り、出家に赴く。七十年の憂労、興し得たる所の家跡、子孫に至り又疎路の名字なきか。悲しむべく痛むべし。保安以後九十一年、維月の名断絶す。又以て斯の如きか。

両親(為家と妻)が為定を愛さないので、器量があるにもかかわらず出家の道に進んだことを、定家は歎いている。和歌の家の行く末についても憂えているが、長じて源承と号した為定は和歌もよくし、『源承和歌口伝』を著している。それにしても、定家は長男光家を疎略に扱い、為家ばかりを愛したが、その定家の口から「二親愛せざるに依り」との言葉が出るとは。光家をもっといとおしんでやれなかったのであろうか、と思ってしまう。

ともあれ為家の四人の子供たちはそれぞれ順調に成長し、末娘為子も和歌の上手な娘に育ったようだ。

4 為家と関東

一条能保の女たち

ところで、為家はどのような経緯で関東の武家、北条時政の孫娘と結婚したのだろうか。冷泉家の将来に関わることなので、最後に確めておきたい。ただし『明月記』の欠けた時期のことでもあり、為家の周縁からその事情を探ってみたいと思う。

まず、前にも述べたが為家を常に支援してくれた公経《きんつね》の妻は京都守護職一条能保《よしやす》の娘であり、定家の仕えた九条良経《よしつね》の妻もまた一条能保の娘であった。加えて一条能保は、将軍源頼朝の同母妹を妻に迎えており、公経と良経の妻たちは頼朝の姪にあたる。公経と良経が共に親幕派の公家だったのも、このような姻戚関係によることは明らかである。

次に、公経と能保女の間の子綸子《りんし》(倫子)は、良経と能保女の間に生まれた嫡男道家に嫁しており、彼らの四男三寅《みとら》は、実朝の死後、将軍になるべく幼くして鎌倉に下っている。三寅を次期将軍に推したのは他ならぬ公経であり、承久の乱時院の動きをいちはやく関東へ知らせたのも公経であった。それを察知した後鳥羽院は、公経と嫡男実氏《さねうじ》を逮捕監禁し、これが院の破局の幕開けとなった。

乱後、公経は幕府の後ろ盾により関東申次《かんとうもうしつぎ》として、朝幕間の調整を担い、太政大臣にまで昇る。嫡男実氏もまた順調に官位を上げ、摂関家と並ぶ家格となった。他方、良経は承久の乱以前に早逝していたが、嫡男道家《みちいえ》は公経の庇護を得て、九条家の当主として順調に官位を伸ばしている。その道家に小さい頃から供奉して九条家に仕え、また公経の甥でもある為家に、関東との繋りができたとしても一向不思議ではなかったのである。

嘉禄元年(一二二五)一二月二九日、三寅の元服が鎌倉で行なわれた。この元服は、七月一一日に亡くなった北条政子が生前言い残していたものである。その三寅を将軍に立てるにあたり、藤原氏を源氏に改姓することの可否を道家は定家に相談しており、定家は「御名頼経と云々。藤氏の(が)源氏となる、未だ聞かざることか」(嘉禄二年正月二六日条)と批判しているが、正論であろう。結局三寅は藤原頼経《よりつね》として、一月二八日に正五位下征夷大将軍に叙せられ、晴れて第四代鎌倉将軍となった。

係累を辿るなかで、頼経の将軍就任にまで及んでしまったが、為家の結婚の背景には、これほど多様に関東との深い関わりがあったことを知る。なかでも公経や道家の存在が大きく、その口入の可能性が考えられよう。

国通の存在

しかしこれとは別に注目したいのが、定家妻と同母の兄弟、藤原国通《くにみち》の存在である。国通は妻の母が、高倉大納言こと藤原泰通《やすみち》との間にもうけた男子で、実はこの国通が、北条時政と牧方との間の女子と結婚しているのである。従って為家の妻は、国通の姪にあたる。為家が時政の孫娘と結婚したのは、このような縁から、定家妻の母や国通の後押しで実現したのではなかろうか。

嘉禄二年一一月一一日、牧尼が娘〔為家妻の母〕と入洛、為家の冷泉邸を訪問したことは前に述べたが、その一カ月前の一〇月一一日に為家妻の父、宇都宮頼綱が入洛。二日後の一三日には、「国通朝臣〔日来関東に在り〕参会、〔中略〕、暫く京に在るべしと云々」とあり、同時期に国通も京都に来ていたことが知られる。

そして国通は、翌年一月二三日の時政十三回忌の供養も牧尼と共同で行なっている。どうやら国

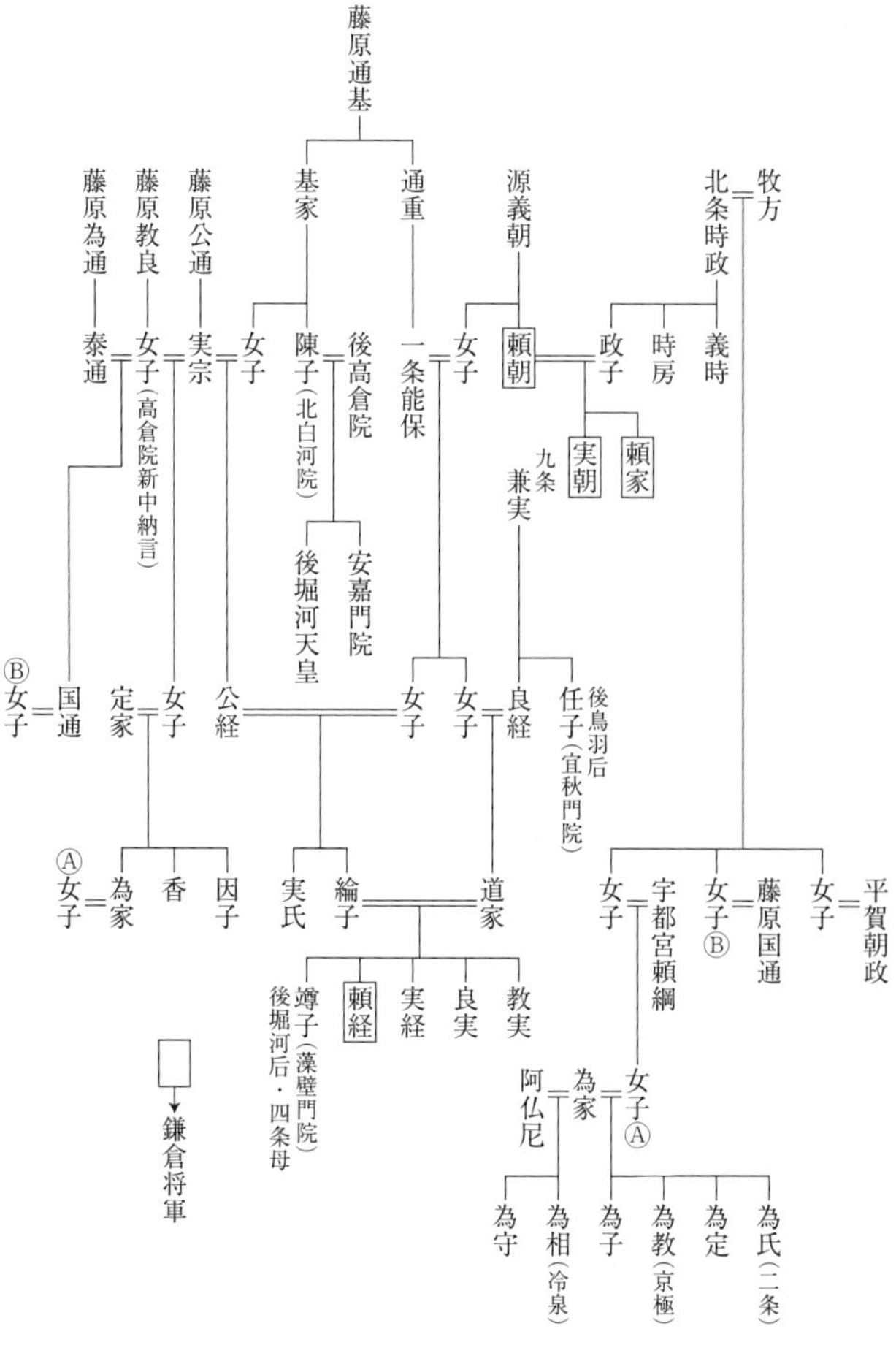

図 16　為家関係系図　為家と関東

通は、牧尼の入洛に際し、一足先に関東から帰洛し必要な準備を行なったものと思われる。定家妻が為家の冷泉邸で牧尼と何度か会っているのも、異父兄弟国通を通して、知己の間柄であったからかもしれない。

このように見てくると、嘉禄二年(一二二六)関東から大挙して上洛した人たちは、時政十三回忌の供養に加え、この年四月に蔵人頭から参議になり、一一月には従三位に叙された為家の官・位昇進祝いを兼ねて京都に集まったとも考えられよう。

のちに、為家の四男為相《ためすけ》(母は阿仏尼)は鎌倉に住み、歌で名声を得ると共に鎌倉文化の発展に貢献している。このように為家と関東との縁はこの先も続いていくのである。

現鎌倉市扇ガ谷の浄光明寺には、この地で没した為相の墓がある。

第一〇章 嵯峨の日々

初冬の嵯峨山荘跡

1　嵯峨中院山荘

定家は、両親と住んでいた五条京極邸を出たあと九条、次いで冷泉に住み、最後に一条京極邸を営み終の住処《すみか》とした。その時々の生活の場であり活動の拠点であったこれらの居所については以前の章でふれたが、これまで取り上げていない住まいが一カ所あった。洛西嵯峨《さが》に結んでいた嵯峨草庵である。『明月記』正治元年（一一九九）正月三〇日条に、この日家司《けいし》として仕える九条家の勤めを終えたあと、「嵯峨へ行き、宿す」とあるのが初見で、翌日昼過ぎに九条に帰っている。そして前の章でも述べたように、二月八日には女房を伴って嵯峨へ行き、一〇日は清涼寺《せいりょうじ》へ詣でている。一一日は忠行《ただゆき》少将と東家《あずまや》で談話の後清涼寺へ参詣。一二日に嵯峨から父俊成の住む三条坊門邸へ行き、一四日の早朝九条に帰ったとある。

二月三〇日の場合、早旦（九条から）高倉へ行き、（そこから）女房を相具して嵯峨へ向い、釈迦堂（清涼寺）に詣でたのち、（山荘で）沐浴している。

『明月記』に出始めた時期の嵯峨山荘に関連する記事をそのまま列挙してみたが、それにより嵯峨山荘のイメージがおのずと浮び上ってきたように思う。すなわち定家にとって嵯峨の山荘は、仕事を離れた時に出かける所、いうなれば脱日常の場所であった。しばしば女房子供を伴って出かけたのもそれで、山荘では沐浴湯治《もくよくとうじ》で身体を休め、近くの清涼寺や法輪寺《ほうりんじ》へ参詣して心を慰めている。来客と談話した「東家《あずまや》」は、庭の点景として設けた素朴な建物であったろう。小倉山の東麓にあり、広くはない山際の庭。そこには閑寂な時間が流れていたことだろう。

留意しておきたいのは、この嵯峨山荘への往来に当り、出発もしくは帰着が、主として九条であったことである。九条とは九条家の邸宅(九条殿)の北隣にあった宿所で、兼実《かねざね》の家司として奉仕した時の拠点である。良経《よしつね》が左大臣・摂政となるにしたがい、定家も京中の居所を求め冷泉に居を構えるのは、この二年後である。嵯峨山荘の初見からしばらく後の三月一八日には雑舎が完成。そして三月二四日から四月一八日にかけて湯治のために嵯峨を訪れた定家は、雑舎や庭の整備を行なっている。本宅の冷泉邸より一足先に嵯峨の山荘を整えたことが知られ、この場所が定家にとって憩いの場として大切な地であったことが見てとれよう。

嵯峨と大原

ところで嵯峨といえば、虚実ないまぜながら、祇王《ぎおう》・祇女《ぎじょ》や仏御前《ほとけごぜん》、あるいは小督《こごう》など、『平家物語』に登場する悲運の女性たちが隠棲したような土地柄がイメージされる。事実、定家の山荘の敷地内には、平宗盛の墓所堂(一間四方の建物。四天王寺へ移される)があったといい、付近には若くして没した兼実の息、良通《よしみち》、あるいは定家妻の父、入道実宗《さねむね》の墓所堂などがあったというから、定家の山荘がある一帯は、遁世隠棲にふさわしい環境であったことも確かである。

ただし同じ遁世隠棲の地といっても、洛北大原《おおはら》は、嵯峨とはかなり趣きを異にしていたと思う。盆地という閉された地形も無関係ではなかろう。ここでは、兄弟で隠棲した大原三寂(寂念・寂超・寂然の三兄弟)をはじめ、定家と同じく和歌所の寄人となり、一時期同僚だった鴨長明も、日野に隠棲する前、大原で遁世を体験している。大原の地は、本格的な遁世者のための土地であり、大原へ行くとはすなわち遁世を意味していた。

それに対して嵯峨は、伊勢の斎王《さいおう》が精進潔斎の生活を送る野宮《ののみや》の地でもあったように、閑寂な雰囲気があり、隠遁の場というより、俗世とは少し隔りを持つ、非日常の空間として受け止められ、求められたように思われる。定家が市中の住居の整備に先んじて洛外嵯峨に営んだ山荘も、まさしく日常の雑事から解放される場であったといってよいであろう。

嵯峨には前述したように、兼実の息、良通の墓所堂があり、忌日には嵯峨で仏事が催されている。正治二年(一二〇〇)二月二〇日、良通の忌日仏事に参仕した定家は、共に供奉していた能季《よしすえ》・信光《のぶみつ》・清実《きよざね》を山荘に招き、沐浴させて小膳を出し、もてなしている。八月一六日には、兼実が再び良通の墓所に参ったが、その帰路、定家の山荘に立ち寄っており、その時の様子を『明月記』は次のように記す。

御輿を中院草庵に舁き入れらる。面目恥辱計り会う。蔀を上げしめ、内を御覧じ、勝地の由、仰せらる。

兼実を迎え入れて「面目恥辱」とは面白い表現だが、どんな気分のことだろうか。「計会」とは一つに重なり合う意であるから、来宅して頂いて名誉だが、みすぼらしい所で恥ずかしい、名誉と恥辱が半々、といったところか。内部を見た兼実からは、「勝地」という言葉をかけられている。素晴らしいところだと誉められたのであった。

これを機に、嵯峨の山荘は定家にとって、いささか自慢の場所となったと思われる。ちなみに、嵯峨山荘を「中院」と記した初見はこれ以前、二月一五日だが、兼実来訪の時は「中院草庵」と出て来る。

元久二年（一二〇五）一〇月八日、後鳥羽院の近臣清範《きよのり》が、西郊（嵯峨）へ行きたいと言ったので、承知した定家は仲間に連絡し、当日はまず源具親《ともちか》の許に向い、同車して法輪寺に詣でる。一時《いっとき》余り後に雅経《まさつね》・宗宣《むねのぶ》・清範・秀能《ひでよし》・宗円《そうえん》法眼が会合し、嵯峨の草庵で酒饌を供し詠歌をした。月に乗じて騎馬で京に帰った、とある。この時期、ほぼ毎日顔を合わせていた和歌所の寄人仲間を中院草庵に招き、皆で和歌を詠じ酒を楽しんだというのだ。人付き合いを好まなかった定家だが、こうした脱日常の場では、かえって気脈を通じ合えたのであろう。

2　小倉百人一首

嘉禎元年（一二三五）三月から体調不良が続いていた定家は、療養のため四月一三日に嵯峨に赴いている。

この日は賢寂《けんじゃく》（忠弘入道）や、息子の為氏を連れた為家らが嵯峨にやってきて、しばらく中院に留まることになった。定家の病状を聞き、京より見舞の客が次々と来るが、定家は家司に対応させ、人々に会わなかった。為家も仕事の合間を縫って、嵯峨と京中を往復しているから、定家の体調はよほど勝れなかったのであろう。

一〇日余りの静養で少し気分もよくなったのか、二三日に宇都宮頼綱《よりつな》の中院山荘に行き、藤の花を見ている。

ところで、この頼綱がいつ嵯峨の住人になったのか、詳しくは分らない。前章でも述べたように頼綱は、嘉禄二年（一二二六）一〇月一一日に法文（経文）を学ぶために入洛、翌年には帰る予定であった。ところが入洛後九年を経たこの時期でも京都に住んでいた。その間、一度も帰郷しなかったとは考え難いので、これは帰郷後改めて入洛したものであろう。そしてある時期、定家の山荘に近い嵯峨中院に住むようになった。頼綱にとっても、嵯峨が好ましい場所だったのであろう。こうして定家と頼綱の親交は、嵯峨においてより深まったのである。

五月一日、頼綱に何度も招請されていた定家は、周囲には病気と告げている手前、他人に見られないよう注意を払いながら中院に向い、為家も加わっての連歌の会を行なっている。頼綱も和歌を得意としていたから、定家とは和歌を通しても親交を結んだことが窺われる。

その翌日、定家の体調の好転を見て、家族で嵯峨に来ていた為家一家が帰京。五日には、定家自身も栖霞寺《せいか》（清涼寺）に参詣した後帰京している。翌六日の日記に「三比丘尼嵯峨より帰り来たる」とあるので、定家の妻と娘の因子、香たち三人も嵯峨に逗留し、定家の世話をしていたのである。

注目されるのは、同じ六日条に「浄照房来たる」と記されることだ。例の如く、定家は簡単にしか記さないが、これは浄照房こと光家が、山荘に顔を出すのは憚られたのであろう、父定家の病状を心配して、帰宅早々の定家を一条京極邸に訪ねたと考えられる。そしてこれが、浄照房（光家）の名が確認できる最後である。父に疎まれながらも最後まで律儀な光家であった。

以前定家の姉健御前《けんごぜん》が体調を崩した折、自身の最期を覚悟して嵯峨に向い、来客を全て断わり誰にも会わなかった。定家も今回は、死を覚悟の逗留だったのであろう、家司を通して来客を全て断わっている。定家の脳裏には、頑固なまでに来客を断わった姉の姿が浮んでいたに違いない。

ところがこの時の定家も、健御前と同様、体調が回復。帰京した定家は、『土佐日記』や『古今集』などの典籍の書写に取り組み、依頼された和歌の加点なども精力的にこなしている。

百人秀歌の撰定

そして晩年における最後の仕事となったのが、『小倉百人一首』の原形である「百人秀歌」の撰定である。頼綱の依頼で、彼の中院山荘の障子に貼る色紙に、古来の人の歌を一首ずつ書いたもので、『明月記』嘉禎元年(一二三五)五月二七日条に「古来の人の歌各一首。天智天皇より以来、家隆、雅経に及ぶ」と記している。撰んだ「百人秀歌」を色紙に書いて頼綱に贈っており、これが『小倉百人一首』の草案となった。定家の撰歌は百一首に及んだが、後鳥羽院と順徳院の歌は入っていなかった。順徳院はまだしも、定家の同時代における卓越した歌人であった後鳥羽院を除外したのは、明らかに公正さを欠く撰定といわねばならない。定家がそのことを百も承知でこの人撰を行なったのは、ひとえに依頼主宇都宮頼綱の立場を慮っての措置であったと思う。牧方の事件で謀反の嫌疑を受けて遁世した頼綱である。事件から三〇年が経っているとはいえ、そのイメージが完全に払拭されたわけではあるまい。まして五月一四日には、道家が申し入れた後鳥羽・順徳両院の帰京を、幕府が拒否したばかりである。そんな折に頼綱が、二上皇の歌を自邸の障子に貼ったとなれば、再び嫌疑を受けることも十分あり得たであろう。

従って、その後両院の歌が加えられたのは、鎌倉幕府の威光が衰えた時期のことと見るが、その年代は分らない。周知のようにこの『百人一首』は、江戸時代に「かるた」として流行し、広く民衆にも知られるようになった。天智天皇に始まり、順徳院で終わる現在の『百人一首』は、それぞれの時代の秀歌を学ぶことのできる最高のテキストとなっている。定家の撰んだそのままではないが、百人秀歌の撰定は、定家が和歌史上に残した足跡として高く評価されるべきものであろう。

現存する『明月記』は、嘉禎元年(一二三五)一二月三〇日で終わっている。その最後の一年に、嵯峨で過した日々、宇都宮頼綱との交流を見出すことができるのも、嵯峨を愛した定家の日記にふさわしいものであろう。

為家と阿仏尼

最後に為家について付け加えておきたい。為家は仁治二年(一二四一)定家が没した後も、四条天皇亡き後、後嵯峨天皇に仕えている。宝治二年(一二四八)後嵯峨院より、勅撰集(『続後撰和歌集』)撰進の下命を受け、建長三年(一二五一)に奏覧。祖父俊成、父定家に続き三代にわたり勅撰集の撰集を成し遂げ、和歌の家としての確固たる地位を確立したといえよう。

この『続後撰和歌集』成立の後、再び『続古今和歌集』撰集の下命を受けるが、この頃より安嘉門院四条《あんかもんいんしじょう》(阿仏尼)と恋愛関係になり、文永年間(一二六四〜七五)には嵯峨中院山荘で阿仏尼と生活を共にしたようだ。この山荘には、息子為氏《ためうじ》や孫の為世《ためよ》を始め、多くの人々が訪れ、和歌・連歌・蹴鞠などを楽しみ酒宴が催されるなど、為家の山荘は「嵯峨中院サロン」とも言うべき文化サロンであったことが知られる。

しかし為家が、弘長三年(一二六三)に阿仏尼との間に生まれた為相《ためすけ》を溺愛するあまり、それまで良好な親子関係にあった嫡男為氏との間に亀裂が生じる。

その原因は文永六年(一二六九)以後、越部庄や細川庄を為氏より悔い返して為相に与えたこと。そして文永九年に相伝の和歌文書を、文永一〇年には『明月記』までもと、全ての典籍を阿仏尼に託し、為相に譲ったことにある。典籍を全て失った御子左家の当主、為氏の怒りや悲しみは計り知れないものがあったに違いない。

ただ唯一の救いは、為家が、嫡男為氏の勅撰集撰者を推挙し続けており、最晩年の文永一一年に亀山院の許可を得たことである。後に為氏が撰集したのが『続拾遺和歌集』である。

為相に全ての典籍を譲りながらも、嫡男為氏が勅撰集の撰者になることを願い続けた為家。そこには、父定家から受け継いだ和歌の家の主としての地位を守り続けようとする、為家の信念を見ることができよう。

定家の愛した嵯峨の地は、『小倉百人一首』・「中院山荘の文化サロン」と和歌に深く関わった場所であり、冷泉家の始まる重要な地であった。

後鳥羽天皇関係系図

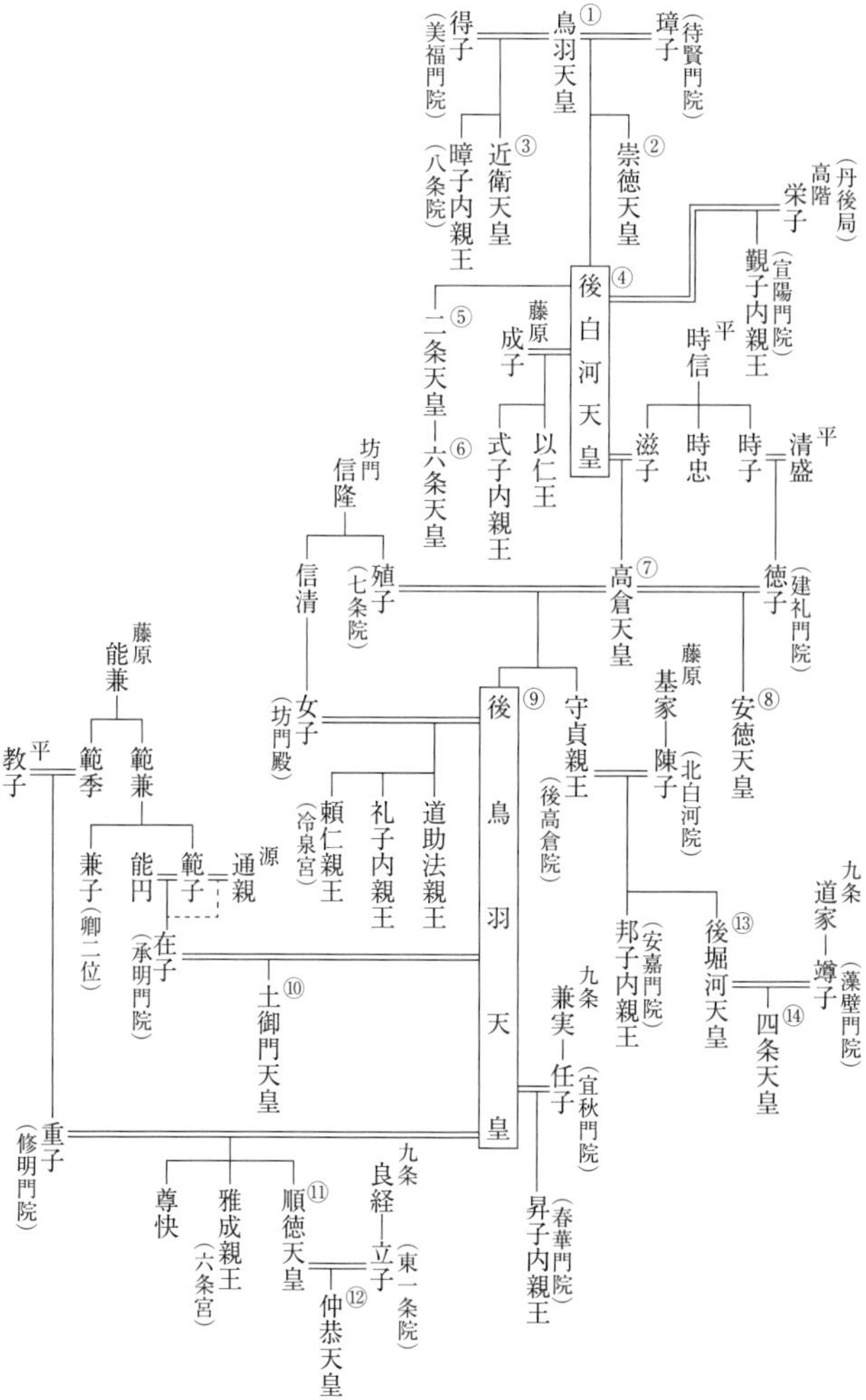
①鳥羽天皇
璋子（待賢門院）
得子（美福門院）
②崇徳天皇
③近衛天皇
暲子内親王（八条院）
高階栄子（丹後局）
覲子内親王（宣陽門院）
④後白河天皇
藤原成子
⑤二条天皇
⑥六条天皇
以仁王
式子内親王
平時信
滋子
時忠
時子
平清盛
坊門信隆
信清
殖子（七条院）
⑦高倉天皇
徳子（建礼門院）
⑧安徳天皇
藤原基家
陳子（北白河院）
守貞親王（後高倉院）
女子（坊門殿）
⑨後鳥羽天皇
道助法親王
礼子内親王
頼仁親王（冷泉宮）
藤原能兼
範兼
範季
平教子
兼子（卿二位）
能円
範子
源通親
在子（承明門院）
⑩土御門天皇
九条兼実
任子（宜秋門院）
昇子内親王（春華門院）
邦子内親王（安嘉門院）
⑬後堀河天皇
九条道家
竴子（藻壁門院）
⑭四条天皇
重子（修明門院）
尊快
雅成親王（六条宮）
⑪順徳天皇
九条良経
立子（東一条院）
⑫仲恭天皇

定家・為家関係系図

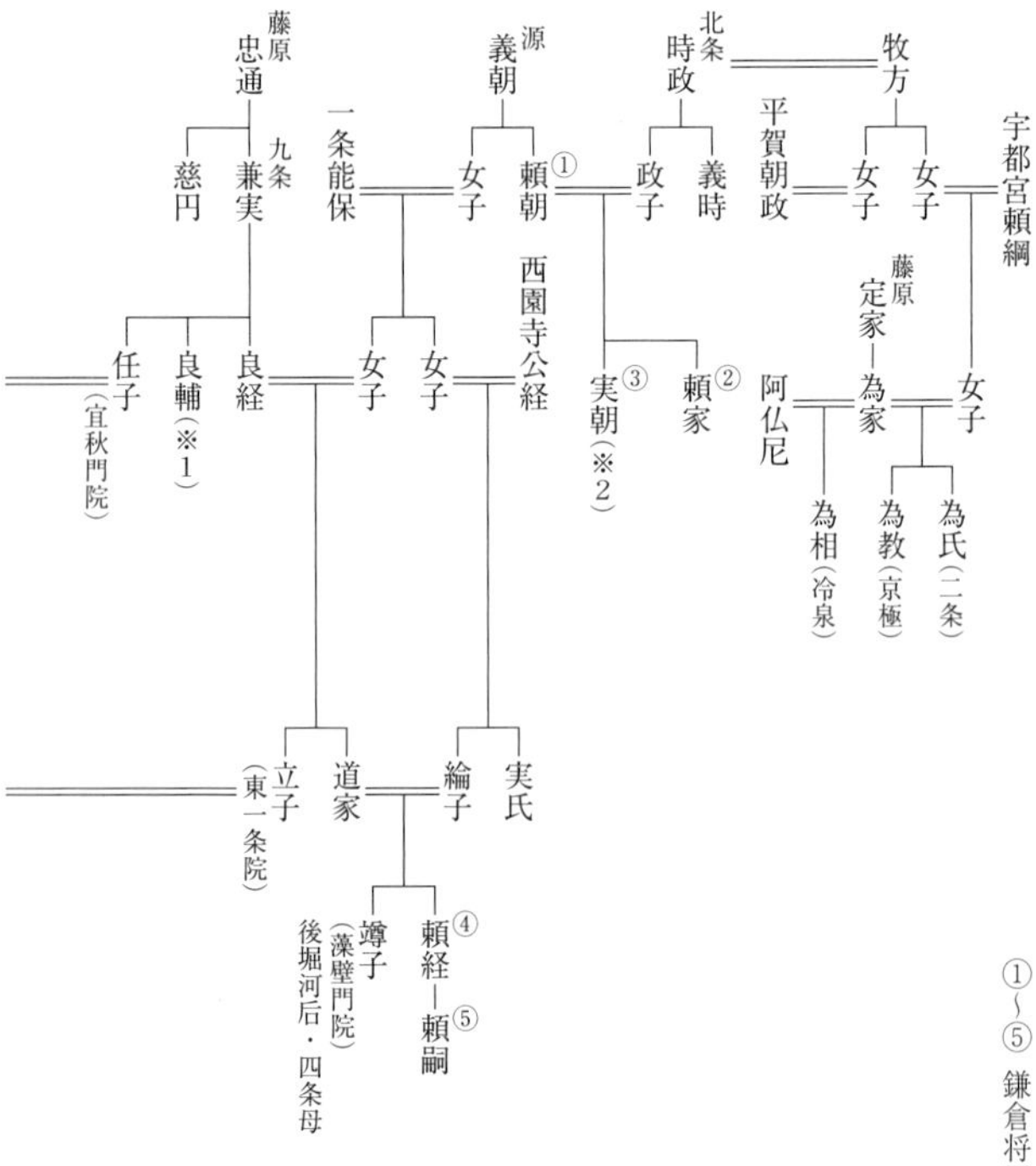

①〜⑤ 鎌倉将軍

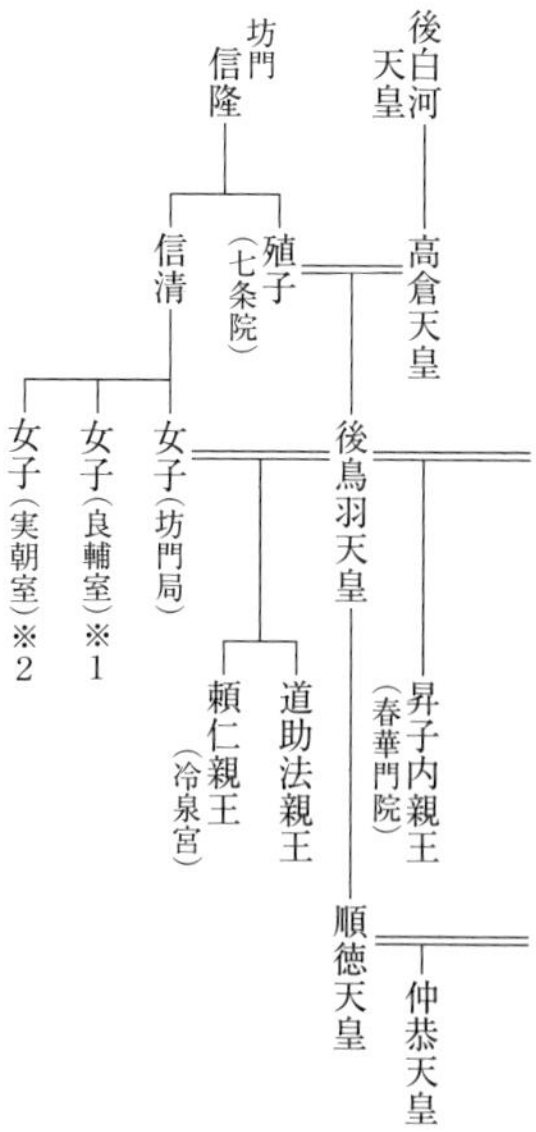
後白河天皇
高倉天皇
坊門信隆
殖子（七条院）
信清
後鳥羽天皇
昇子内親王（春華門院）
女子（坊門局）
女子（良輔室）※1
女子（実朝室）※2
道助法親王
頼仁親王（冷泉宮）
順徳天皇
仲恭天皇

基本史料・参考文献

冷泉家時雨亭叢書別巻『翻刻 明月記』三巻(朝日新聞社)
冷泉家時雨亭叢書『明月記』五巻(朝日新聞社)
冷泉家時雨亭叢書別巻『明月記紙背文書』(朝日新聞社)
国書刊行会『明月記』三巻(国書刊行会)
続群書類従完成会『明月記』第一(『史料纂集』)(続群書類従完成会)

定家の『明月記』は数ある公家日記のなかで最も難読・難解な日記である。そのため(藤原定家論を含めて)この日記全体を通して論じた仕事は希有であり、

堀田善衛『定家明月記私抄』(正・続)(ちくま学芸文庫)

が殆んど唯一のものである。定家の言説を素材として、その内面に切り込む手法は、理解の異なるところもあるが、『明月記』を極私日記という観点から理解しようとする私にとって、甚だ魅力的であった。

本書ではひたすら『明月記』を読み込むことを心掛け、そこで触角にふれた事どもを大・小のテーマとし、それらの実体や意味を『明月記』自体の記述をもって理解することに努めた。しかし読み切れなかったところも少なくない。誤読誤解のたぐいもあろうかと思う。御叱正頂ければ幸いである。

日記内容の整理の上で大いに便宜を与えられたのが、
明月記研究会編『明月記研究提要』(八木書店)
谷山茂『俊成年譜』(『谷山茂著作集 巻二』角川書店 所収)
であり、
今川文雄『訓読明月記』全六冊(河出書房新社)
加納重文『訳注定家日記』全六冊(望稜舎)
山中智恵子『「明月記」をよむ——藤原定家の日常』(三一書房)
今川文雄『明月記人名索引』(初音書房)
などからも恩恵を受けた。
なお前記時雨亭叢書の影印・翻刻の「解題」の他、
辻彦三郎『藤原定家明月記の研究』(吉川弘文館)
藤本孝一『国宝『明月記』と藤原定家の世界』(臨川書店)
明月記研究会『明月記研究』(八木書店 他)所収の諸論考
冷泉為任監修『冷泉家の歴史』(朝日新聞社)
が『明月記』の基本的事実や問題点を知る上で参考になった。
ヒントも答えも『明月記』の中に求める努力をしたものの、他の記録に頼らざるを得なかったこともある。
その際役に立ったのは、
九条兼実『玉葉』(名著刊行会)

慈円『愚管抄』(日本古典文学大系、岩波書店)
健御前『たまきはる』(新日本古典文学大系、岩波書店)
阿仏尼『十六夜日記』(講談社学術文庫)
であり、また
石田吉貞・佐津川修二『源家長日記全註解』(有精堂出版)
久保田淳『藤原定家全歌集』(上・下)(ちくま学芸文庫)
服部敏良『鎌倉時代医学史の研究』(吉川弘文館)
太田静六『寝殿造の研究』(吉川弘文館)
などを参考にした。
人物研究、評伝としては、
加納重文『明月片雲無し——公家日記の世界』(風間書房)
加納重文『九条兼実』(ミネルヴァ書房)
松野陽一『藤原俊成の研究』(笠間書院)
村山修一『藤原定家』(人物叢書、吉川弘文館)
久保田淳『藤原定家とその時代』(岩波書店)
五味文彦『藤原定家の時代——中世文化の空間』(岩波新書)
丸谷才一『後鳥羽院』(筑摩書房)
等々である。

あとがき

『明月記』の中に定家の実像を求め続けてここに至った。長い旅だった、というのが偽らざる気持である。

研究者の道を歩みはじめた当初、律令国家の税財政や庄園に関する論考をまとめた(『古代国家解体過程の研究』岩波書店、一九六五年)あと、その延長線上のテーマとして取り組んだのが、王朝貴族の実体を彼らが書き残した日記を主たる素材として把えることであった。『平安貴族の世界』(徳間書店、一九六八年)が、そのささやかな試みであったが、心残りだったのは、紙幅の関係から宇治関白頼通で切り上げ、新古今の時代の公家定家にまで言及できなかったことである。それでは王朝貴族を語るにしても画竜点睛を欠くことは明らかだった。その後も王朝貴族論は一貫して取り組んだ課題であったが、定家は私にとって近くて遠い存在だった。

機会を得て、定家の日記『明月記』を取り上げることになった時、今度こそこの日記を通して定家のことを〝骨の髄〟まで知り尽したいと思ったが、この日記を読み解くのは容易ではなかった。例えて言えば、人の私信が、文字は読めても文言に込められた真意まで読み解くのが困難なのに似ている。言葉を換えれば、それだけ『明月記』は私的要素の濃厚な日記だったということでもある。『明月記』は徹底して私の視点で書かれた、いってみれば極私日記であった。この時代に、これほど〝じこちゅう（自己中心的）〟な記述も珍しい。

定家が故実に通じており、『明月記』にもその要素があることは他の私日記と共通するが、その観点からだけで取り上げたら『明月記』の真価を見逃してしまうであろう。本書は、極私日記としての『明月記』と取り組み格闘した跡である。本書において立てた数々の章・節は、日記の中で見つけた定家理解に資すると思われるキーワードであり、それらを以て組み立てられた一〇章三〇数節は、ほぼ時系列に配することで日次記《ひなみき》としての『明月記』の再編成を試みたものである。これにより中級公家定家の日々——喜怒哀楽を、より直接的に実感できると思う。

定家の家族関係について多くのスペースを割いたのも同じ理由による。円満だった夫婦関係はもとより、姉妹とも仲が良かったことに心洗われる反面、息子たちに対する差別扱い（年齢を重ねる中で弱まるが）は、中世という時代や家のありようを考えた上でもなお違和感があり、その事実を避けて通るわけにはいかなかった。しかしそのことを含めて、定家の個性——自己中心的な性格こそが、和歌の革新をもたらした原動力であったことも確かであろう。『明月記』からは、定家という芸術家の持つ〝不条理〟を際限なく汲み出すことができるのである。

定家を定家たらしめた二人の人物を挙げておきたい。父俊成はこの際措くとして、一人は九条兼《かね》実《ざね》、いま一人は後鳥羽院である。

先ず兼実。定家は殿上での乱暴事件をきっかけに兼実の家司となったが、兼実が程なく建久の政変で失脚したため、定家の「所望」を叶えてくれる人物とはなり得なかった。そのため、定家は兼実に不満を抱くことが多く、「奉公無益《ほうこうむえき》」とばかりに非礼を働くことも少なくなかったが、兼実は折あるごとに暴走しがちな定家を教え諭している。兼実こそが定家の資質や性格を最もよく理解していた人物といってよい。定家の歌才が磨かれたのは、兼実とその子良経による九条歌壇においてであった。定家の子孫がのちのち歌の家として存続繁栄するのも、九条家との関係あってのことである。

一方、定家の歌才を認め、その能力を最高度に伸ばす役割を果したのが後鳥羽院である。定家を和歌所の寄人《よりうど》に任じ、『新古今和歌集』の編纂に携らせたことで、定家の才能は飛躍的に高められた。しかし同じ時期、自身が定家に対抗し得る存在となるべく詩作に励み、歌才を磨いたのは実は後鳥羽院自身であった。その意味で、後鳥羽院あっての定家であり、定家あっての後鳥羽院であったといえよう。定家の人柄についてはともかく、定家の歌才を最も高く評価していたのは後鳥羽院であり、それは隠岐にあっても変わることはなかったのである。ちなみに承久の乱後、京都では鎌倉幕府に保障された、いわば史上最強の摂関政治が実現するが、わずかの期間で崩壊する。そのことも併せ考えれば、王朝貴族文化が最後の光芒を放ったのが後鳥羽院と定家の時代であったと見ることができよう。

『明月記』に記された事象は実に厖大であり、そのため取り上げ切れなかった事柄は少なくない。定家が興味を抱いていた天文関係の記事、日常茶飯事となっていた群盗の横行や放火の頻発。死骸が道路に放置され、その異臭が家の中にも流れてきたという飢饉の惨状などについても触れておきたかった。それに、想像以上に多かった女性たちの出産死、その記事に出くわすたびに息を吞む思いがした。絶えることのなかった南都北嶺の騒動。武を好み兵を養う門跡が現われたのもこの時代であるが、そうした世相を描くにはもう紙幅がなかった。

ただし、最後に家司《けいし》忠弘のことだけにはふれておきたい。

忠弘は『明月記』建久九年(一一九八)正月一一日条に初めてその名が見られる。以後日記にしばしば登場し、定家の家政を全面的に担い、能登から播磨の間、あるいは鎌倉に出向き庄園や知行国の経営に奔走、世事に疎かった定家を助けている。晩年は賢寂《けんじゃく》と号したが、高齢になっても定家のそばで定家を支え続けた。忠弘がいなければ、定家の家は立ち行かなかったと言っても過言ではない。時を超えて、『明月記』のなかでこのような人物に出会えたことに心が安らぐ思いだった。

最晩年の『明月記』には「金吾」(為家)の文字ばかりが目につき、為家が来宅——時には一日に二度も——するのを何よりも楽しみにしていた様子が窺われる。為家が来ないと「世事聞かず」とぼやく日々であった。

＊　　＊　　＊

本書は当初、前著(『出雲と大和』)でお世話になった平田賢一氏、次いで杉田守康・吉田裕両氏の的確な御指示によって陽の目を見るに至ったことを記し、各位に深甚の謝意を表したい。時あたかも新型コロナウイルス禍が世界的に猛威を振い、我が国でも社会の機能が全面的に停滞を余儀なくされたなかで出版にまでこぎつけて頂いたことは、忘れ難い思い出となるであろう。心からの謝意を表したく思う。また時雨亭文庫編集委員の一人だった関係もあって執筆を慫慂された冷泉為人・貴実子御夫妻からは絶えず御鞭撻を頂いた。それなしには形になることはなかったであろう。心から御礼を申し上げたい。本書は、冷泉家時雨亭叢書(朝日新聞社)の一部として影印版『明月記』六巻について、『翻刻 明月記』三巻及び『翻刻 明月記紙背文書』一巻が発刊され、その学恩を受けることで実現できた、ささやかな仕事である。

二〇二〇年　八月

著　者

『明月記』年表

（　）は『明月記』以外の出典による．

1162	応保 2	（定家誕生）
1167	仁安 2	（1/28 顕広叙正三位．12/24 顕広を俊成と改名）
1176	安元 2	（9/28 俊成出家．法名釈阿）
1180	**治承 4**	**2/5 現存『明月記』記事この日より始まる．**2/14 五条京極邸焼亡．9月「紅旗征戎非吾事」と記す［「治承の文」］
1181	養和元	（4月 初学百首を詠む）11/19 五条京極新邸に俊成ら戻る．
1184	元暦元	（光家誕生）
1185	文治元	（11/22 源雅行と殿上闘争，除籍）
1186	文治 2	（3月 除籍解除，兼実の家司となる）
1193	建久 4	（2/13 母美福門院加賀没）
1196	建久 7	（11/24 中宮任子，内裏より退出．11/25 関白兼実罷免［建久の政変］）
1198	建久 9	（1/11 後鳥羽天皇譲位）1/30 建御前と定家妻［実宗女］日吉社参．（この年，為家誕生）
1199	正治元	1/1 昨年末より日吉社参籠．1/30 嵯峨に行き宿す．6/23 任左大臣良経の執事家司となる．8/29 越部庄水害．
1200	正治 2	1/12 後鳥羽院皆瀬［水無瀬］御幸．3/15 杲云，小野宿での狼藉を訴えられる．8/9『正治初度百首』の作者に撰ばれる．8/26 初度百首の歌により内昇殿を聴される．10/12 源通親家の影供歌合に招かれる［病のため不参］．12/23〜25 水無瀬御幸に供奉．
1201	建仁元	7/26 和歌所寄人に撰ばれる．7/27 院御所に和歌所が設置される．10/5〜26 熊野御幸に供奉．10/17 中宮任子出家．11/3『新古今和歌集』撰進の下命．12/9 兼実室没，50歳．日吉参籠中の定家不参．
1202	建仁 2	4/16 光家を良輔に出仕させる．7/13 俊成卿女，後鳥羽院に出仕．（7/20 寂蓮没，63歳）8/27 妻の母，冷泉邸新屋に同居．（10/21 源通親没，54歳）
1203	建仁 3	3/1 為家を連れて参院，院より御製一首を賜る．6月末〜7/11 有馬温泉で湯治．11/23 俊成九十賀を賜る．
1204	元久元	8/22 源家長らの讒言により，後鳥羽院の不快を招い

		ていると聞く．8/29 杲云遠流．11/30 俊成没．12/1 葬送．
1205	元久 2	1/21 越部庄より運上の舟，沈没．2/12 先祖四代夫婦の忌日仏事を嵯峨の堂で行なうと誓う．3/26『新古今和歌集』竟宴，定家不参．⑦/26 平賀朝雅の乱，京中騒動．11/9 因子裳着，後鳥羽院へ出仕．11/24 妻の父実宗，任内大臣．12/15 為家元服．
1206	建永元	(3/7 良経没，38 歳) 6/24 院御所番勤仕を聴される．
1207	承元元	2/29 為家，院御所祗候勅許．4/5 兼実没，59 歳．4/18 為家，院御所名謁勅許．9/24 最勝四天王院，障子和歌撰進．
1211	建暦元	9/8 従三位に叙せられ，政所を置く．10/14 光家，内昇殿を聴される．11/8 春華門院昇子内親王没，17 歳．11/10 為家，落馬．
1212	建暦 2	1/25 後鳥羽院，有馬温泉湯治中に定家宅の柳 2 本を召し，高陽院に移植．8/7 健御前，病のため嵯峨へ行く．11/5 為家，大嘗会悠紀方近江権介に任じられる．
1213	建保元	4/13 為家，院御所蹴鞠に参仕．5/22 光家・為家が和歌を書かず，加えて為家が蹴鞠に夢中になることを嘆く．9/8 光家，宇佐使に任じられる．11/8 秘蔵の『万葉集』を実朝に贈り，小阿射賀御厨地頭の非法を訴える．11/29 光家，宇佐へ出立．
1214	建保 2	(2/11 参議に任じられる)
1218	建保 6	8/13 中殿御会の講師をつとめる．
1220	承久 2	(2/13 内裏歌会の出詠歌により院勘を受ける)(6/4 兄成家没，66 歳)
1221	承久 3	(5/15 承久の乱)(5/21『後撰和歌集』書写，後書に「紅旗征戎非吾事」あり[承久の文])
1222	貞応元	(8/16 参議を辞し従二位に)
1224	元仁元	(11 月 家中の女性たちに命じ『源氏物語』を書写～1225 2/16)
1225	嘉禄元	9/3 光家，出家の意志を語る．9/5 に出家，法名浄照房．12/22 為家，蔵人頭に任じられる．
1226	嘉禄 2	3/8 杲云没，80 歳．3/28 隠岐より清範帰洛を聞く．4/19 為家，参議に任じられる．10/11 宇都宮頼綱[為家妻の父]入洛．11/11 牧尼[北条時政後室，為家妻の祖母]とその女[為家妻の母]入洛．11/13 一条京極邸の新屋以下上棟．12/21 新屋に入る．

1227	安貞元	③/27 為家，信濃国の知行国主となる．9/2 源通具没，57 歳．10/21 民部卿を辞して，正二位に叙される．
1229	寛喜元	7/21 自邸での月例歌会に信定法眼参加の申入れを拒否し，会を中止する．8/3 光家，肥後下向を語る．10/3 道家女竴子入内のため，因子，竴子に出仕．10/5 忠弘，為家の知行国能登に下向〜1230 2/7
1230	寛喜 2	6/21 光家，鎮西より帰洛，来訪．9/27 吉富庄に千体地蔵を安置する衆生寺の額が届く，10/13 凶作のため一条京極邸北庭に麦畑を作る．12/30 因子を通じ，道家に任中納言を申し入れる．
1231	寛喜 3	1/6 為家，正三位に叙される．2/12 中宮竴子，秀仁親王[四条天皇]を出産．3/28 因子，典侍に補される．
1232	貞永元	(1/30 権中納言に任じられる)(6/13『新勅撰和歌集』撰進の下命を後堀河院より賜る)(12/15 権中納言を辞す)
1233	天福元	2/11 為家，後堀河院より播磨国一村を賜る．6/9 因子，実氏より播磨国上岡郷を賜る．9/6 故成家妻[言家母]没，64 歳．9/18 藻壁門院竴子没，25 歳．9/23 因子・香，出家．10/11 定家出家，法名明静．12/27 家長より，後鳥羽院定家の出家に驚く旨を聞く．
1234	文暦元	8/6 後堀河院没，23 歳．為家，拝顔を許される．8/7『新勅撰和歌集』草稿本を焼却．
1235	嘉禎元	1/19 為家，除目の執筆を勤めることを喜ぶ．1/23 為家叙従二位．4/13〜5/5 体調不良により嵯峨に滞在．4/23 宇都宮頼綱の中院山荘に行き藤を見る．5/1 頼綱の山荘で連歌会．5/6 光家，定家宅を来訪．5/14 後鳥羽院・順徳院の帰京を幕府拒否．5/27 頼綱の中院山荘障子の『百人秀歌』を撰定．
1236	**嘉禎 2**	**この年以後『明月記』存在せず．**
1238	暦仁元	(1/5 為家，正二位に叙せられる．7/20 為家，中納言に任じられる)(12/28 宜秋門院任子没，65 歳)
1239	延応元	(2/22 後鳥羽院没，60 歳)
1241	仁治 2	(2/1 為家，権大納言に任じられる)(8/20 定家没，80 歳)

[付記]定家の墓(供養塔)は，相国寺墓地(京都市上京区)，厭離庵(同右京区嵯峨野)内，比叡山横《よ》川《かわ》飯《いい》室《むろ》谷《だに》の安楽律院(大津市坂本本町)境内にある，いずれも五輪塔などが知られる．

章扉写真説明

序章　『明月記』寛喜3年(1231)3月11・12日条　定家は折あるごとに過去を振り返っているが，いつも「治承」を起点にしている．ここでも治承3年(1179)3月11日，18歳の時内昇殿を聴されたことをあげている．現在『明月記』は翌4年2月5日から始まるが，本来は治承3年3月11日から書かれ始めたのではないか，という見方の拠となっている(冷泉家時雨亭叢書影印版『明月記』解題)．首肯される意見であろう．

第1章　俊成社　烏丸通りに面したビルの一角に安置されている小祠．近くにある新玉津嶋社とともに，俊成の邸宅を五条室町にあったとする理解に基づく俊成憧憬を示す遺跡．ちなみに俊成が公卿になったのを機に造作したと思われる五条京極邸は早くに失われ，俊成を偲ぶものはない．

第2章　兼実廟　東福寺内にある堂宇，最勝金剛院の墓地にあり，兼実以下九条家歴代の墓がある．定家は殿上での暴行事件をきっかけに兼実の家司となり，政変後はその子良経の家司となり，以後九条家に仕えた．兼実・良経共に和歌をよくしたことで定家は和歌はもとより，政務の上でも種々「教訓」を受けているが，日記の中では期待と不満を抱く対象であった．

第3章　水無瀬眺望　後鳥羽院は京中院御所での『新古今』編集を本格化する一方，合間を縫って水無瀬に出かけている．緊張をほぐすための遊興の場所だったから，江口や神崎の遊女らを招いての歌舞や，付近の山野での遊猟を楽しんでいる．無芸で潔癖性の定家は水無瀬ではいつも不機嫌で楽しむことがなかった．写真は，光秀・秀吉の山崎の合戦の場として名高い天王山の中腹からの眺め．下辺に見える森が水無瀬御所のあとを承ける水無瀬神宮．当時は淀川から直に着岸できた．いまはすぐ傍を新幹線が走る．

第4章　越部庄「てんかさま」　俊成卿女は母から播磨国越部庄(上庄〈上保とも〉の部分)を受け継ぎ，晩年現地に下向して隠棲したことから越部禅尼と呼ばれた．源通具と結婚したが通具が父通親の勧める政略結婚をしたことで離縁，未練を残す通具は彼女が後鳥羽院に出仕するよう援助を惜しまなかった．定家はこの二人を複雑な思いで見守っている．「てんかさま」は高名な定家の身内の人といった意味で「定家様」と呼ばれたのが訛ったものといい，現地にはこのような小祠がありこんにちまで守られてきた．

第5章　日吉社の籠縁(こもりえん)　官途所望の実現のため除目に際してしばしば日吉社に参詣・参籠した定家．現世利益とはいえその信仰は余人を越えていた．さてこの写真はなに？　日吉大社西本宮本殿の下殿(かでん)に設けられた参籠(「通夜」といった)のための施設である．ただし定家の頃は回廊で通夜していた．当社への参詣は日帰りのことも多かったが，数日間参籠通夜するのが普通だった．同種のものは熊野本宮にもあり，人々の信仰の深さが偲ばれる．

第6章　嵯峨中院の地蔵　定家夫妻の信心深さは余人に勝ったが，ことに地蔵信仰に厚く，嵯峨中院山荘に御堂を造り地蔵像を安置していた．写真は中院の観音堂のかたわらに集められた石仏群．吉富庄の路傍にも千体地蔵像を安置する小堂を建てたが，飢饉続きの中で衆生済度の気持ちを表わしたものであった．

第7章　後鳥羽上皇の隠岐配所跡　承久の乱(1221年5月)に敗れ7月8日出家した上皇は，出雲から隠岐に渡り，8月5日海部郡苅田郷の配所に着いている．以後在島19年．新古今を携行し300余首を削除して『隠岐本新古今和歌集』を作ったのを始め，和歌に関わり続けた．『遠島口伝』では過半を定家評に割いており，上皇にとって定家は最後まで気になる存在であった．上皇は延応元年(1239)2月22日，60歳を一期として没している．

章扉写真説明

第8章　信濃国後庁(ごちょう)跡碑　この碑が立つ「後町(ごちょう)」(長野市善光寺の南)という町名は，安貞元年(1227)閏3月為家が信濃国の知行国主になった頃，善光寺の近辺にあった「後庁」に由来し，「目代の居所」であったという(『明月記』安貞元年9月25日条)．信濃国の国府(国庁)は松本にあったから，後庁とはその別館・支所の類であり，それが善光寺門前に置かれ知行国主の派遣する目代の拠点ともされていたのであろう．類例を見ない興味ある史跡である．

第9章　厭離庵への道　定家の営んだ嵯峨山荘の所在地は中院と呼ばれる清涼寺と二尊院のあいだ一帯，現厭離庵のある辺りと見てよいであろう．山際にあり，雨が降れば庭が水浸しになるような場所であったという．近くに住んでいた宇都宮頼綱から，その別業の障子に貼る色紙に古来の歌人の歌一首ずつを書いて欲しいと懇願され，できあがったのが，世にいう「小倉百人一首」の原型である．嘉禎元年(1235)初夏のことであった．

第10章　初冬の嵯峨山荘跡　定家は京中の住居とは別に，早くから嵯峨に山荘(中院草庵とも)を営み，家屋や庭園を整え，妻子を伴って清閑のひと時を楽しんでいるが，晩年には訪れることも間遠くなり荒れ気味であったという．為家はこれを受け継いで整備し，晩年ここに居住した．阿仏尼と過したのもここである．写真は，手前為家の墓所から厭離庵の木立ちを眺めたものであるが，(上辺わずかに小倉山が見える)この辺り一帯を定家—為家の山荘跡とみてよいであろう．小さくなった為家の墓石に800年という歳月を想う．

村井康彦

1930年山口県に生まれる.
1958年京都大学文学部大学院博士課程修了.
専攻－日本古代・中世史
現在－国際日本文化研究センター名誉教授
著書－『古代国家解体過程の研究』(岩波書店, 1965年)
『千利休　その生涯と茶湯の意味』(日本放送出版協会, 1971年)
『茶の文化史』(岩波新書, 1979年)
『文芸の創成と展開』(思文閣出版, 1991年)
『平安京年代記』(京都新聞社, 1997年)
『王朝風土記』(角川選書, 2000年)
『京の古寺 歴史探訪――京都文化の深層』(淡交社, 2010年)
『出雲と大和――古代国家の原像をたずねて』(岩波新書, 2013年) ほか

藤原定家『明月記』の世界　　岩波新書(新赤版)1851

2020年10月20日　第1刷発行
2023年3月6日　第3刷発行

著　者　村井康彦《むらいやすひこ》

発行者　坂本政謙

発行所　株式会社 岩波書店
〒101-8002 東京都千代田区一ツ橋2-5-5
案内 03-5210-4000　営業部 03-5210-4111
https://www.iwanami.co.jp/

新書編集部 03-5210-4054
https://www.iwanami.co.jp/sin/

印刷・精興社　カバー・半七印刷　製本・中永製本

ISBN 978-4-00-431851-4　　Printed in Japan

岩波新書新赤版一〇〇〇点に際して

ひとつの時代が終わったと言われて久しい。だが、その先にいかなる時代を展望するのか、私たちはその輪郭すら描きえていない。二〇世紀から持ち越した課題の多くは、未だ解決の緒を見つけることのできないままであり、二一世紀が新たに招きよせた問題も少なくない。グローバル資本主義の浸透、憎悪の連鎖、暴力の応酬——世界は混沌として深い不安の只中にある。

現代社会においては変化が常態となり、速さと新しさに絶対的な価値が与えられた。消費社会の深化と情報技術の革命は、種々の境界を無くし、人々の生活やコミュニケーションの様式を根底から変容させてきた。ライフスタイルは多様化し、一面では個人の生き方をそれぞれが選びとる時代が始まっている。同時に、新たな格差が生まれ、様々な次元での亀裂や分断が深まっている。社会や歴史に対する意識が揺らぎ、普遍的な理念に対する根本的な懐疑や、現実を変えることへの無力感がひそかに根を張りつつある。そして生きることに誰もが困難を覚える時代が到来している。

しかし、日常生活のそれぞれの場で、自由と民主主義を獲得し実践することを通じて、私たち自身がそうした閉塞を乗り超え、希望の時代の幕開けを告げてゆくことは不可能ではあるまい。そのために、いま求められていること——それは、個と個の間で開かれた対話を積み重ねながら、人間らしく生きることの条件について一人ひとりが粘り強く思考することではないか。その営みの糧となるものが、教養に外ならないと私たちは考える。歴史とは何か、よく生きるとはいかなることか、世界そして人間はどこへ向かうべきなのか——こうした根源的な問いとの格闘が、文化と知の厚みを作り出し、個人と社会を支える基盤としての教養となった。まさにそのような教養への道案内こそ、岩波新書が創刊以来、追求してきたことである。

岩波新書は、日中戦争下の一九三八年一一月に赤版として創刊された。創刊の辞は、道義の精神に則らない日本の行動を憂慮し、批判的精神と良心的行動の欠如を戒めつつ、現代人の現代的教養を刊行の目的とする、と謳っている。以後、青版、黄版、新赤版と装いを改めながら、合計二五〇〇点余りを世に問うてきた。そして、いままた新赤版が一〇〇〇点を迎えたのを機に、人間の理性と良心への信頼を再確認し、それに裏打ちされた文化を培っていく決意を込めて、新しい装丁のもとに再出発したいと思う。一冊一冊から吹き出す新風が一人でも多くの読者の許に届くこと、そして希望ある時代への想像力を豊かにかき立てることを切に願う。

（二〇〇六年四月）

岩波新書より

岩波新書より

二度目の大往生	永 六輔
あいまいな日本の私	大江健三郎
大往生	永 六輔
文章の書き方	辰濃和男
命こそ宝 沖縄反戦の心	阿波根昌鴻
白球礼讃 ベースボールよ永遠に	平出 隆
ラグビー 荒ぶる魂	大西鉄之祐
活字のサーカス	椎名 誠
新つけもの考	前田安彦
プロ野球審判の眼	島 秀之助
マンボウ雑学記	北 杜夫
東西書肆街考	脇村義太郎
アメリカ遊学記	都留重人
ヒマラヤ登攀史〔第二版〕	深田久弥
続 羊の歌 わが回想	加藤周一
羊の歌 わが回想	加藤周一
知的生産の技術	梅棹忠夫
論文の書き方	清水幾太郎
本の中の世界	湯川秀樹
私の読書法	大内兵衛 茅 誠司 他
一日一言 人類の知恵	桑原武夫編
続 私の信条	恒藤 恭 大内兵衛 鈴木大拙
私の信条	安倍能成 志賀直哉 小泉信三
書物を焼くの記	鄭 振鐸 安藤彦太郎 斎藤秋男 訳
モゴール族探検記	梅棹忠夫
インドで考えたこと	堀田善衞
ヒロシマ・ノート	大江健三郎
追われゆく坑夫たち	上野英信
地の底の笑い話	上野英信
ものいわぬ農民	大牟羅良
抵抗の文学	加藤周一
北極飛行	ヴォドピヤーノフ 米川正夫 訳
余の尊敬する人物	矢内原忠雄

岩波新書より

芸術

水墨画入門 島尾 新
酒井抱一 俳諧と絵画の織りなす抒情 井田太郎
平成の藝談 歌舞伎の真髄にふれる 犬丸 治
K-POP 新感覚のメディア 金 成玟
ベラスケス 宮廷のなかの革命者 大高保二郎
ヴェネツィア 美の都の一千年 宮下規久朗
丹下健三 戦後日本の構想者 豊川斎赫
学校で教えてくれない音楽◆ 大友良英
中国絵画入門 宇佐美文理
瞽女うた ジェラルド・グローマー
東北を聴く 佐々木幹郎
黙示録 岡田温司
ボブ・ディラン ロックの精霊 湯浅 学
仏像の顔 清水眞澄
ヘタウマ文化論 山藤章二

小さな建築 隈 研吾
デスマスク 岡田温司
コルトレーン ジャズの殉教者 藤岡靖洋
雅楽を聴く 寺内直子
歌謡曲 高 護
琵琶法師 兵藤裕己
歌舞伎の愉しみ方 山川静夫
自然な建築 隈 研吾
肖像写真 多木浩二
東京遺産 森まゆみ
絵のある人生 安野光雅
日本の色を染める 吉岡幸雄
プラハを歩く 田中充子
コーラスは楽しい 関屋 晋
日本絵画のあそび 榊原 悟
ぼくのマンガ人生 手塚治虫
日本の近代建築 上・下 藤森照信
ゲルニカ物語 荒井信一
千利休 無言の前衛 赤瀬川原平

やきもの文化史 三杉隆敏
色彩の科学 金子隆芳
歌右衛門の六十年 中村歌右衛門 山川静夫
フルトヴェングラー 脇 圭平 芦津丈夫
楽譜の風景 岩城宏之
明治大正の民衆娯楽 倉田喜弘
茶の文化史 村井康彦
日本の耳 小倉 朗
日本の子どもの歌 園部三郎 山住正己
二十世紀の音楽 吉田秀和
水墨画 矢代幸雄
絵を描く子供たち 北川民次
名画を見る眼 正・続 高階秀爾
ギリシアの美術 澤柳大五郎
音楽の基礎 芥川也寸志
日本刀 本間順治
日本美の再発見〔増補改訳版〕 ブルーノ・タウト 篠田英雄訳
ミケルアンヂェロ 羽仁五郎

◆は品切，電子書籍版あり． (R)

岩波新書より

自然科学

- 花粉症と人類　小塩海平
- 美しい数学入門　伊藤由佳理
- 統合失調症　村井俊哉
- リハビリ　生きる力を引き出す　長谷川幹
- がん免疫療法とは何か　本庶佑
- ユーラシア動物紀行　増田隆一
- 津波災害〔増補版〕　河田惠昭
- 技術の街道をゆく　畑村洋太郎
- 抗生物質と人間　山本太郎
- ゲノム編集を問う　石井哲也
- 霊長類　消えゆく森の番人　井田徹治
- 系外惑星と太陽系　井田茂
- 文明は〈見えない世界〉がつくる　松井孝典
- 首都直下地震◆　平田直
- 南海トラフ地震　山岡耕春
- ヒョウタン文化誌　湯浅浩史

- 人物で語る数学入門　高瀬正仁
- 桜　勝木俊雄
- エピジェネティクス　仲野徹
- 算数的思考法◆　坪田耕三
- 地球外生命　われわれは孤独か　長沼毅・井田茂
- 科学者が人間であること　中村桂子
- 富士山　大自然への道案内◆　小山真人
- 近代発明家列伝　橋本毅彦
- 川と国土の危機　水害と社会　高橋裕
- 適正技術と代替社会　田中直
- 四季の地球科学　尾池和夫
- 地下水は語る　守田優
- キノコの教え　小川眞
- 宇宙から学ぶ　ユニバソロジのすすめ　毛利衛
- 心と脳　安西祐一郎
- 職業としての科学　佐藤文隆
- 太陽系大紀行　野本陽代
- 偶然とは何か　竹内敬

- ぶらりミクロ散歩　田中敬一
- 冬眠の謎を解く　近藤宣昭
- 人物で語る化学入門　竹内敬人
- 宇宙論入門　佐藤勝彦
- 岡潔　数学の詩人◆　高瀬正仁
- タンパク質の一生　永田和宏
- 疑似科学入門　池内了
- 火山噴火　鎌田浩毅
- 数に強くなる◆　畑村洋太郎
- 人物で語る物理入門　上・下　米沢富美子
- 日本の地震災害◆　伊藤和明
- 宇宙人としての生き方　松井孝典
- 旬の魚はなぜうまい◆　岩井保
- 私の脳科学講義　利根川進
- 宇宙からの贈りもの◆　毛利衛
- 市民科学者として生きる　高木仁三郎
- 科学の目　科学のこころ　長谷川眞理子
- 地震予知を考える　茂木清夫
- 生命と地球の歴史　丸山茂徳・磯崎行雄

(2021. 10)　◆は品切，電子書籍版あり．　(S1)

岩波新書より

政治

- 「オピニオン」の政治思想史　堤林剣 堤林恵
- 戦後政治史〔第四版〕　石川真澄 山口二郎
- 尊厳　マイケル・ローゼン 内尾太一 峯陽一 訳
- デモクラシーの整理法　空井護
- 地方の論理　小磯修二
- SDGs　南博 稲場雅紀
- 暴君　スティーブン・グリーンブラット 河合祥一郎 訳
- ドキュメント 強権の経済政策　軽部謙介
- リベラル・デモクラシーの現在　樋口陽一
- 民主主義は終わるのか　山口二郎
- 女性のいない民主主義　前田健太郎
- 平成の終焉　原武史
- 日米安保体制史　吉次公介
- 官僚たちのアベノミクス　軽部謙介

- 在日米軍 変貌する日米安保体制　梅林宏道
- 矢内原忠雄 戦争と知識人の使命　赤江達也
- 憲法改正とは何だろうか　高見勝利
- 共生保障〈支え合い〉の戦略　宮本太郎
- シルバー・デモクラシー 戦後世代の覚悟と責任　寺島実郎
- 憲法と政治　青井未帆
- 18歳からの民主主義◆　岩波新書編集部編
- 検証 安倍イズム　柿崎明二
- 右傾化する日本政治　中野晃一
- 外交ドキュメント 歴史認識◆　服部龍二
- 日米〈核〉同盟 原爆、核の傘、フクシマ　太田昌克
- 集団的自衛権と安全保障　豊下楢彦 古関彰一
- 日本は戦争をするのか　半田滋
- アジア力の世紀　進藤榮一
- 民族紛争　月村太郎
- 自治体のエネルギー戦略　大野輝之
- 政治的思考　杉田敦

- 現代日本の政党デモクラシー　中北浩爾
- サイバー時代の戦争　谷口長世
- 現代中国の政治　唐亮
- 政権交代とは何だったのか◆　山口二郎
- 日本の国会　大山礼子
- 戦後政治史〔第三版〕　石川真澄 山口二郎
- 〈私〉時代のデモクラシー　宇野重規
- 大臣〔増補版〕　菅直人
- 生活保障 排除しない社会へ　宮本太郎
- 「戦地」派遣 変わる自衛隊　半田滋
- 民族とネイション　塩川伸明
- 昭和天皇　原武史
- 集団的自衛権とは何か　豊下楢彦
- 沖縄密約　西山太吉
- 吉田茂　原彬久
- 市民の政治学◆　篠原一
- 東京都政　佐々木信夫
- 有事法制批判　憲法再生フォーラム編

岩波新書より

法律

少年法入門　廣瀬健二
倒産法入門　伊藤眞
国際人権入門　申惠丰
AIの時代と法　小塚荘一郎
労働法入門〔新版〕　水町勇一郎
アメリカ人のみた日本の死刑　デイビッド・T・ジョンソン　笹倉香奈訳
虚偽自白を読み解く　浜田寿美男
親権と子ども　榊原富士子　池田清貴
裁判の非情と人情　原田國男
独占禁止法〔新版〕　村上政博
密着 最高裁のしごと　川名壮志
「法の支配」とは何か 行政法入門　大浜啓吉
会社法入門〔新版〕　神田秀樹
憲法への招待〔新版〕　渋谷秀樹
比較のなかの改憲論　辻村みよ子
大災害と法　津久井進
変革期の地方自治法　兼子仁
原発訴訟　海渡雄一
民法改正を考える◆　大村敦志
労働法入門◆　水町勇一郎
人が人を裁くということ　小坂井敏晶
知的財産法入門　小泉直樹
消費者の権利〔新版〕　正田彬
司法官僚 裁判所の権力者たち　新藤宗幸
名誉毀損　山田隆司
刑法入門　山口厚
家族と法　二宮周平
会社法入門◆　神田秀樹
憲法とは何か　長谷部恭男
良心の自由と子どもたち　西原博史
著作権の考え方　岡本薫
法とは何か〔新版〕　渡辺洋三
日本の憲法〔第三版〕　長谷川正安
憲法と天皇制　横田耕一
自由と国家　樋口陽一
憲法第九条　小林直樹
日本人の法意識　川島武宜
憲法講話◆　宮沢俊義

経済

- 日本経済図説〔第五版〕 宮崎勇・本庄真・田谷禎三
- 好循環のまちづくり！ 枝廣淳子
- グローバル・タックス 諸富徹
- 世界経済図説〔第四版〕 宮崎勇・田谷禎三
- 日本経済30年史 バブルからアベノミクスまで 山家悠紀夫
- 行動経済学の使い方 大竹文雄
- 日本のマクロ経済政策 熊倉正修
- ゲーム理論入門の入門 鎌田雄一郎
- 平成経済 衰退の本質 金子勝
- 幸福の増税論 井手英策
- 日本の税金〔第3版〕 三木義一
- 戦争体験と経営者 立石泰則
- 金融政策に未来はあるか 岩村充
- データサイエンス入門 竹村彰通
- 経済数学入門の入門 田中久稔
- 地元経済を創りなおす 枝廣淳子

- 会計学の誕生 渡邉泉
- 偽りの経済政策 服部茂幸
- ミクロ経済学入門の入門 坂井豊貴
- 経済学のすすめ 佐和隆光
- ガルブレイス 伊東光晴
- ユーロ危機とギリシャ反乱 田中素香
- ポスト資本主義 科学・人間・社会の未来 広井良典
- 日本の納税者◆ 三木義一
- タックス・イーター 志賀櫻
- コーポレート・ガバナンス◆ 花崎正晴
- グローバル経済史入門 杉山伸也
- アベノミクスの終焉◆ 服部茂幸
- 新・世界経済入門 西川潤
- 金融政策入門 湯本雅士
- 日本経済図説〔第四版〕 宮崎勇・本庄真・田谷禎三
- 新自由主義の帰結 服部茂幸
- タックス・ヘイブン 志賀櫻
- WTO 貿易自由化を超えて 中川淳司

- 日本財政 転換の指針 井手英策
- 成熟社会の経済学 小野善康
- 平成不況の本質 大瀧雅之
- 原発のコスト 大島堅一
- 次世代インターネットの経済学 依田高典
- ユーロ 危機の中の統一通貨 田中素香
- 低炭素経済への道 諸富徹・浅岡美恵
- 「分かち合い」の経済学 神野直彦
- グリーン資本主義 佐和隆光
- 消費税をどうするか 小此木潔
- 国際金融入門〔新版〕 岩田規久男
- ビジネス・インサイト◆ 石井淳蔵
- 金融商品とどうつき合うか 新保恵志
- 金融NPO 藤井良広
- 地域再生の条件 本間義人
- 経済データの読み方〔新版〕 鈴木正俊
- 格差社会 何が問題なのか 橘木俊詔

岩波新書より

社　会

ジョブ型雇用社会とは何か	濱口桂一郎
法医学者の使命　「人の死を生かす」ために	吉田謙一
異文化コミュニケーション学	鳥飼玖美子
モダン語の世界へ	山室信一
時代を撃つノンフィクション100	佐高　信
労働組合とは何か	木下武男
プライバシーという権利	宮下　紘
地域衰退	宮﨑雅人
江戸問答	田中優子・松岡正剛
広島平和記念資料館は問いかける	志賀賢治
コロナ後の世界を生きる	村上陽一郎編
リスクの正体	神里達博
紫外線の社会史	金　凡性
「勤労青年」の教養文化史	福間良明
5G　次世代移動通信規格の可能性	森川博之
客室乗務員の誕生	山口　誠
「孤独な育児」のない社会へ	榊原智子
放送の自由	川端和治
社会保障再考　〈地域〉で支える	菊池馨実
生きのびるマンション	山岡淳一郎
虐待死　なぜ起きるのか、どう防ぐか	川崎二三彦
平成時代	吉見俊哉
バブル経済事件の深層	奥山俊宏・村山　治
日本をどのような国にするか	丹羽宇一郎
なぜ働き続けられない？　社会と自分の力学	鹿嶋　敬
物流危機は終わらない	首藤若菜
認知症フレンドリー社会	徳田雄人
アナキズム　一丸となってバラバラに生きろ	栗原　康
まちづくり都市　金沢	山出　保
総介護社会	小竹雅子
賢い患者	山口育子
住まいで「老活」	安楽玲子
現代社会はどこに向かうか	見田宗介
EVと自動運転　クルマをどう変えるか	鶴原吉郎
ルポ　保育格差	小林美希
棋士とAI	王　銘琬
科学者と軍事研究	池内　了
原子力規制委員会	新藤宗幸
東電原発裁判	添田孝史
日本問答	田中優子・松岡正剛
日本の無戸籍者	井戸まさえ
〈ひとり死〉時代のお葬式とお墓	小谷みどり
町を住みこなす	大月敏雄
歩く、見る、聞く　人びとの自然再生	宮内泰介
対話する社会へ	暉峻淑子
悩みいろいろ	金子　勝
魚と日本人　食と職の経済学	濱田武士
ルポ　貧困女子	飯島裕子

岩波新書/最新刊から

1952 ルポ アメリカの核戦力 ―「核なき世界」はなぜ実現しないのか― 渡辺丘著

秘密のベールに包まれてきた核戦力の最前線を訪ね、歴代政府高官や軍関係者などへの単独取材を交えて、核の超大国の今を報告。

1953 現代カタストロフ論 ―経済と生命の周期を解き明かす― 金子勝・児玉龍彦著

コロナで見えてきた「周期的なカタストロフ」という問題。経済学と生命科学の両面から現状を解き明かし、具体的な対処法を示す。

1954 マルクス・アウレリウス 『自省録』のローマ帝国 南川高志著

歴史学の観点と手法から、終わらない疫病と戦争という『自省録』の時代背景を明らかにすることで、「哲人皇帝」の実像に迫る。

1955 さらば、男性政治 三浦まり著

男性だけで営まれ、男性だけが迎え入れられ、それを当然だと感じ、たまに女性の参入が認められる――そんな政治を変えるには。

1956 超デジタル世界 ―DX、メタバースのゆくえ― 西垣通著

日本はなぜデジタル後進国となってしまったのか。民主的に集合知をつくっていく理想はどうなったのか？ 技術的・文化的本質を問う。

1957 政治と宗教 ―統一教会問題と危機に直面する公共空間― 島薗進編

元首相銃殺事件が呼び起こした「政治と宗教」の問題をめぐる緊急出版。国際的視野からの比較も含めて、公共空間の危機を捉え直す。

1958 いちにち、古典 〈とき〉をめぐる日本文学誌 田中貴子著

誰にも等しく訪れる一日という時間を、見ぬ世の人々はいかに過ごしていたのだろう。描かれた「とき」を駆けめぐる古典入門。

1959 医の変革 春日雅人編

コロナ禍で医療は課題に直面し、一方ＡＩなどの技術革新は変革をもたらす。日本医学会総会を機に各分野の第一人者が今後を展望。

(2023.2)